TÖDLICHER TAUNUS

Petra Spielberg studierte Kommunikationswissenschaften, romanische Sprachwissenschaften und Politikwissenschaften in Münster, Westfalen. Nach dem Studium schlug sie eine journalistische Laufbahn ein und arbeitete unter anderem als freie Korrespondentin für gesundheits- und wirtschaftspolitische Fachverlage in Brüssel. »Tödlicher Taunus« ist ihr erster Roman. Sie lebt in der Nähe von Wiesbaden.

PETRA SPIELBERG

TÖDLICHER TAUNUS

Kriminalroman

emons:

Bibliografische Information der Deutschen Nationalbibliothek
Die Deutsche Nationalbibliothek verzeichnet diese Publikation
in der Deutschen Nationalbibliografie; detaillierte bibliografische
Daten sind im Internet über http://dnb.d-nb.de abrufbar.

© Emons Verlag GmbH
Alle Rechte vorbehalten
Umschlagmotiv: David Paire/Arcangel.com
Umschlaggestaltung: Nina Schäfer, nach einem Konzept
von Leonardo Magrelli und Nina Schäfer
Umsetzung: Tobias Doetsch
Gestaltung Innenteil: DÜDE Satz und Grafik, Odenthal
Lektorat: Christiane Geldmacher, Textsyndikat.de, Bremberg
Druck und Bindung: CPI – Clausen & Bosse, Leck
Printed in Germany 2022
ISBN 978-3-7408-1459-5
Originalausgabe

Die Entstehung dieses Romans wurde vom Stipendienprogramm
»Neustart Kultur« der VG Wort – initiiert von der Beauftragten
der Bundesregierung für Kultur und Medien – gefördert.

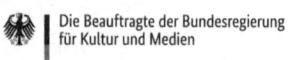

Unser Newsletter informiert Sie
regelmäßig über Neues von emons:
Kostenlos bestellen unter
www.emons-verlag.de

Für meine Eltern

Eine gute Tat an einem Tier ist so gut,
als ob einem Menschen Gutes getan wurde.
Dagegen ist eine grausame Tat
gegenüber einem Tier so schlimm,
als ob man gegenüber einem Menschen grausam wäre.

Muslim und Bukhari, Mishkat al-Masabih;
Buch 6, Kap. 7, 8:178

Ein sehr armer Mann, der Gerüchte über den Reichtum und die Großzügigkeit vom weisen Mann Ivonya-Ngia (der die Armen füttert) hörte, unternahm eine lange Reise, um das Geheimnis des Reichwerdens zu entdecken. Als seine Reise endete, fand er sich in Ivonya-Ngias fürstlichem Haus wieder, umgeben von grünen Weiden, unzähligen Rindern und Schafen.

In seiner Großzügigkeit bot Ivonya-Ngia dem armen Mann hundert Schafe an. Doch der arme Mann lehnte ab. Als Ivonya-Ngia ihm daraufhin hundert Kühe anbot, lehnte der arme Mann wieder ab. Er sagte: »Ich bin nicht gekommen, um Nächstenliebe zu empfangen, ich bin gekommen, um das Geheimnis deines Erfolgs zu ergründen.«

Ivonya-Ngia dachte eine Weile nach. Dann reichte er dem armen Mann ein Fläschchen mit Salbe und sagte: »Verreibe die Salbe auf den spitzen Zähnen im Oberkiefer deiner Frau, warte, bis die Zähne gewachsen sind, und verkaufe sie dann.«

Der arme Mann kehrte nach Hause zurück und versprach seiner Frau, dass sie sehr reich werden würden, wenn sie die seltsamen Anweisungen des weisen Mannes befolgten. Nach ein paar Wochen wuchsen die Zähne der Frau und wurden zu elfenbeinfarbenen Stoßzähnen von der Länge eines Männerarms. Der Mann überredete seine Frau, sich die Zähne von ihm ziehen zu lassen, und verkaufte sie auf dem Markt für eine Ziegenherde.

Begeistert von dem Erfolg, rieb der Mann die Salbe erneut auf die Zähne seiner Frau, und wieder wuchsen sie zu Stoßzähnen. Doch diesmal ließ die Frau ihren Mann die Zähne nicht ziehen. Nach ein paar Wochen wurde ihr Körper immer größer und schwerer, ihre Haut verdickte sich und wurde grau, und ihre Ohren und ihre Nase wuchsen. Als die Hütte für sie zu klein wurde, durchbrach sie die Tür, rannte in den Wald und ließ ihr menschliches Leben zurück.

Im Wald gebar sie einen Sohn, den ersten in der Linie der Elefanten. Weitere Kinder folgten. Und alle sahen sie aus wie Elefanten. Von Zeit zu Zeit besuchte ihr Mann sie im Wald, doch er konnte sie nicht überreden, wieder zu ihm nach Hause zu kommen.

So sind die Elefanten entstanden, und deshalb sind sie auch so intelligent wie der Mensch.

Mythos der Kamba, Volksgruppe in Kenia

Prolog

An einem sonnigen Sonntagmorgen im Oktober

Sein keuchender Atem durchschnitt die morgendliche Stille. Er rannte noch einige Meter, bis ihn die schmerzhaften Seitenstiche dazu zwangen anzuhalten. Mit den Händen stützte er sich auf den Knien ab, drückte die Arme durch und spannte die Bauchmuskulatur an. Schweiß tropfte von seiner Stirn auf die helle grasbefleckte Erde vor seinen Füßen.

Er hatte es mit dem Tempo übertrieben. Nachdem er sein Training die letzten drei Wochen wegen einer Achillessehnenreizung an der linken Ferse hatte aussetzen müssen, wollte er den Rückstand nun so schnell wie möglich aufholen. Denn in wenigen Wochen fand der große Frankfurt-Marathon statt, und er hatte sich vorgenommen, dort seine bisherige Bestzeit von vier Stunden und zweiunddreißig Minuten zu unterbieten.

Langsam richtete er sich wieder auf, atmete tief ein und führte dabei die Arme hinter den Kopf. Anschließend ließ er den Oberkörper nach vorn fallen und stieß mit einem lauten Zischen die verbrauchte Atemluft zwischen seinen Zähnen hindurch. Es half. Nach und nach wurde das unangenehme Ziehen unter seinem rechten Rippenbogen schwächer.

Er wiederholte die Übung mehrere Male, bevor er sich schließlich wieder aufrichtete. Erleichtert, die Seitenstiche erfolgreich unterdrückt zu haben, sog er die frische Morgenluft ein.

Der Frühnebel hatte sich verzogen, und der Tag versprach ungewöhnlich warm zu werden. Es schien, als weigerte sich der Sommer, in diesem Jahr den Staffelstab an den Herbst zu übergeben. Nur das zaghaft beginnende Farbenspiel des Laubs ließ erahnen, dass die goldene Jahreszeit vor der Tür stand.

Dabei war es gar nicht lange her, dass über den Feldern der schwere süßliche Duft reifer Erdbeeren gehangen hatte. Jene

Wochen liebte er besonders, wenn die Erntehelfer in ihren bunten Jacken und Shirts zwischen den saftigen roten Früchten mit ihren dunkelgrünen Kelchblättern hockten und pointillistische Farbkleckse in die Landschaft zauberten.

Doch die Erdbeerpflücker waren längst verschwunden, ebenso wie der dicke Bewässerungsschlauch, der sich während der Sommermonate entlang der Felder schlängelte, um die süßen Früchte mit dem notwendigen Nass zu versorgen.

Nachdem er nochmals tief Luft geholt hatte, lockerte er seine Beinmuskulatur und fiel wieder in einen gemächlichen Trab. Dabei scheuchte er einen Feldhasen in der Wiese auf, auf der Spinnweben hauchzarte Geflechte zwischen den Gräsern bildeten.

Er umrundete den großen Rübenacker, auf dem sich die Blattrosetten zu einem grünen Teppich verdichteten. Wenn in Kürze die Ernte der nahrhaften Hackfrüchte stattfände, würde er diese Strecke nicht mehr laufen können, da die Erntemaschinen die Wege unpassierbar machten.

Am Ende des Feldes führte ihn sein Lauf unter Kirschbäumen hindurch zunächst auf eine kleine Anhöhe. Oben angekommen, bog er nach links ab, um parallel zu den Bahngleisen wieder ins Tal zu gelangen. Hinter dem alten Bahnwärterhäuschen gabelte sich der Weg erneut. Er nahm wie üblich den rechten Feldweg.

Plötzlich blieb er wie angewurzelt stehen. Er glaubte, seinen Augen nicht zu trauen. Keine hundert Meter vor ihm stand ein ausgewachsener Elefant. Seine riesigen Ohren schwangen gemächlich vor und zurück, während sein langer Rüssel wie das Pendel einer Standuhr über die staubige Erde fegte.

Im ersten Augenblick konnte der Mann keinen klaren Gedanken fassen. Sein Magen zog sich wie zu einem klebrigen Harzklumpen zusammen. Er wischte sich mit dem Handrücken über die Augen, in der Hoffnung, dass er, einem Verirrten in der Wüste gleich, einem Trugbild aufsäße. Vergebens. Der Koloss hatte sich nicht vom Fleck gerührt und starrte ihn aus kleinen dunklen Augen an.

Hektisch sah sich der Mann nach einer Fluchtmöglichkeit

um. Doch die offene Fläche, auf der er sich gerade befand, bestehend aus abgemähten Getreidefeldern, einer Pferdekoppel und von der Sommerhitze vertrockneten Wiesen, bot ihm wenig Schutz. Einzig das Gelände der verlassenen ehemaligen Ziegelei hinter der alten halb zerfallenen Mauer unweit des Maisfelds mit seinen wie ein Heer Soldaten ordentlich aufgereihten Stauden bot eine Rückzugsmöglichkeit. Bis dahin waren es allerdings knapp vierhundert Meter.

Es blieb ihm nichts anderes übrig. Er musste versuchen, dorthin zu gelangen. Als er sich wieder nach dem Elefanten umdrehte, sah er, wie dieser sich in Bewegung setzte. Panik stieg in ihm auf. Ohne nachzudenken, rannte er los in Richtung Ziegelei. Der Dickhäuter fasste das als Signal zum Angriff auf. Seine ohrenbetäubend laute Fanfare ließ die Luft vibrieren. Mit nach vorn geklappten Ohren beschleunigte der graue Riese seine Schritte, ein Zeichen dafür, dass er bis aufs Äußerste gereizt war.

Staub wirbelte von der trockenen Erde auf, als der aggressive Viertonner wie ein allradgetriebener Geländewagen über die Felder donnerte. Trotz seines guten Trainingszustands hatte der Mann keine Chance. Genau in dem Moment, als er versuchen wollte, die Mauer zu erklimmen, krachte der Dickhäuter mit voller Wucht in die verwitterten Ziegelsteine und zerquetschte ihn wie eine lästige Stubenfliege unter den scharfen Augen eines Rotmilans, der vor dem strahlend blauen Himmel auf der Suche nach Mäusen in eleganten Schwüngen über die Felder kreiste.

1

Zwei Tage zuvor

Das rot-weiß gestreifte Zirkuszelt mit seinen beiden spitzen Kuppeln, auf denen zwei leuchtend rote Fähnchen im Wind flatterten, stach Hella bereits aus einiger Entfernung ins Auge. Verlassen lag die Alte Bahnmeisterei zu ihrer Linken, als sie der Bundesstraße die letzten hundert Meter bis zur Abzweigung folgte. Wo früher die Bäderbahn zwischen der Weltkurstadt Wiesbaden und dem Frauenheilbad Langenschwalbach verkehrt und sich das gesellschaftliche Leben und der europäische Adel in das altehrwürdige hessische Heilbad ergossen hatten, stand jetzt nur noch ein rostiger Waggon, wie das vergessene Relikt einer historischen Epoche.

Sie setzte den Blinker und rumpelte mit ihrem schmutzig grauen Geländewagen, dessen Beifahrerraum mit Bonbonpapier übersät war und dessen Rückbank unter einer stark verfilzten Wolldecke verschwand, über die stillgelegten Gleise. Der Festplatz des Kurstädtchens, der sich unmittelbar neben der Abbiegung befand, duckte sich tief in den Schatten eines Taunusausläufers. Vor dem Zirkuszelt erblickte Hella eine größere Menschentraube.

»Ach du Scheiße, Demonstranten, die haben mir gerade noch gefehlt«, fluchte sie leise, während sie ihren Wagen auf den nahe gelegenen Parkplatz eines Discounters lenkte und sich in eine der letzten freien Parklücken quetschte.

Der Aufruhr gegen die unliebsamen Gäste würde ihr das bevorstehende Gespräch nicht gerade leichter machen. Nur mit äußerstem Missmut hatte der Direktor vom Zirkus Carina, mit dem sie heute früh telefoniert hatte, zur Kenntnis genommen, dass sie sich aufgrund einer Anzeige die Haltungsbedingungen seiner Tiere näher anschauen musste. Als hessische Landestierschutzbeauftragte war es nun mal ihr Job, dafür zu sorgen, dass

Tierhalter Gesetze und Regelungen zum Tierwohl befolgten. Und sollte der Zirkus seine Elefantenkuh Leila, mit der er durch die Lande tingelte, wie vom Aktionsbündnis Tierrechte Hessen angemahnt, als Einzeltier halten, verstieß dies eindeutig gegen die tierschutzrechtlichen Vorschriften. Elefanten waren Herdentiere und nicht für das Alleinsein geschaffen. Daher musste sie einschreiten, ob es dem Zirkusdirektor passte oder nicht.

Hella vermutete, dass es sich bei dem Grüppchen vor dem Zirkuszelt um Mitglieder ebenjenes Aktionsbündnisses handelte, die gekommen waren, um ihrem Protest Nachdruck zu verleihen. Sie wusste, dass die militanten Tierrechtsvertreter es am liebsten sähen, wenn sie kurzen Prozess mit dem Zirkus machte und die Elefantendame gleich mitnähme, um sie in einen Tierpark oder eine Auffangstation für Wildtiere zu überführen. Doch so leicht ließen sich die Dinge auf behördlicher Ebene nicht regeln, und Hella hatte nicht die geringste Lust, sich vor den Aktivisten deswegen rechtfertigen zu müssen.

Sie stieg aus und lief unter einem von zarten Schleierwolken bedeckten Himmel ein Stück zurück zur Abzweigung. Seit Wochen hatte es nicht mehr geregnet, und die Natur lechzte nur so nach Wasser. Hella hoffte inständig, dass die durchscheinenden Wolkengebilde den ersehnten Wetterwechsel brächten.

Augen zu und durch, sagte sie sich, bevor sie die Straßenseite wechselte und zügigen Schrittes über den Festplatz marschierte, ohne nach rechts und links zu schauen und auf die Kommentare der Demonstranten zu achten.

Ein Gutes hat das Ganze ja, dachte sie, als sie das Zirkuszelt erreichte: Wenn sie hier nachher fertig wäre, könnte sie schnell noch in den Discounter springen, um ein paar Lebensmittel zu kaufen. In ihrem Kühlschrank herrschte, abgesehen von einer einsamen Scheibe Käse, deren Ecken sich bereits wellten, mal wieder gähnende Leere. Sie hatte deshalb wie so oft mit leerem Magen das Haus verlassen und merkte, wie die empfindlichen Schleimhäute ihres Verdauungstrakts gegen die starke Dosis

Koffein, die sie ihnen zugemutet hatte, mit einem schmerzhaften Ziehen rebellierten. Sich nach Feierabend durch einen vollen Supermarkt zu schieben und eine gefühlte Ewigkeit zwischen Rentnern, Hausfrauen, genervten Müttern und gestressten Berufstätigen an der Kasse anzustehen, gehörte nicht gerade zu ihren Lieblingsbeschäftigungen. Sie schob die notwendigen Einkäufe immer bis zur äußersten Schmerzgrenze vor sich her und hielt sich in der Zwischenzeit mit Pizza, Pasta und Gerichten vom Thailänder um die Ecke über Wasser. Sie wartete auf den Tag, an dem ihr Körper ihr ihre ungesunde Lebensweise mit Übergewicht, Bluthochdruck oder Diabetes heimzahlen würde. Auch in dieser Woche hatte sie ihr Soll an Fast Food längst übererfüllt und nahm sich vor, dass heute Abend nur ein gesunder Salat oder frisches Gemüse auf den Tisch käme.

Mit diesem Entschluss betrat Hella die große Halle neben dem Zirkuszelt, in der sie bereits alles andere als sehnsüchtig erwartet wurde. Wie zur Ankündigung ihres ungebetenen Besuchs hörte sie die Elefantenkuh laut trompeten.

***

»Himmelherrgott noch mal, was war das denn?« Hella setzte sich schwer atmend auf und brauchte einen Moment, um sich zu orientieren. Kein Zweifel. Sie befand sich in ihrem Bett, und es musste früher Morgen sein. Die ersten Strahlen der Morgendämmerung schlüpften durch den nur halb geschlossenen Rollladen und warfen ein Streifenmuster auf die gegenüberliegende Wand. Irgendwo in der Ferne krähte ein Hahn dem jungen Tag seine Begrüßung entgegen.

Mit beiden Händen fuhr sich Hella durch ihr kupferrotes kinnlanges Haar, das schweißnass an ihrem Schädel klebte. Sie tastete auf ihrem Nachtschränkchen nach der Fernbedienung des weißen Deckenventilators und genoss den kühlen Windhauch, mit dem die rotierenden Flügel die Schwüle in ihrem Schlafzimmer vertrieben.

Sie musste schlecht geträumt haben. Im Traum war es ihr so vorgekommen, als schliche ein Mann an ihrem Bett entlang und drückte ihr mit einem Kissen die Luft ab, während sie wie gelähmt daläge und sich nicht wehren könnte.

Unsicher sah sie sich um. Doch nichts deutete darauf hin, dass ein Fremder ihr Haus betreten hatte. Die Türen ihres Schlafzimmerschranks waren verschlossen. Ihre Jeans und das schwarze T-Shirt, die sie vor dem Zubettgehen auf dem maisgelben Sessel in der hinteren Zimmerecke abgelegt hatte, lagen exakt so da wie am Vorabend. Selbst ihre Geldbörse, die sie aus leichtsinniger Gewohnheit immer auf die Wäschekommode legte, war unberührt.

Vorsichtig bewegte sie unter der Bettdecke ihre Zehen. Mit ihrer Körperwahrnehmung schien ebenfalls alles in Ordnung zu sein, auch wenn das seltsame Erlebnis weiterhin wie Wolkenfetzen durch ihr Bewusstsein trieb.

Sie überlegte, ob der Alptraum mit ihrem Auftritt beim Zirkus vor zwei Tagen zusammenhängen konnte. Wie erwartet war sie mit dem Zirkusdirektor und dem Betreuer der Elefantenkuh heftig aneinandergeraten, weil die beiden nicht einsehen wollten, dass es so nicht weitergehen konnte, wenn sie sich nicht an die tierschutzrechtlichen Auflagen hielten. Der Direktor hatte gewütet und ihr gedroht, dass er sie dafür verantwortlich machen werde, wenn der Zirkus pleitegehe, solle sie es wagen, den Elefanten beschlagnahmen zu lassen.

»Tun Sie, was Sie nicht lassen können, ich mache nur meinen Job«, hatte sie freundlich lächelnd erwidert und war einfach gegangen.

Zum Glück hatten die Tierrechtsaktivisten in der Zwischenzeit das Feld geräumt, sodass ihr wenigstens mit denen weitere Diskussionen erspart geblieben waren.

Mit einem Stoßseufzer schlug sie die Bettdecke zurück und tappte, barfuß und nur mit einem Slip und einem Trägerhemdchen bekleidet, in die Küche. Die Digitalanzeige am Backofen zeigte sechs Uhr vierundzwanzig. Beim Anblick des leeren Pizzakartons auf dem Küchentisch regte sich ihr schlechtes

Gewissen. Sie hatte gestern Abend ihre guten Vorsätze kurzerhand über Bord geworfen und sich auf die Schnelle doch wieder nur eine Pizza warm gemacht. Seufzend verfrachtete sie den Karton in den großen silbernen Mülleimer und ließ Wasser ins Rotweinglas in der Spüle laufen, um die eingetrockneten Reste einzuweichen.

Im Haus war es mucksmäuschenstill. Hella öffnete den Kühlschrank, um sich ein Glas Milch einzuschenken. Exakt in der Sekunde ging ihr auf, dass tatsächlich irgendetwas faul war.

Jagger!

Wo war Jagger?

Ihr spekulatiusbrauner Terrier erschien für gewöhnlich wie ein geölter Blitz auf der Türschwelle, sobald sie den Kühlschrank öffnete, in der Hoffnung, ein Stück Wurst oder Käse zu ergattern.

Nicht so diesmal.

Ein flaues Gefühl machte sich in ihrem Magen breit.

»Jagger?« Mit dem halb vollen Milchglas in der Hand rannte Hella ins Wohnzimmer. Jaggers Hundebettchen war verwaist. »Jagger!«, rief sie erneut, während eine unterschwellige Unruhe von ihr Besitz ergriff. Hektisch sah sie sich um. Doch der Rüde war wie vom Erdboden verschluckt.

Sie schoss zur Terrassentür und inspizierte die Fenster im Erdgeschoss. Sie waren allesamt verschlossen und zeugten ebenfalls von keinem Einbruch.

»Verdammt, Jagger, wo bist du?«, murmelte Hella. Ihr Herz klopfte wie wild. Nur ruhig Blut, ermahnte sie sich. Denk nach, wo er sein könnte. Ein ausgewachsener Hund löst sich schließlich nicht einfach so in Luft auf.

Plötzlich fiel ihr die Hundeklappe im Waschkeller ein, die Jagger tagsüber direkten Zugang zum Garten gewährte. Hatte womöglich die Zeitschaltuhr wieder versagt, sodass die Klappe über Nacht offen geblieben und Jagger unbemerkt nach draußen gelaufen war?

Vielleicht war das dann doch kein Traum gewesen, und sie hatte im Halbschlaf mitbekommen, wie Jagger versuchte, einen

Fremden im Garten zu stellen (hatte sie nicht auch gemeint, im Traum einen Hund bellen zu hören?), während ihr die Angst unterbewusst die Luft abschnürte.

In Windeseile flitzte Hella die Kellertreppe hinunter, um nachzuschauen. Ihre nackten Fußsohlen erzeugten ein klatschendes Geräusch auf den steinernen Stufen.

Und tatsächlich. Die Klappe war offen.

Da sie nicht wusste, wo sie den Schlüssel für die Kellertür hingetan hatte, in die die Klappe eingelassen war, ließ sie sich auf die Knie sinken, steckte ihren Kopf durch die Klappenöffnung und rief wie aus Leibeskräften nach ihrem Hund.

»Jagger!«

Wenige Augenblicke später löste sich ein Schatten aus der Hecke am hintersten Ende des Gartens und lief in zügigem Tempo auf sie zu.

Es war Jagger.

Hella fiel ein Stein vom Herzen. »Da bist du ja, du Räuber! Du hast mir einen Mordsschrecken eingejagt, weißt du das?«, sagte sie, als der Terrier hechelnd vor ihr stand.

Sie ließ ihn herein, horchte aber noch eine Weile in den Garten, ob sie irgendein verdächtiges Geräusch ausmachen konnte. Erst nachdem sie sich halbwegs sicher war, dass sich offensichtlich niemand auf dem Grundstück herumtrieb, kam sie wieder auf die Füße und wischte sich den Staub von den Händen und Knien. Sorgsam schloss sie die Hundeklappe und ging mit Jagger zurück ins Erdgeschoss.

Ihre Knie zitterten noch immer leicht, als sie sich im Wohnzimmer auf die cremefarbene Couch plumpsen ließ. Die Kälte des Leders wickelte sich augenblicklich um ihre Oberschenkel und kroch am Rückgrat entlang hinauf bis zu ihren Armen. Sie schob eine der Zeitschriften, die vor dem Couchtisch auf dem Boden lagen, mit dem Fuß beiseite und vergrub ihre Zehen tief in den dichten Flor des Teppichs. »Schade, dass du nicht sprechen kannst. Mir wäre bedeutend wohler zumute, wenn ich wüsste, dass du nur eine Katze oder ein Eichhörnchen gejagt hast und keinen Einbrecher«, sagte sie und kraulte gedankenverloren das Fell hinter Jaggers Ohren, die wie ordentlich gefaltete Dreiecke an seiner Stirn lagen. Die Berührung tat ihr gut.

Vom nahe gelegenen Kirchturm drang Vogelgeschrei durch das gekippte Wohnzimmerfenster. Unter dem spitzen Kirchdach hatte bereits das dritte Jahr in Folge ein junges Turmfalkenpärchen sein Nest gebaut. Mitte Mai waren die Jungen geschlüpft. Inzwischen waren sie längst flügge und flatterten in regelmäßigen Abständen unter aufgeregten Rufen um ihren Nistplatz herum.

Nach einer Weile stand Hella auf, um den Rollladen hochzuziehen. Augenblicklich flutete der Tag den Raum und vertrieb die Schatten der Nacht. »Komm, lass uns Gassi gehen«, sagte sie zu Jagger. »Ich brauche frische Luft.« Der Rüde beantwortete ihren Vorschlag mit einem wilden Schwanzwedeln.

Gerade als sie sich ihr Lieblings-T-Shirt mit der Aufschrift »Und zack, wieder unbeliebt gemacht« überstreifen wollte, klingelte ihr Diensthandy. Sie schaute aufs Display. Die Rufnummer war unterdrückt. Hella mutmaßte, dass der Anruf von einer der Polizeidienststellen aus der Umgebung käme. Ihr fiel jedenfalls sonst niemand ein, der es wagen würde, sie um diese frühe Uhrzeit an einem Sonntagmorgen anzurufen.

»Na großartig, der Tag fängt ja wieder richtig gut an«, stöhnte sie und tippte schicksalergeben auf das Symbol mit der grünen Hörertaste.

***

Beim Anblick des Notarzt- und des Leichenwagens sowie der zwei Polizeiautos, die vor dem Eingang der ehemaligen Ziegelei standen, flackerten ungute Erinnerungen in Hella auf: ein kleines Mädchen, das sich ohne Vorwarnung von der Hand losreißt, die sie hält, und auf die Straße rennt, ein weißes Auto, das sich in hohem Tempo nähert, ein schriller Schrei in der absurden Hoffnung, das Unvermeidliche noch verhindern zu können, ein dumpfer Knall und dann – als hätte die Welt für einen Augenblick den Atem angehalten – Totenstille.

Hella kniff kurz die Augen zusammen, um die Bilder in die entlegensten Winkel ihres Gehirns zurückzudrängen, bevor sie sich hinter die Fahrzeuge im Schatten des alten Gemäuers einreihte. Bevor sie ausstieg, ließ sie alle Fenster herunter, um für Jagger, der im Heck saß, frische Luft ins Wageninnere zu lassen.

Die Szenerie mutete beinahe gespenstisch an, wie die Dreharbeiten zu einem Kriminalfilm. Hella kam es vor, als hinge das entsetzliche Geschehen, das zu so früher Stunde den morgendlichen Frieden zerstört hatte, noch wie ein Grauschleier über der Landschaft. Der Tatort war weiträumig abgesperrt, überall liefen Polizeibeamte herum, teils in Uniform, teils in Zivil, teils in den typischen weißen Schutzanzügen der Spurensicherung. Die Konzentration und Stille, mit der das Ermittlerteam seiner Arbeit nachging, verstärkten den unwirklichen Eindruck, der im krassen Widerspruch zur spätsommerlichen Idylle des Schauplatzes stand.

Am strahlend blauen Oktoberhimmel waren nur einige Schönwetterwolken zu sehen. Der ersehnte Regen ließ noch immer auf sich warten.

Die überreifen, zum Teil wurmstichigen Äpfel, die als Fallobst auf der Erde verstreut lagen, erfüllten die Luft mit ihrem intensiven Geruch, für einige Menschen der Inbegriff von Zerfall, für Hella das Synonym für eine unbeschwerte Kindheit, jedenfalls bis zu ihrem vierzehnten Lebensjahr, an dem das unheilvolle Ereignis, bei dem ihre kleine Schwester zu Tode gekommen war, sich wie ein Schatten über ihr Leben und das ihrer Eltern gelegt hatte. Bis zu dem Zeitpunkt aber hatte die alljährliche Apfelernte, bei der sie und Carla ihren Eltern im heimischen Streuobstgarten zur Hand gegangen waren, gleichsam den Schlussakkord eines schier endlos erscheinenden Sommers gebildet. Während ihr Vater auf der alten Holzleiter gestanden und die Früchte von den Zweigen geklaubt hatte, hatte Hellas und Carlas Aufgabe darin bestanden, die heruntergefallenen Äpfel einzusammeln, damit sie später zu Most verarbeitet werden konnten. Dabei hatten die beiden Mädchen sorgfältig darauf achten müssen, nur ja kein angefaultes Exemplar aufzulesen, da dies den Geschmack des Mostes verderben konnte. Zur Belohnung hatten die Schwestern jedes Mal, sobald der Vater mit dem Abzapfen begonnen hatte, ein Glas des noch süßlichen Getränks erhalten, das so herrlich auf der Zunge prickelte. Es war viel gelacht worden in dieser Zeit, und Hella war sich so sicher gewesen, wie es nur Kinder sein können, dass dieses sorglose Leben ewig andauern würde.

An einem abgeernteten Getreidefeld auf halbem Wege zum Unglücksort kam ihr ein Polizist entgegen. Hella zeigte ihm ihren Dienstausweis und stellte sich kurz vor.

»Warten Sie einen Moment. Kriminalhauptkommissar Lohmann kommt gleich zu Ihnen«, sagte der Beamte und zeigte Richtung Ziegelei. »Er befragt gerade einen Zeugen.«

Hella nickte und blickte zu dem Ermittler, der mit einem älteren Herrn sprach, dessen Gesicht weiß wie ein Laken war. Ein dunkelbrauner Labrador lag hechelnd zu den Füßen der beiden Männer. Der Zeuge schüttelte immer wieder fassungslos den Kopf, als könnte er das, was sich an diesem Morgen unerwartet in sein Gedächtnis gebrannt hatte, wieder vergessen machen. Der Kriminalbeamte legte ihm mitfühlend eine Hand auf den Arm.

Hella entfernte sich einige Schritte, um sich ein wenig umzuschauen. In etwa fünfzig Metern Entfernung entdeckte sie ein ausgebreitetes weißes Laken, unter dem sich die Konturen des Toten abzeichneten. Am Fuße der Mauer bezeugten mehrere große dunkelrote Flecken getrockneten Bluts, mit welcher Leidenschaft das Grauen den Pinsel geführt hatte. Die Ziegelsteine, die durch die Wucht des Aufpralls mit dem Elefanten aus der Mauer gesprengt worden waren, lagen wie überdimensionale rechteckige Schrotkörner rund um die Unglücksstelle verstreut.

Hella lief ein kalter Schauer über den Rücken. Was für eine Tragödie! Sie mochte sich nicht ausmalen, wie entsetzlich es für den Mann gewesen sein musste, als er erkannte, wie ausweglos seine Situation gewesen war. Sie konnte den rostigen Geschmack von Blut förmlich auf ihrer Zunge schmecken. Schnell kramte sie in ihrer Hosentasche nach ihren geliebten Pfefferminzpastillen, von denen sie täglich mindestens eine Handvoll lutschte.

»Frau Dr. Ohlsen?« Kriminalhauptkommissar Bernd Lohmann trat zu Hella und schüttelte ihr die Hand. Sein Blick wanderte zu ihrer bedruckten Oberweite und schnell wieder zurück auf Augenhöhe, begleitet von einem verräterischen Zucken um seine Mundwinkel. »Danke, dass Sie gekommen sind. Im Veterinäramt ist an einem Sonntag natürlich niemand zu erreichen. Mir wurde aber gesagt, Sie könnten uns auch weiterhelfen.«

Hella schob das Bonbon mit der Zunge in ihre rechte Wange und nickte. »Ja, natürlich, sehr gerne. Hat er den toten Jogger gefunden?«, fragte sie und blickte unauffällig zu dem älteren Herrn, der noch immer wie benommen vor sich hin starrte und sich nicht vom Fleck rührte.

Lohmann nickte. »Den Anblick wird er sicherlich so schnell nicht vergessen. Ein Notfallseelsorger kümmert sich gleich um ihn.«

»Was genau ist denn passiert? Ihr Kollege hatte mir am Telefon nur mitgeteilt, dass es ein Unglück mit dem Zirkuselefanten gegeben hat.«

»Ja, aus bislang unerfindlichen Gründen ist der Elefant heute früh aus dem Zirkusgelände ausgebrochen und allein bis zur Ziegelei gelaufen. Dabei muss ihm der Jogger begegnet sein. Was dann passiert ist und warum der Elefant den Mann überhaupt angegriffen hat, wissen wir nicht. Es gibt leider keine Augenzeugen. Der Besitzer des Labradors kam erst vor einer knappen Stunde hier vorbei. Da war der junge Mann bereits tot.«

»Wo ist der Elefant jetzt?«

»Sein Betreuer hat ihn vorhin abgeholt. Er behauptet, Tierschützer hätten den Elefanten heimlich aus dem Gehege gelassen.«

Hella runzelte skeptisch die Stirn. »Kann sein, muss aber nicht unbedingt stimmen«, sagte sie.

Lohmann sah sie interessiert an. »Warum?«

»Ich war vorgestern bei dem Zirkus und habe mir ein Bild vom Zustand der Elefantenkuh und von ihren Haltungsbedingungen gemacht.«

»Gehört das zu Ihren Routineaufgaben?« Der Beamte zückte aus der Innentasche seiner Uniformjacke ein ledergebundenes Notizbuch und einen Kugelschreiber.

»Nein, aber mir lag eine Beschwerde des Aktionsbündnisses Tierrechte Hessen vor, dass das Elefantenweibchen als Einzeltier gehalten wird, was tierschutzrechtlich verboten ist. Deswegen bin ich dem nachgegangen.«

»Verstehe. Aber weshalb glauben Sie, dass der Elefantenausbilder die Unwahrheit sagt?«

»Ich habe nicht gesagt, dass er lügt«, korrigierte Hella ihn. »Ich habe lediglich gesagt, dass es auch anders gewesen sein *könnte*.«

Lohmanns Neugier war endgültig geweckt. Gespannt blickte er von seinen Notizen auf. »Was wollen Sie damit andeuten?«

»Elefanten sind sehr intelligente Tiere. Sie besitzen sogar ein Ichbewusstsein und sind in der Lage, sich selbst im Spiegel zu erkennen. Ich würde daher nicht ausschließen, dass die Elefantenkuh gewusst hat, wie sie aus dem Gehege kommen kann, wenn der Strom für den Zaun abgestellt ist. Und ganz abgesehen davon halte ich einen derart einfachen Elektrozaun, wie ihn der Zirkus benutzt, selbst wenn er aktiviert ist, für völlig unzureichend, um einen ausgewachsenen Elefanten, der es darauf anlegt, am Ausbruch zu hindern.« Hella schirmte mit der linken Hand ihre Augen gegen die aufsteigende Sonne ab. Mit der anderen angelte sie die Rolle mit den Pfefferminzpastillen aus ihrer Hosentasche und bot Lohmann eine an.

Er schüttelte den Kopf.

Inzwischen ging es auf zehn Uhr zu. Glockengeläut wehte zu ihnen herüber, als wollte es dem Toten sein letztes Geleit geben.

Lohmann wischte sich mit dem behaarten rechten Unterarm

den Schweiß von der Stirn. Sein kurzes dunkles Haar mit den markanten Geheimratsecken war nass geschwitzt.

Der Wettervorhersage zufolge sollte das Thermometer noch einmal bis knapp unter die Dreißig-Grad-Marke klettern.

Auch Hella setzte die hohe Luftfeuchtigkeit zu. Außerdem machte sie sich Sorgen um Jagger, der den schwülwarmen Temperaturen im Auto trotz der geöffneten Wagenfenster ausgeliefert war. »Ist es in Ordnung, wenn wir kurz unterbrechen, damit ich meinen Hund aus dem Wagen holen kann?«, fragte sie Lohmann.

Der Beamte nickte.

Hella lief zu ihrem Geländewagen und ließ Jagger heraus. Der Rüde sprang freudig an ihr hoch, ließ sich danach aber anstandslos an die Leine nehmen. Hella fischte noch einen Napf und eine Flasche Wasser aus dem Kofferraum und führte ihren Gefährten zu einem schattigen Kirschbaum. Zwei Krähen, die sich in der Baumkrone niedergelassen hatten, flogen unter krächzendem Protest auf, als die beiden sich näherten.

Hella füllte den Napf halb voll. Jagger ließ sich nicht lange bitten und schlabberte geräuschvoll drauflos, bis kein Tropfen Wasser mehr den Boden bedeckte. Hella füllte den Napf ein zweites Mal, bevor sie die Flasche zurück zum Auto brachte. Dabei beobachtete sie, wie Lohmann seine rechte Schuhsohle eingehend betrachtete. Sein Blick sprach Bände. Er war in die stinkenden Hinterlassenschaften eines Vierbeiners getreten, die wie Tretminen in der Landschaft verteilt lagen. Hella hörte, wie er leise vor sich hin fluchte, und konnte sich ein Grinsen nicht verkneifen, auch wenn sie sich selbst oft genug über die Nachlässigkeit der Hundebesitzer ärgerte, die die Haufen ihrer vierbeinigen Gefährten achtlos auf den Wegen liegen ließen.

Nachdem der Beamte seine Schuhsohle auf einem der vertrockneten Grasstreifen notdürftig gesäubert hatte, kam er zu den beiden herüber und nahm die Unterhaltung wieder auf. »Ich habe gerade mit einem Kollegen gesprochen. Die Leiche ist inzwischen in die Rechtsmedizin gebracht worden, um dort näher untersucht zu werden.«

»Wie ist er denn zu Tode gekommen?« Hella wischte sich ihre feuchten Finger an den Jeans ab.

Lohmann verzog das Gesicht. »Ich habe in meiner Laufbahn schon einiges gesehen. Aber darunter war bislang kein Opfer, das auf so grauenvolle Weise sein Leben verloren hat.«

Hella sah ihn schweigend an und wartete ab, dass er fortfuhr.

»Der Elefant hat den jungen Mann zunächst mit einem Stoßzahn durchbohrt und ihn danach regelrecht zertrampelt. Allerdings frage ich mich, wieso der Dickhäuter so ausgerastet ist, wo er doch in der Obhut von Menschen groß geworden ist.«

»So einfach ist es leider nicht. Zum einen lässt sich ein Wildtier nie wirklich zähmen«, erwiderte Hella, der angesichts der Todesumstände des Mannes ein erneuter Schauer des Entsetzens über den Rücken lief. »Zum anderen ist Leila – so heißt die Elefantenkuh übrigens – ein Wildfang. Das heißt, sie hat die ersten Monate ihres Lebens in einer Elefantenherde in freier Wildbahn in Südafrika gelebt und ist nach der gewaltsamen Trennung von ihrer Mutter und ihren Artgenossen in einer Aufzuchtstation für Elefanten gelandet. Im Alter von zwei Jahren hat sie ein Tierhändler dann an den Zirkus verkauft. Für ein Jungtier ist so etwas sehr traumatisierend. Wenn dann noch schlechte Haltungsbedingungen hinzukommen, ist nicht auszuschließen, dass ein Elefant aggressiv wird, erst recht, wenn er spürt, dass jemand Angst vor ihm hat.«

Hella machte sich große Sorgen. Leila war eine tickende Zeitbombe. Dennoch hatte dieser kauzige Verhaltensbiologe Manfred Birkenfeld, den sie bei ihrer Inspektion im Zirkus angetroffen hatte und der vom Bad Schwalbacher Veterinäramt beauftragt worden war, ein Gutachten über Leila zu erstellen, behauptet, dass die Elefantendame keinerlei Verhaltensauffälligkeiten zeigte. Hella fand das sehr suspekt. Denn Leila wies ohne Zweifel schwere Anzeichen von psychischem Stress auf, wie sie für eine schlechte Haltung typisch sind. Solange ihr Betreuer in der Nähe war, verhielt sie sich zwar relativ unauffällig. Aber kaum dass sie allein gelassen wurde, fing sie an, stereotyp mit dem Kopf und dem Körper hin und her zu schaukeln, das Gewicht immer von einem Vorderbein auf das andere verlagernd, und im Freigehege Achten zu laufen, ein typisches Anzeichen für Langeweile, fehlende Sozialpartner und eine langjährige Kettenhaltung.

»Jagger, pfui!« Hellas Arm schnellte nach vorn. Doch zu spät. Der Terrier hob bereits seinen Hinterlauf, nachdem er den rechten Schuh des Kriminalbeamten eingehend beschnüffelt hatte, und schon landeten einige Spritzer Urin auf Lohmanns Hosenbein.

Na bravo! So etwas konnte auch nur ihr passieren. Erschrocken hielt sich Hella eine Hand vor den Mund. Eine leichte Röte überzog ihre Wangen.

»Entschuldigen Sie, das ist mir jetzt echt peinlich!«

Lohmann schüttelte missbilligend den Kopf. »Wahrscheinlich hat er das noch nie gemacht, oder?«

»Ja ... also, ich meine ... nein«, stammelte Hella.

»Das nenne ich dann wohl einen Fauxpas mit Ansage.« Lohmann schaute mit gespielter Entrüstung an seinem Hosenbein herunter und fing plötzlich lauthals an zu lachen.

»Wie meinen Sie das?«, fragte Hella verdattert.

»Na, der Spruch auf Ihrem T-Shirt«, antwortete Lohmann mit einem vielsagenden Blick.

»Ach so, das.« Hella fiel erleichtert in sein Lachen ein. »Mich unbeliebt zu machen, ist tatsächlich eine Spezialität von mir.«

Lohmann setzte gerade zu einer weiteren Nachfrage an, als plötzlich gellende Schreie zu vernehmen waren. Eine junge Frau mit schulterlangen blonden Locken rannte quer über die Felder und schrie: »Wo ist er? Ich will zu ihm!« Eine korpulente Polizistin lief ihr entgegen, um sie daran zu hindern, unter dem rot-weißen Absperrband durchzutauchen. Wild um sich schlagend, versuchte die Frau, sich aus der Umklammerung der Beamtin zu befreien, die Mühe hatte, die völlig hysterische Frau im Zaum zu halten.

»Ich glaube, ich muss meiner Kollegin helfen. Das wird die Lebensgefährtin des Toten sein. Sie war über das Wochenende bei ihren Eltern im Taunus. Ich melde mich bei Ihnen, wenn ich weitere Informationen benötige.« Lohmann spurtete los.

Hella sah ihm nach. »Knackiger Hintern, was?«, raunte sie Jagger mit einem Augenzwinkern zu. Sie leinte den Rüden wieder an, der sie so treuherzig anschaute, als könnte er kein Wässerchen trüben, und machte sich mit ihm auf den Weg zu ihrem Auto.

2

Friederike war genervt. Die Nagelhaut ihres rechten Daumens konnte zwar nichts dafür, musste aber trotzdem als Blitzableiter herhalten und sah daher schon recht unansehnlich aus. Die große kreisrunde Wanduhr über der antiken Kommode zeigte Viertel nach elf an, und ihr Artikel über die zunehmende Ausbreitung von Waschbären, Füchsen und Wildschweinen in Städten und Dörfern sollte spätestens um zwölf fertig sein. Vor einer halben Stunde aber hatte ihre Stiefmutter Ruth angerufen und sich mal wieder in epischer Breite darüber ausgelassen, dass Don Terror, wie sie Friederikes Vater nannte, wenn sie sich über ihn ärgerte, kaum Zeit für sie habe.

Don Terror! Friederike würde sich nie an diesen lächerlichen Spitznamen gewöhnen. Ihr Vater war alles andere als ein Tyrann, während Ruth immer gleich eingeschnappt war, wenn sie nicht im Mittelpunkt stand.

»Dämliche Ziege«, giftete Friederike und streckte dem Telefon stellvertretend für ihre Stiefmutter die Zunge heraus, kaum dass sie den Hörer auf die Station geknallt hatte.

Manchmal bemitleidete Friederike ihren Vater dafür, an der Seite dieser Frau leben zu müssen. Wie hielt er dieses ewige Genörgel bloß aus? Andererseits war er nach dem Tod ihrer Mutter vor sieben Jahren aus freien Stücken eine neue Partnerschaft eingegangen und machte auf sie keinen allzu unglücklichen Eindruck. »Das Alleinleben ist auf Dauer nichts für mich, meine Liebe«, hatte er Friederike einmal erklärt. »Und außerdem hat Ruth auch ihre guten Seiten. Sei also bitte nicht so streng mit ihr.«

Ihrem Vater zuliebe bemühte Friederike sich daher, ihre Stiefmutter zu nehmen, wie sie war, auch wenn es ihr schwerfiel. Außerdem hasste sie es, wenn sie jemand bei der Arbeit unterbrach. Durch das Telefonat hatte sie völlig den Faden verloren und konnte nun wieder ganz von vorn anfangen, noch dazu, da das Thema ein gewisses Fingerspitzengefühl erforderte.

In einigen Regionen Hessens waren Waschbären inzwischen zu einer wahrhaften Plage geworden. Ganze Großfamilien der putzigen Räuber tummelten sich auf heimischen Dachböden oder fielen hemmungslos über gefüllte Mülltonnen her. Und immer häufiger pflügten Wildschweine großflächig Gärten, Wiesen und landwirtschaftliche Nutzflächen um. Die randalierenden Vierbeiner ließen das Herz der Grundstücksbesitzer verständlicherweise nicht gerade höherschlagen. Friederikes Mitleid kannte gleichwohl Grenzen. Denn viele Probleme waren hausgemacht. Ein nachlässig gesicherter Gartenzaun, hinter dem womöglich noch ein leckerer Komposthaufen wartete, stellte für eine Wildsau geradezu eine Einladung zum Hausfriedensbruch dar.

Noch schlimmer aber fand sie Zeitgenossen, die Wildtieren unter dem Deckmäntelchen der Tierliebe die Scheu nahmen, indem sie Waschbären, Füchse oder Wildschweine bewusst anfütterten. Denn wehe, eine irregeleitete Sau stattete einem Kinderspielplatz oder der Einkaufsmeile einen Besuch ab. Dann war das Geschrei groß, und die Polizei oder der zuständige Jagdpächter mussten mit Gefahr für Leib und Leben den Amoklauf des rasenden Schweins beenden.

Mit einem wütenden Ruck schob sie den Schreibtischstuhl zurück und ging zur Küche, um sich einen Milchkaffee zu machen. Aus dem Wohnzimmer erklang Schuberts Sinfonie Nummer 8, die Unvollendete.

»Alles klar, Schneewittchen?« Arne, ihr Lebensgefährte, lag mit einem Buch in den Händen auf der Couch. Seine langen Beine ragten über den Rand der Armlehne hinaus. »Oder hat dich die böse Stiefmutter wieder geärgert?«

»Wie kommst du darauf?« Friederike blieb im Türrahmen stehen.

»Du guckst, als wärst du gerade über einen Eimer Jauche gestolpert.« Arne blickte sie über den Rand seiner Lesebrille neckisch an.

Friederike lachte und warf ihre schwarzen Locken zurück. Ihrer besseren Hälfte entging wirklich nichts. »Gut kombiniert.

Ruth hat mich mal wieder mit ihrer ewig gleichen Leier genervt. Ich brauche jetzt erst einmal einen starken Kaffee, um wieder klar denken zu können. Magst du auch einen?«

»Nein, danke.« Arne schüttelte den Kopf und vertiefte sich wieder in seine Lektüre.

Wenn Friederike eins wusste, dann, dass sie Arne liebte. Karma, Schicksal, Zufall, was immer es war, das sie zusammengeführt hatte, sie war unendlich dankbar dafür. Dabei könnten sie unterschiedlicher nicht sein. Arne, den stattlichen Hünen, in dessen Revier sie nicht nur zur Jagd ging, sondern mit dem sie seit fünf Jahren auch Tisch und Bett teilte, konnte nichts, aber auch gar nichts aus der Ruhe bringen. Er segelte mit einer stoischen Gelassenheit durchs Leben, die selbst Mahatma Gandhi vor Neid erblassen lassen würde. Friederike dagegen wurde bereits nervös, wenn sie las, während eine tickende Uhr ihr die Sekunden in den Gehörgang trommelte. Auch grelles Licht oder intensive Gerüche konnten ihr seelisches Gleichgewicht empfindlich ins Wanken bringen. Als Mimose mit dauerpostmenstrualem Syndrom hatte sie ein ehemaliger Freund einmal im Streit betitelt. Nun denn. Sollten andere sie für eine Prinzessin auf der Erbse halten. Im Zeitalter von Achtsamkeit hatte ihr hochsensibles Ego auch Vorteile. Das ständige Gefühl von Reizüberflutung machte Friederike zwar häufig schwer zu schaffen. Aber dank ihrer sensiblen Antennen hatte sie auch ein äußerst feines Gespür für den Gemütszustand ihrer Mitmenschen und eine ausgeprägte Menschenkenntnis. Dennoch war sie froh, nicht zu Zeiten Sigmund Freuds auf die Welt gekommen zu sein, während der Frauen wie sie noch als »hysterisch« galten und mit Elektroschocks oder ähnlich unschönen Behandlungsmethoden traktiert wurden, um sie von ihrem »Leiden« zu heilen.

Ihre selbst gewählte Therapie bestand dagegen darin, sich in die Natur zu flüchten, wenn ihr die lärmende und stinkende Welt mal wieder allzu sehr auf die Nerven ging. Bei einem ausgiebigen Spaziergang im Wald oder in der Einsamkeit der Nacht auf der Jagd, wenn nur das Flüstern der Bäume und die Laute des herannahenden Wildes an ihre Ohren drangen, war sie mit sich und ihrem empfindsamen Wesen im Einklang.

Friederike öffnete den Küchenschrank, holte eine weiße Porzellantasse heraus, stellte den Wasserkocher an und bedeckte den Boden der gläsernen Kaffeekanne mit frisch gemahlenem Kaffeepulver. Aus der French Press mochte sie ihren Kaffee am liebsten. Am besten noch mit einer großen Milchhaube, so jungfräulich wie frisch gefallener, pudertrockener Schnee, und als Krönung eine Prise Zimt und Zucker. Sie nahm sich einen Schokoladenkeks aus der bunten Dose auf der Anrichte. Als sie gerade genussvoll hineinbeißen wollte, stand Arne plötzlich hinter ihr.

»Es gäbe da etwas, das ich auch liebend gerne anknabbern würde«, flüsterte er ihr ins Ohr und schlang seine Arme um ihre Taille.

»Na, so was«, erwiderte sie lächelnd und schmiegte sich an ihn, »ist das etwa eine dezente Aufforderung, dass ich mich mit meinem Artikel beeilen soll?«

»So könnte man es sehen.«

»Tja, wenn das so ist, wird mir wohl nichts anderes übrig bleiben, als mich zu sputen, bevor dir der Appetit wieder vergeht.«

Zärtlich strich Arne ihre dunklen Locken zur Seite und küsste ihren Hals.

Friederike durchlief ein wohliger Schauer. »Erst die Arbeit, dann das Vergnügen.« Sie versetzte Arnes linker Hand, die langsam an ihrem Körper heruntergewandert war, einen sanften Klaps und entwand sich seiner Umarmung. Noch ein koketter Augenaufschlag aus ihren zweifarbigen Augen (eine Laune der Natur hatte ihr eine grüne und eine braune Iris beschert, als hätten ihre Gene sich bis zum Schluss nicht entscheiden können, welcher Farbe sie dauerhaft den Vorzug geben sollten), und sie war mitsamt Kaffeetasse und Keks wieder in ihrem Arbeitszimmer verschwunden.

Ein Blick auf den PC-Bildschirm verriet ihr, dass in der Zwischenzeit eine Mail ihres Chefredakteurs eingegangen war.

Bitte dringend um Rückruf! In den Morgenstunden ist ein Jogger im Rheingau-Taunus-Kreis von einem frei laufenden Zirkuselefanten getötet worden. Der Volontär bereitet für die morgige Ausgabe achtzig Zeilen vor. Könnten Sie für das Monatsmagazin eine längere Geschichte daraus machen?

Das Monatsmagazin war eine Beilage ihres Blattes mit ausführlichen Hintergrundberichten und Features zu ausgewählten Themen aus Politik, Kultur, Wirtschaft, Wissenschaft und Sport. Friederike mochte diese Art von Journalismus lieber als das schnelle Tagesgeschäft, da sie ihr mehr Zeit für gründliche Recherchen ließ und eine faktenreichere Darstellung ermöglichte. Sie griff daher freudig zum Hörer und rief ihren Chef an.

3

»Schon so früh auf?« Hella war für gewöhnlich immer die Erste im Büro. Aber als sie an diesem Montagmorgen um sieben ihre Arbeitsräume betrat, saß ihr engster Mitarbeiter Tobias bereits an seinem Platz.

Das modernisierte Bürogebäude des Hessischen Umweltministeriums befand sich nur wenige Kilometer von Hellas Haus entfernt in der Nähe des Wiesbadener Hauptbahnhofs. Trotz der verglasten Vorderfronten musste Hella immer an drei hintereinander gestapelte Schuhkartons denken, wenn sie die Fassaden ihrer Dienststelle betrachtete, während sie an dem begrünten lichten Innenhof durchaus Gefallen fand, erst recht im Sommer, wenn sie sich hier zu einem kurzen Kaffeeplausch mit Kollegen traf.

Tobias fuhr sich mit beiden Händen über sein von der Topografie des Schlafmangels gezeichnetes Gesicht und gähnte. »'tschuldigung!«, nuschelte er. »Kai hat die halbe Nacht gebrüllt. Er zahnt, und da ich eh schon wach war, habe ich mir gedacht, dass ich genauso gut zeitig ins Büro fahren kann. Hier ist es wenigstens noch ruhig.« Er lächelte dünn.

Hella leinte Jagger ab und bedachte Tobias mit einem mitfühlenden Gesichtsausdruck. Er und seine Frau Elke waren vor Kurzem zum zweiten Mal Eltern geworden. Hella wusste, dass ihr Mitarbeiter seine Kinder abgöttisch liebte. Aber immer wenn sie mitbekam, welchen Spagat er machen musste, um Familie, Arbeit und das bisschen Freizeit, das ihm blieb, unter einen Hut zu bringen, war sie dankbar dafür, diese Last nicht auch noch schultern zu müssen.

Sie fühlte sich heute früh allerdings ebenfalls müde und erschöpft. Der leise Kopfschmerz, den sie schon beim Aufstehen verspürt hatte, hatte sich verstärkt und schraubte sich von ihrem Nacken unaufhaltsam den Hinterkopf hinauf. Sie schob ihr Unwohlsein auf die entsetzlichen Eindrücke von der Ziegelei, die noch immer an ihr hafteten wie klebriges Bonbonpapier, und sie wäre lieber im Bett liegen geblieben, statt um halb fünf aufstehen zu müssen. Doch es standen wieder tausenderlei Dinge an, und sie hatte, wie so oft, die heimische Ruhe genutzt, um nach ihrer Gassirunde mit Jagger am Laptop schnell noch das eine oder andere zu erledigen, für das ihr im Laufe des Tages die Zeit fehlte. Denn spätestens ab acht ging es im Büro drunter und drüber. Das Telefon klingelte ununterbrochen, es galt, Veranstaltungen, Sitzungen oder runde Tische vorzubereiten, Gesetzesvorlagen, Entschließungsanträge, Gutachten, Vorträge, Stellungnahmen sowie Erlasse zu formulieren oder sich mit Mitmenschen herumzuärgern, die sich durch ihre Arbeit auf den Schlips getreten fühlten.

Lustlos hängte sie ihren schwarzen Regenblouson an der Garderobe auf. Für den Nachmittag war ein schweres Gewitter angesagt, und ihr stand nicht der Sinn danach, bei ihren Auswärtsterminen später bis auf die Knochen nass zu werden.

Jagger stürmte derweil in ihr Büro, nachdem er sich sein obligatorisches Begrüßungsleckerchen bei Tobias erbettelt hatte. Auf den Vorderläufen kniend, verleibte sich der Rüde den Hundekeks in Windeseile ein und bearbeitete anschließend sein unter Hellas Schreibtisch platziertes Kissen, indem er sich mehrmals um die eigene Achse drehte und dabei immer wieder mit den Vorderpfoten über die Liegefläche kratzte. Mit einem wohligen Seufzer ließ er sich schließlich fallen.

Hella schaute über Tobias' Schulter hinweg auf dessen PC. »Irgendetwas Wichtiges im Posteingang?«

»Wie man's nimmt. Andreas Semmler fährt wegen deines Vorstoßes, gewerbliche Tierbörsen für Reptilien verbieten zu wollen, jetzt richtig schweres Geschütz auf.«

Hella stöhnte und rollte die Augen. »Was ist es diesmal? Schreibt er mir wieder ›Liebesbriefe‹?« Sie malte mit den Zeige- und Mittelfingern Gänsefüßchen in die Luft. »Oder will er mir eine Schwarze Mamba in den Briefkasten stecken?«

Tobias verzog amüsiert das Gesicht. »So was in der Art. Er hat Strafanzeige gegen dich gestellt.«

»Alle Achtung! Der lässt auch wirklich nichts aus«, grunzte Hella und machte eine abfällige Geste. Der Vorsitzende des hessischen Reptilienverbandes brachte sie zur Weißglut, da er die Ansicht vertrat, die Haltung von Reptilien ließe sich mit der Haltung von Hunden oder Katzen vergleichen. Er wollte einfach nicht begreifen, dass Schlangen, Echsen oder Krokodile nichts in heimischen Terrarien oder Badewannen zu suchen hatten, weil sie dort nicht artgerecht gehalten werden konnten. Er scherte sich auch keinen Deut darum, dass Reptilien als Träger von Salmonellen eine große Gesundheitsgefahr für Säuglinge, Kleinkinder und immungeschwächte Menschen darstellten, und hatte den von Hella vorangebrachten Vorschlag für ein Verbot der Heimtierhaltung von Reptilien in Hessen als persönlichen Affront gewertet. Hella hatte es daraufhin aufgegeben, an seine offensichtlich nicht vorhandene Einsichtsfähigkeit zu appellieren, und seine wütenden E-Mails, mit denen er sie regelmäßig bedachte, eisern ignoriert. Dass sie nun aber auch noch dafür eintrat, Börsen untersagen zu wollen, auf denen Landschildkröten, Kornnattern, Bartagamen und andere Reptilien zu Tiefstpreisen wie auf einem Flohmarkt verscherbelt wurden, hatte wohl das Fass zum Überlaufen gebracht.

Wie konnte ein Mensch nur so engstirnig sein? Sie schüttelte fassungslos den Kopf, schnappte sich die Post von Samstag, die Tobias bereits vorsortiert hatte, und ging hinüber in ihr Büro. Auf dem Weg dorthin goss sie sich eine Tasse Tee ein und ließ zwei Stücke Würfelzucker hineinfallen. Ihr Magen knurrte leise, da sie heute früh keinen Bissen herunterbekommen hatte. Sie stellte die Teetasse ab, ließ sich auf ihrem Schreibtischstuhl nieder, was dieser mit einem leisen Quietschen quittierte, und startete ihren Computer. Während der PC hochfuhr, suchte sie in ihrem Rucksack nach einer Kopfschmerztablette.

»Hella?« Tobias schob seinen Kopf zur Tür herein.

»Ja?«

»Ich wollte dir nur sagen, dass heute Vormittag auf dem Dern'schen Gelände eine Demo gegen Wildtiere im Zirkus stattfindet. Kann ja sein, dass du hingehen willst.«

Zögernd wägte Hella eine Antwort ab. Einerseits würde das ihren Zeitplan völlig über den Haufen werfen. Andererseits ließ es der Vorfall in Bad Schwalbach ratsam erscheinen, sich dort wenigstens kurz blicken zu lassen. Sie nickte. »Alles klar. Ich mache mich nachher auf den Weg.«

***

Hinter dem Wiesbadener Rathaus war die Hölle los. Mehrere hundert Demonstranten hatten sich auf dem zentral gelegenen kopfsteingepflasterten Dern'schen Gelände eingefunden und taten ihren Protest lautstark kund. Einige hielten Transparente hoch, auf denen »Tiere haben in der Manege nichts zu suchen!« oder »Wir wollen keine Mörder und Tierquäler unter uns haben!« stand. Andere skandierten lauthals: »Zirkus mit Tieren ignorieren!«

Der schrille Lärm von Trillerpfeifen bohrte sich in Hellas Trommelfelle wie Glassplitter. Polizisten säumten das Gelände, um ein Vordringen der Demonstranten zum Landtag zu verhindern. Vor der fünftürmigen, vollständig aus Backsteinziegeln erbauten Marktkirche, die im spätsommerlichen Sonnenlicht kupferrot leuchtete, drängten sich zahlreiche Menschen um einen Stand des Aktionsbündnisses Tierrechte Hessen, auf dem mehrere Flyer auslagen. Zwei Mitarbeiter des Netzwerks hatten sich als Bär und Tiger kostümiert und stolzierten vor dem Informationsstand auf und ab. An ihren Handgelenken baumelten Handschellen als Symbol für das Leid der Zirkustiere.

Hella hätte bei den schweißtreibenden Temperaturen um keinen Preis der Welt mit ihnen tauschen mögen. Die Luftfeuchtigkeit war inzwischen so hoch, dass es nicht mehr lange dauern konnte, bis sich das angekündigte Gewitter über der Landeshauptstadt entladen würde. Vom Rheingau zogen schon erste tiefschwarze Wolken heran. Ihre cremefarbene Bluse klebte ihr wie ein nasser Lappen am Körper.

Sie nahm einen der Flyer zur Hand und blätterte darin. Dabei wurde ihr bewusst, dass der Bursche mit dem ausgeprägten Ekzem am Hals und an den Unterarmen, der den Stand bewachte, sie neugierig musterte. Zeichnete sich etwa ihr BH unter der nass geschwitzten Bluse ab? Vorsichtig schielte sie an sich hinunter. Zum Glück war das nicht der Fall. Vielleicht lag es an ihrer Haarfarbe. Auf einige Männer schien ihr Kupferton eine regelrechte Signalwirkung zu haben, wie sie den anzüglichen Kommentaren, die ihr ab und an entgegengebracht wurden, entnahm. Aus dem Blick des Mannes sprach allerdings weniger ein sexuelles Interesse als etwas, das sie nicht richtig deuten konnte.

Hinter sich vernahm sie plötzlich beifälliges Gemurmel. Sie drehte sich um. Ein bekannter Fernsehstar näherte sich dem Stand, umringt von einer Traube entzückter Fans. Mit gewichtiger Miene ergriff er den bereitliegenden Kugelschreiber und setzte seine schnörkelige Unterschrift unter eine Petition, mit der das Bündnis ein bundesweites Wildtierverbot im Zirkus voranbringen wollte. Für die lokalen Medien war das ein gefundenes Fressen. Ein Team des Hessischen Rundfunks stürzte sich auf den Krimihelden und hielt ihm, kaum dass er den Stift abgesetzt hatte, das Mikrofon unter die Nase. Der Promi ließ, garniert von einem strahlend weißen Lächeln, sogleich ein paar tierschutzkonforme Worthülsen fallen, bevor er mit seiner aufgeregt neben ihm hertrippelnden PR-Beraterin zu seinem nächsten Termin davonrauschte.

Hella blieb am Rand der Menge stehen und beobachtete teils amüsiert, teils kopfschüttelnd das Geschehen. Vorsichtig zupfte sie an ihrer Bluse und blies sich ein wenig Luft in ihren schweißnassen Ausschnitt.

Auf einer kleinen, vor der Südseite des Rathauses errichteten Bühne machte sich derweil ein Vertreter der Tierrechtsorganisation mit einem Megafon bereit für eine Durchsage.

»Wir sind heute hier …«, setzte er an und wartete dann einen Moment, bis er die Aufmerksamkeit der Menge genoss, »… um gegen die nicht mehr zeitgemäße Haltung von Wildtieren im Zirkus zu protestieren, aber auch, um unsere Solidarität mit den

Angehörigen des jungen Mannes zu bekunden, der gestern auf so tragische Weise ums Leben gekommen ist.«

Die Menge verstummte. Die Mienen der Umstehenden schwankten zwischen angriffslustig und betreten. Vereinzelt schnäuzte sich jemand die Nase. Doch die Ruhe währte nur kurz. »Schuld sind doch die Politiker!«, brüllte plötzlich ein Hitzkopf mit hochrotem Gesicht, der nur wenige Meter neben Hella stand. Die Wut blähte seinen Schädel auf wie einen Ballon. »Warum gibt es denn bei uns noch immer kein Wildtierverbot? Das ist eine Riesensauerei! In anderen Ländern hat man solchen Verbrechern längst das Handwerk gelegt.«

Sofort brandete der ohrenbetäubende Lärm wieder auf. Die Erregung zischte durch die Menge wie heißer Wasserdampf.

Der Sprecher hatte sichtlich Mühe, sich wieder Gehör zu verschaffen. Nachdem es ihm nach mehreren vergeblichen Anläufen endlich gelungen war, ließ er sich über die Petition aus, die in der nächsten Woche an das Bundesministerium für Ernährung und Landwirtschaft übergeben werden sollte.

Hella hörte nur mit einem halben Ohr hin. In Gedanken war sie bereits bei ihrem Gespräch mit dem hessischen Umweltminister, das um halb elf anstand und bei dem es um den geplanten runden Tisch zur Verbesserung der Nutztierhaltung in der Landwirtschaft gehen sollte. Plötzlich tippte ihr von hinten jemand auf die Schulter.

»Frau Dr. Ohlsen?«

Hella drehte sich um und sah sich einer jungen Frau gegenüber.

»Ich bin Friederike Roth von den Wiesbadener Nachrichten. Wir haben vor einigen Wochen schon einmal miteinander telefoniert. Ich hatte damals zum Thema Kükentötungen recherchiert.«

»Ach, ja, ich erinnere mich«, sagte Hella nach kurzem Nachdenken und gab Friederike die Hand.

»Hätten Sie einen Moment Zeit? Ich schreibe eine Hintergrundgeschichte zur Haltung von Wildtieren im Zirkus anlässlich des gestrigen Vorfalls und würde Sie dazu gerne interviewen. Vielleicht können wir uns irgendwo hinsetzen, wo es etwas ruhiger ist?«, bat sie.

Hella blickte auf ihre Armbanduhr. Bis zu ihrem Termin mit dem Minister blieb ihr noch etwas mehr als eine Stunde Zeit. »Also gut. Eine gute halbe Stunde kann ich Ihnen geben. Lassen Sie uns ins Café Maldaner gehen. Ich könnte etwas zu essen und eine große Dosis Koffein vertragen. Kommen Sie!«, sagte sie mit einer einladenden Handbewegung und schritt Richtung Marktstraße voran. Friederike schloss sich ihr eilends an.

Bis zum Café waren es nur knapp zweihundert Meter. Am Marktbrunnen vor dem Alten Rathaus, in dem sich das Wiesbadener Standesamt befand und das direkt gegenüber dem Landtag lag, stand ein junges Brautpaar. Friederike hatte den Eindruck, dass die Braut trotz der historischen Kulisse reichlich unglücklich dreinblickte, was, so vermutete sie, wohl daran lag, dass sie sich ihren Hochzeitstag ohne die ohrenbetäubende Kakofonie einer Tierrechtsdemo vorgestellt hatte.

Die beiden Frauen setzten sich an einen freien Tisch im hinteren Teil des im Jahr 1859 im Wiener Kaffeehausstil errichteten Lokals. Die gedämpfte Atmosphäre des Cafés und das leise Stimmengemurmel der anderen Gäste hüllten Hella und Friederike augenblicklich ein wie in eine warme Decke.

Friederike ließ ihre Blicke über die stilvolle Inneneinrichtung schweifen. Alles in dem Raum mit seinen dunklen Holzvertäfelungen, unzähligen Spiegeln, Lüstern und Kerzen sowie alten Sesseln und Sofas und der plüschig anmutenden Dekoration aus riesigen Porzellanvasen mit Blumenmuster sowie lebensechten Keramikpuppen im Nerzmantel und mit Dauerwelle atmete den Geist der vorvergangenen Jahrhundertwende. Schon beim Betreten des Cafés durch die nostalgische Holzdrehtür hatte Friederike das Gefühl gehabt, eine Zeitreise in die Vergangenheit anzutreten.

Hella entschied sich nach einem kurzen Blick in die Speisekarte für ein deftiges Bauernfrühstück mit Rühreiern und Speck. Die Kopfschmerztablette hatte ihre Wirkung entfaltet, und sie merkte, wie sich der Hunger Bahn brach.

Friederike beschränkte sich auf einen Einspänner, eine Mischung aus Kaffee und Schlagsahne im Glas. Sie holte ihren Notizblock und ihr Aufnahmegerät aus der Tasche und platzierte Letzteres mitten auf dem Tisch.

Eine beleibte ältere Dame, die mit einer weiteren Seniorin, deren knochige Wangen von zu viel Rouge hervorstachen wie zwei Kamelhöcker, am Nebentisch saß, starrte Hella neugierig an.

Friederike sah förmlich, wie das altersmüde Gedächtnis der fülligen Seniorin sich mühte, das Gesicht, das sie vor sich sah, einer ihr bekannten Person zuzuordnen. Vor den beiden Frauen standen zwei Portionen Kaiserschmarrn mit Zwetschgenkompott, die, wie zu Trümmerhaufen aufgeschichtet, auf ihre Beseitigung warteten.

»Die eine kenne ich aus der Zeitung. Die arbeitet bei einer Tierschutzorganisation«, wisperte die Rundliche, der plötzlich zu dämmern schien, woher sie Hella kannte, ihrer Freundin über ihren wogenden Busen hinweg zu. Ihr Doppelkinn zitterte bei jeder Bewegung.

»Was hast du gesagt?«, schrie ihre schwerhörige Begleiterin und hielt, da sie sich halb über den Tisch beugen musste, um ihre Freundin besser verstehen zu können, ihre Perlenkette fest, damit diese nicht im Zwetschgenkompott landete.

»Ich sagte, die eine arbeitet bei einer Tierschutzorganisation«, antwortete die Rundliche nun ebenfalls mit lauter Stimme. Ihr halsloses Gesicht erinnerte Friederike an eine Kröte.

»Wer arbeitet bei einer Tierschutzorganisation?«

»Die mit den roten Haaren!« Die Krötengleiche warf einen bedeutsamen Seitenblick auf Hella.

»Wie heißt die? Was sagtest du, Mathilde?«, brüllte die Geschminkte quer über den Tisch.

»Das ist Hella Ohlsen vom Hessischen Umweltministerium, und ich heiße Friederike Roth und arbeite für die Wiesbadener Nachrichten!«, rief Friederike den beiden fröhlich zu, um weiteren wilden Spekulationen einen Riegel vorzuschieben. »Und wer sind Sie?«, fragte sie mit großen unschuldigen Augen.

Die Mollige, die bereits Luft geholt hatte, um zu antworten, klappte ihren Mund wieder zu und grunzte, während sie ihre Freundin mit einem mahnenden Blick bedachte. Wortlos begannen die beiden, ihren Kaiserschmarrn in sich hineinzuschaufeln.

»Also, was genau wollen Sie wissen?«, fragte Hella schmunzelnd. Die offenherzige Journalistin war ihr auf Anhieb sympathisch. Ihre Seidenbluse begann langsam zu trocknen. Sie hoffte, dass der Schweiß keine unangenehmen Ränder hinterließ.

»Mich interessiert, wieso es in Deutschland immer noch kein Verbot für die Mitnahme von Wildtieren im Zirkus gibt«, sagte Friederike und schaltete das Aufnahmegerät ein.

»Das ist eine gute Frage.« Hella fasste sich an die Nasenspitze. »Zahlreiche andere Länder weltweit sind längst weiter und haben die Wildtierhaltung im Zirkus schon vor Jahren entweder komplett verboten oder stark eingeschränkt. In Deutschland dagegen steht eine solche Verordnung noch aus, obwohl wir im Bundesrat bereits mehrere Entschließungen hierzu eingebracht haben. Aber Ihnen als Journalistin muss ich ja sicher nicht erklären, wie das im Politikbetrieb läuft. Je stärker eine Lobby, umso mehr kann sie an den entscheidenden Stellschrauben drehen, um Gesetzgebungsprozesse zu beeinflussen. Das ist im Tierschutz nicht anders als in anderen Bereichen. Da braucht es nur ein paar bekennende Zirkusfans in der Regierung, und schon landen gut gemeinte Initiativen im politischen Nirwana. Selbst die Tatsache, dass immer wieder gefährliche Unfälle mit Zirkustieren passieren, bei denen Menschen verletzt oder getötet werden, konnte daran bislang nichts ändern.«

»Also ist Bad Schwalbach kein Einzelfall?«

»Oh nein.« Hella lachte bitter auf. »EU-weit sind seit 1995 knapp fünfhundert Zwischenfälle mit Zirkustieren dokumentiert. Fast die Hälfte davon hat sich in Deutschland ereignet.«

»Wow! Das hätte ich nicht gedacht«, staunte Friederike. Die Information übertraf bei Weitem ihre Erwartung. »Führen denn noch alle Zirkusbetriebe Wildtiere mit sich?«

»Nein, aber es gibt immer noch eine ganze Reihe großer und kleiner Unternehmen, die mit Wildtieren umherreisen und arbeiten. Für viele von ihnen sind Elefanten, Bären, Affen und Raubkatzen das Hauptkapital, um Publikum anzulocken.«

»Und welche Wildtierarten sollten Ihrer Meinung nach aus der Manege verbannt werden?«

»Unter dem Stress einer Zirkushaltung leiden vor allem Elefanten, Bären, Giraffen, Nilpferde, Nashörner, Robben, Raubkatzen, Reptilien und Affen. Die Folgen sind nicht nur massive gesundheitliche Probleme und schwere Verhaltensstörungen, sondern auch eine erhöhte Sterblichkeit. Afrikanische Elefanten zum Beispiel können in Freiheit bis zu sechzig Jahre alt werden, während ihre im Zirkus lebenden Artgenossen oft vor ihrem dreißigsten Lebensjahr sterben.«

»Aber all das schreit doch geradezu nach Handlungsbedarf«, sagte Friederike kopfschüttelnd.

Hella bedachte den Kellner, einen bärtigen jungen Mann in schwarzer Hose, weißem Oberhemd und weinroten Hosenträgern, der ihr das Frühstück brachte, mit einem freundlichen Nicken, bevor sie antwortete. »Da gebe ich Ihnen vollkommen recht.« Sie legte sich die Serviette auf den Schoß und zerteilte das Rührei mit der Gabel. »Aber solange es kein Bundesgesetz gibt, lässt sich das Problem leider nur auf behördlichem und kommunalem Wege regeln, und das ist alles andere als einfach. Die Beschlagnahmung eines Wildtieres ist immer eine schwierige Einzelfallentscheidung und rechtlich oft schwer durchzusetzen, selbst wenn ein Amtstierarzt eindeutige Verstöße gegen das Tierschutzrecht feststellt. Einige Städte und Gemeinden versuchen das Problem zu umgehen, indem sie Zirkusbetrieben, die Wildtiere führen, aus Sicherheitsgründen erst gar keinen Gastspielpatz mehr überlassen.«

»Hm«, sagte Friederike nachdenklich. Sie löffelte sich eine große Portion Schlagsahne in den Mund und ließ sie langsam auf der Zunge zergehen, um den cremig süßen Genuss in die Länge zu ziehen. »Mit anderen Worten: Hätte die Gemeinde Bad Schwalbach das auch so gemacht, dann wäre der junge Mann heute noch am Leben.«

»Ja. Aber das ist leichter gesagt als getan«, wandte Hella ein.

»Wenn eine Kommune einem Zirkus einen Auftritt verbieten will, muss sie gute Argumente an der Hand haben und die von den Wildtieren ausgehenden Gefahren im Einzelfall belegen, weil sie damit nämlich in die Berufsfreiheit der Zirkusbetreiber eingreift. Kommt es zum Rechtsstreit, ziehen die Kommunen oft den Kürzeren, da viele Richter das Recht auf Berufsfreiheit höher schätzen als den Tierschutz.«

»Ach du meine Güte. Das ist ja echt kompliziert.« Friederike bedachte Hella mit einem ungläubigen Blick.

»Allerdings. Außerdem verfügte der Zirkus Carina über die erforderliche Sachkundebescheinigung zur Haltung seiner Tiere«, sagte Hella und führte die Gabel zum Mund.

»Was für eine Sachkundebescheinigung?« Friederike legte den Löffel neben die Untertasse, notierte sich das Stichwort in ihrem aufgeschlagenen Block und unterstrich es zweimal.

»Das ist eine amtstierärztliche Bestätigung, dass die Tierhalter und -pfleger vom Zirkus über die Kenntnisse und Fähigkeiten zur artgerechten Haltung ihrer Schützlinge verfügen, eine Art Freifahrschein für Gastspiele«, erklärte Hella kauend.

Friederikes Augenbrauen schnellten in die Höhe. »Was? Das heißt, wenn ein Zirkus *irgendwo* in Deutschland einen Amtstierarzt findet, der ihm Brief und Siegel dafür gibt, dass er die erforderlichen Standards zur Haltung seiner Tiere erfüllt, dann kann das Unternehmen überall seine Zelte aufschlagen?«

»Grundsätzlich schon«, sagte Hella und spülte ihren Bissen mit einem großen Schluck Kaffee herunter.

»Wie schwer ist es denn, an diese Sachkundebescheinigung zu kommen?«

»Nicht besonders, da es keine rechtlich verbindlichen Vorgaben für die Tierhaltung in Zirkusbetrieben gibt, sondern lediglich Mindestanforderungen für bestimmte Wildtiere, die zudem noch deutlich unter den Vorgaben für die Haltung derselben Tierarten in Zoos liegen.«

Friederike machte sich erneut eine Notiz und markierte die Aussage mit einem dicken Ausrufezeichen. Ihr schwirrte allmählich der Kopf angesichts der Fakten, mit denen Hella sie fütterte. Sie war froh, dass sie das Aufnahmegerät eingeschaltet hatte. »Können Sie mir ein Beispiel nennen?«

Hella dachte kurz nach. »Nach den Zirkusleitlinien genügt es beispielsweise, wenn sich drei Elefanten eine Fläche von zweihundertfünfzig Quadratmetern teilen. Für die Zoos dagegen gilt eine erforderliche Mindestgröße von zweitausend Quadratmetern für vier Tiere.«

»Das ist ja ein himmelweiter Unterschied!« Friederike schüttelte entgeistert den Kopf. »Aber warum sind die Vorgaben für Zirkusse so viel lascher?«

»Weil Zirkustiere angeblich täglich verhaltensgerecht beschäftigt werden, unter anderem durch die Ausbildung, das Training oder die Vorführungen in der Manege.«

»Na ja, man kann sich die Dinge auch schönreden!«, entrüstete sich Friederike, woraufhin sie erneut das Interesse der Molligen auf sich zog, die sich aber sofort wieder abwandte, als sie Friederikes Blick begegnete. »Und wenn ein Zirkus so eine Sachkunde im Sack hat, erfolgen dann keine weiteren Kontrollen mehr?«

»Doch. Die Veterinärämter sind eigentlich dazu verpflichtet, an jedem Standort, an dem ein Zirkus haltmacht, unangekündigt zu überprüfen, ob tatsächlich alles in Ordnung ist und keine aktuellen tierschutzrechtlichen Verstöße vorliegen.«

Friederike stützte sich auf ihre Ellenbogen und beugte sich vor. »›Eigentlich‹ heißt: In Bad Schwalbach war das nicht so?«

Hella sah der Journalistin, die offensichtlich einen guten Riecher für Zwischentöne hatte, forschend ins Gesicht. »Richtig! Hier ist das Amt erst aktiv geworden, nachdem sich eine Tierrechtsgruppierung über die schlechten Haltungsbedingungen von Leila beschwert hat.«

»Aber warum?«

Hella zuckte nur leicht mit den Schultern. »Das sollten Sie Herrn Häuser lieber selbst fragen?«

»Herrn Häuser?«

»Ja, Dr. Rudolf Häuser. Das ist der Leiter des Kreisveterinäramts in Bad Schwalbach.«

Friederike schrieb sich den Namen auf. »Und wie ging es nach der Beschwerde weiter?«

»Daraufhin war Herr Häuser natürlich gezwungen zu handeln und hat am vergangenen Freitag einen Gutachter, einen Verhaltensbiologen aus Frankfurt, zum Zirkus geschickt, der jedoch keinen Grund zur Beanstandung gesehen hat.«

»Das klingt so, als sähen Sie das anders.«

Hella lachte erneut auf. »Genau. Ich war an dem Tag ebenfalls vor Ort, da das Tierrechtsbündnis sich mit seiner Beschwerde auch an mich gewandt hatte, und bin zu einer ganz anderen Einschätzung gelangt als Professor Birkenfeld.« Sie schilderte Friederike, welche Schlüsse sie bei ihrem Rundgang auf dem Zirkusgelände am Freitag gezogen hatte.

»Haben Sie eine Erklärung dafür, warum Professor Birkenfeld Leilas Zustand gänzlich anders beurteilt hat als Sie? Als Experte kann ihm doch nicht entgangen sein, dass der Elefant schwere Verhaltensstörungen zeigt«, fragte Friederike, der die Geschichte immer seltsamer und verworrener vorkam. Ihre Finger suchten Halt am Zuckerstreuer.

»Sie kennen doch das Sprichwort ›Eine Hand wäscht die andere‹, nicht wahr?«, antwortete Hella sibyllinisch und signalisierte dem Kellner, ihr einen zweiten Kaffee zu bringen.

Sie wusste aus Erfahrung, dass viele Veterinärbehörden lieber die Augen vor dem Leid der Tiere verschlossen, anstatt zu handeln, und darauf setzten, dass der Zirkus bald weiterzog und die behördliche Zuständigkeit damit automatisch an das nächste Amt überging. Sie nahm daher an, dass es zwischen Häuser und Birkenfeld irgendeinen Deal gegeben hatte, um ebendies zu erreichen. Doch da sie hierfür keine Belege hatte, wollte sie sich gegenüber der Journalistin zum derzeitigen Zeitpunkt nicht zu einer derartigen Unterstellung hinreißen lassen.

»Und Sie meinen, wenn ich Herrn Professor Birkenfeld auf den Kopf zu frage, warum er ein offensichtlich geschöntes Gutachten erstellt hat, bekomme ich eine ehrliche Antwort?«, erkundigte sich Friederike, mehr rhetorisch als ernst gemeint.

Hella grinste und schob sich das letzte Stück vom krossen

Speck in den Mund. »Das würde mich sehr wundern, aber versuchen können Sie es ja.« Sie machte eine kleine Kunstpause. »Ich würde Ihnen dazu gerne mehr sagen, aber ich will erst sicher sein, dass ich mit der Vermutung, die ich hege, richtigliege«, bedeutete sie ihr.

»Verstehe.« Friederike nickte und verspürte zugleich den vertrauten Kick, der eine vielversprechende Fährte verhieß. Die Landestierschutzbeauftragte gefiel ihr immer besser. Nicht nur dass sie, anders als viele Tierschützer, nicht auf dem Ticket der Fraktion der Fleischlosen fuhr, von denen so manch einem nach ihrer Auffassung mit dem tierischen Eiweiß auch der Humor abhandengekommen war. Nein, sie schien auch den Mumm zu haben, die Dinge beim Namen zu nennen.

»Deswegen drängen wir im Bundesrat ja seit Jahren so darauf, dass die Mitnahme von Wildtieren im Zirkus bundesweit verboten wird. Zum einen herrschten dann überall klare rechtliche Verhältnisse. Und zum anderen wäre endlich Schluss mit diesem unseligen Flickenteppich an Zuständigkeiten und Kungeleien, bei denen kaum noch einer durchblickt«, schloss Hella und legte ihre Serviette neben den Teller. Sie nahm ihren Rucksack hoch und suchte nach ihrem Portemonnaie. »Aber nun muss ich langsam los. Hier ist meine Visitenkarte mit meiner Handynummer. Rufen Sie mich gerne an, wenn Sie weitere Fragen haben.«

Und ob ich das tun werde, dachte Friederike und schaltete ihr Aufnahmegerät ab. Aus dem Augenwinkel registrierte sie, dass die Seniorinnen vom Nachbartisch inzwischen mit ihrem Kaiserschmarrn fertig waren und offensichtlich jegliches Interesse an Hella und ihr verloren zu haben schienen.

4

Jagger knurrte leise. Hella zog die Haustür hinter sich zu und drehte sich irritiert um. Der Terrier stand einige Meter von ihr entfernt in der Einfahrt und schaute wachsam zur angrenzenden Lorbeerhecke.

Hella spürte, wie sich bei der Erinnerung an den nächtlichen Vorfall vor zwei Tagen ihr Puls beschleunigte. Langsam ließ sie die rechte Hand in die Seitentasche ihres schwarzen Rucksacks gleiten, in der sich ein Reizgasspray zur Selbstverteidigung befand. Seit sie vor drei Jahren auf offener Straße von einem wütenden Pferdehofbesitzer attackiert worden war, der die Auflagen für eine tierschutzgerechte Haltung seiner ihm anvertrauten Schützlinge nicht erfüllen wollte, wollte sie kein zweites Mal schutzlos einem Angriff ausgeliefert sein. Mit einem leisen Zischlaut machte sie Jagger auf sich aufmerksam. Der Rüde kam, noch immer bedrohlich knurrend, mit steifen Schritten und gesträubtem Nackenfell auf sie zu, ohne die Hecke aus dem Blick zu lassen.

Plötzlich schoss eine Gestalt hinter dem dichten Grün hervor. Hella spürte fast im selben Moment, wie sie ein wuchtiger Schlag in die Kniekehlen traf. Reflexartig riss sie den Arm mit der mit Tränengas gefüllten Spraydose hoch und betätigte den Sprühkopf. Ein kurzer Aufschrei verriet ihr, dass sie ihr Ziel getroffen hatte, bevor sie das Gleichgewicht verlor und ungebremst auf die Pflastersteine knallte.

Jagger sprang mit gefletschten Zähnen um sie und ihren Angreifer herum und versuchte, dem Fremden ins Bein zu beißen. Der Mann trat mehrmals kräftig nach dem Hund, bis es ihm schließlich gelang, den Rüden, der seinen Hosensaum erwischt hatte, abzuschütteln. Augenblicklich ergriff er die Flucht. Unter wütendem Gebell setzte Jagger ihm nach.

»Jagger, bleib hier!« Hella rappelte sich mühsam wieder hoch und rieb sich die schmerzenden Knochen. Ihr linkes Knie tat höllisch weh. Vorsichtig machte sie ein paar Schritte, um zu prüfen, ob sie das Bein belasten konnte. Es ging, wenngleich sie das Gefühl hatte, jemand hätte ihre Kniescheibe mit einem Hammer bearbeitet.

Zitternd lehnte sie sich gegen den Briefkasten und betrachtete ihre aufgeschürften Handflächen. Wenn sie sich bislang eingeredet hatte, dass sie vorgestern Nacht nur schlecht geträumt hatte, dann musste sie sich jetzt wohl oder übel eingestehen, dass sie sich womöglich irrte. Aber wer war der Kerl, und was wollte er von ihr? Dank des Bewegungsmelders, der den Eingang zu ihrem Haus notdürftig erhellte, hatte sie erkennen können, dass eine Tätowierung den linken Oberarm des Mannes zierte. Sein Gesicht dagegen war durch eine tief nach unten gezogene Schirmmütze verdeckt gewesen.

Nach einem versuchten Einbruch sah das für sie nicht aus. Kein Einbrecher wäre so blöd, sie vor ihrer Tür zu überrumpeln, um ins Haus zu gelangen, sondern würde sich so lange irgendwo unbemerkt verstecken, bis die Luft rein wäre, dachte sie, während sie darauf wartete, dass Jagger zurückkam. Und wenn der Mann ihr ihren Rucksack hätte entreißen wollen, dann hätte er dies trotz Jaggers und ihrer Gegenwehr sicherlich zumindest versucht.

Hella betrachtete das Loch in ihrem linken Hosenbein. »Mist, die ist hin!«, fluchte sie. Wenige Sekunden später erblickte sie Jagger, der mit hängender Zunge zum Haus zurückkehrte.

»Wenigstens hast du nichts abgekriegt«, stellte sie erleichtert fest, nachdem sie ihn eingehend inspiziert hatte. Sie packte den Rüden am Halsband und dirigierte ihn zur Haustür. »Lass uns wieder reingehen. Ich muss mich erst umziehen. So kann ich nicht ins Büro fahren.« Humpelnd und mit schmerzverzerrtem Gesicht betrat sie das Haus.

***

»Hella, du musst zum Arzt gehen und solltest unbedingt Anzeige erstatten!« Tobias war sichtlich geschockt, als seine Chefin ihm erzählte, was passiert war.

Hella saß am kleinen Konferenztisch unter dem Fenster ihres Büros. Das linke Bein hatte sie auf einen Stuhl gelegt und kühlte das schmerzende Knie mit einer Kältekompresse.

»Ja, ja, später«, bedeutete sie ihm.

Ihr lag es fern, ein Drama aus der Angelegenheit zu machen. Das passte nicht zu ihr. Ihr Studium und ihre Weiterbildung zur Tierärztin für Nutztiere hatten sie gelehrt, hart im Nehmen zu sein. Die Einwände ihrer Mutter, die Arbeit mit Rindern, Schweinen oder Pferden sei doch auf Dauer viel zu anstrengend für eine Frau, hatte sie mit der Bemerkung »Ach, weißt du, Mama, ich habe keine Lust, mich mein ganzes Berufsleben lang mit ungeduldigen, hysterischen oder arroganten Haltern von Hunden, Katzen oder Meerschweinchen auseinanderzusetzen« beiseitegewischt.

Hellas Mutter, die sich irgendwann damit abgefunden hatte, dass ihre Tochter ihren eigenen Kopf hatte, hatte nur ergeben mit den Achseln gezuckt und erwidert: »Du musst wissen, was du tust, es ist schließlich dein Leben.«

Hätte ihr erster Chef, der Leiter einer Kleintierklinik im Münsterland, sie mit seinen verbohrten Ansichten zur Intensivtierhaltung in der Landwirtschaft nicht so gereizt, wäre Hella wahrscheinlich ihr Leben lang Tierärztin geblieben. Aber das, was sie mit eigenen Augen in den großen Nutztierbetrieben hatte mitansehen müssen, hatte ihr bisweilen den Atem verschlagen. »Wie kann es sein, dass Landwirte ohne medizinische Kenntnisse männliche Ferkel ohne Betäubung kastrieren dürfen, nur weil es billiger ist als fachgerecht ausgeführte Eingriffe mit Narkose? Man sollte denen mal den Hodensack ohne Betäubung aufschneiden und die Samenstränge kappen«, hatte sie ihrem Chef vorgehalten, daraufhin aber lediglich zur Antwort gekriegt: »Misch dich nicht in Dinge ein, die dich nichts angehen, Mädchen, und überlasse die Entscheidungen lieber denen, die etwas davon verstehen.« Mädchen! Hella hatte ihren Groll zähneknirschend heruntergeschluckt, sich im Stillen aber geschworen, die Dinge nicht auf sich beruhen zu lassen, sondern alles dafür zu tun, persönlich dazu beizutragen, solchen Missständen ein Ende zu bereiten. Und so war sie vor acht Jahren in den Dunstkreis der Landespolitik gewechselt und seither stets gut damit gefahren, vornehmlich ihrem Bauchgefühl zu vertrauen und nicht auf das zu hören, was andere ihr rieten. So würde sie es auch diesmal halten.

Sie legte die inzwischen handwarme Kompresse beiseite, schmierte noch etwas Schmerzgel auf ihr Knie und hangelte sich dann mit zusammengebissenen Zähnen an der Fensterbank entlang zu ihrem Schreibtisch. Dort griff sie nach dem Telefonhörer. Doch ihr Anruf galt weder ihrem Hausarzt noch der Polizei. Beides konnte warten. Es gab Dinge, die dringender waren, und dazu gehörte, Informationen einzuholen, mit denen sie Birkenfelds Gutachten widerlegen konnte. Und sie wusste auch schon, bei wem.

5

Friederike hatte sich vorgenommen, mit ihren Recherchen beim Zirkus zu beginnen. Hella Ohlsens Schilderungen über die mangelhaften Haltungsbedingungen von Leila hatten sie stutzig gemacht und zahlreiche Fragen aufgeworfen. Wer in drei Teufels Namen hatte dem Zirkus bescheinigt, dass er seine Tiere artgerecht hält, obwohl es Leila offensichtlich alles andere als gut ging? Und wieso hatte das örtliche Veterinäramt sich nicht selbst ein Bild vom Zustand der Elefantenkuh gemacht? Dafür musste es verflixt noch mal doch eine Erklärung geben.

Beim Anblick des Zirkuszelts, um das sich moderne Wohnwagen, helle Zirkuswagen aus Holz mit roten Dächern sowie knallrote Transportfahrzeuge mit der Aufschrift »Zirkus Carina« gruppierten, stiegen unvermittelt Erinnerungen an ihren ersten Zirkusbesuch hoch. Sie musste damals etwa sechs Jahre alt gewesen sein. Zusammen mit ihren Eltern hatte sie in der ersten Reihe direkt am Rand der Manege gesessen, völlig gebannt und auch ein wenig eingeschüchtert von dem bunten Treiben der Artisten, den vielen Menschen und den fremden Gerüchen nach Sägespänen und wilden Tieren.

Besonders angetan hatte es ihr ein kleines schwarz-weißes Pony, das, nur auf den Hinterbeinen laufend, in die Manege einmarschiert war. Dem Pony waren vier Pudel gefolgt. Der erste Hund hatte seine Vorderpfoten auf den Rücken des Pferdchens gelegt. Für die Zuschauer hatte es so ausgesehen, als hielte er die Zügel. Die übrigen drei Pudel hatten ihre Vorderpfoten ebenfalls auf dem Rücken des jeweiligen Vorderhunds liegen, und so waren die fünf wie ein kleiner lebendiger Zug hinter einem Dompteur herstolziert, der im Rückwärtsgang vor ihnen quer durch die Manege gelaufen war und dabei wie ein Dirigent mit den Armen gefuchtelt hatte.

Etwas später, bei der Nummer mit dem Indischen Elefanten, hatte Friederike vor lauter Aufregung einen Schluckauf bekommen. Sie hatte Elefanten bis zu diesem Zeitpunkt nur aus dem Zoo gekannt. Deshalb war es für sie faszinierend und beängstigend zugleich gewesen, als der Dickhäuter mit seinem tief hinab bis auf den Rüssel gezogenen paillettenbesetzten Kopfschmuck plötzlich so dicht vor ihr gestanden hatte, dass sie jede einzelne seiner Wimpern erkennen konnte. Sie war sich auf einmal winzig klein vorgekommen. Auch der Artist in seinem pinkfarbenen Frack und mit seinem Zylinder, der im Nacken des Elefanten hockte, hatte eher einer Spielzeugfigur als einem ausgewachsenen Menschen geglichen.

»Mama, Mama, guck mal, der macht Männchen!«, hatte Friederike plötzlich ausgerufen und ihre Mutter aufgeregt am Ärmel gezupft, während sie mit dem Finger auf den grauen Riesen gezeigt hatte, der, von seinem Trainer mit einem spitzen Haken traktiert, mühsam seine gut viertausend Kilogramm auf die Hinterbeine gewuchtet hatte, um sich dem staunenden Publikum zu präsentieren wie ein dressierter Hund. Noch Tage später hatte sie immerfort von den Nummern mit dem Pony, dem Elefanten und den Schimpansen, die in bunte Anzüge gesteckt und mit schwarzen Fliegen um den Hals auf kleinen Kinderfahrrädern in der Manege ihre Runden drehten, geplappert, sobald das Gespräch auf den Zirkusbesuch kam. Inzwischen schämte sie sich dafür, dass sie als Kind einen solchen Gefallen an den Dressuren gefunden hatte. Aber seinerzeit gehörten wilde Tiere wie Elefanten, Tiger, Affen und Löwen so selbstverständlich zum Zirkus wie Clowns und Hochseilakrobaten. Außerdem scherte sich zur damaligen Zeit niemand darum, welche Auswirkungen die Vorführungen auf das Wohl und die Gesundheit der Tiere haben könnten.

Sie schob sich ihre Sonnenbrille ins Haar, hängte sich ihren Fotoapparat um den Hals und besann sich darauf, weswegen sie hergekommen war.

Der Festplatz in Bad Schwalbach war menschenleer. Friederike lief ein Stück am Rand entlang bis zu einer mit einer weißen Plane bespannten Halle, die sich neben dem Zirkuszelt befand. Dahinter entdeckte sie einen Paddock, in dem fünf Ponys grasten. Schnell schoss sie ein paar Fotos und schlüpfte zwischen zwei mit Clowns in bunten Kostümen bemalten Wohnwagen hindurch, um zu dem mit Metallgittern umzäunten Gehege zu gelangen, in dem drei Kamele standen.

Da es hier nichts weiter zu entdecken gab, lief sie wieder zurück vor die Halle, wo sich eine weitere, circa zehn Quadratmeter große, verlassene und mit einem Elektrozaun versehene Außenanlage befand. Friederike nahm an, dass es sich um das Freigehege für den Zirkuselefanten handelte. Aus der Halle schlug ihr der strenge Geruch von Wildtieren entgegen. Sie rümpfte die Nase. Im selben Moment, als sie die Halle betreten wollte, hörte sie von drinnen eine männliche Stimme. Schnell zog sie sich hinter einen der Wohnwagen mit Blick auf den Eingang zurück und lauschte.

»Wie konnte so eine Scheiße passieren?«, brüllte der Mann aufgebracht. »Konntest du nicht besser aufpassen! Du weißt doch, wie unberechenbar die Dicke ist. Jetzt haben wir nicht nur diese dämlichen Tierschützer am Hals, sondern auch noch die Kripo.«

»Verdammt, das habe ich dir doch gestern schon erklärt. Ich habe einfach nicht mitgekriegt, dass Leila ausgebüxt ist«, erwiderte ein zweiter Mann in einem trotzigen Tonfall. Wütend rammte er die Mistgabel in den Boden. »Ich habe hier in der Halle Heu aufgeschüttet, und als ich zurück nach draußen bin, war sie weg. Mann, ich dachte, die ist vielleicht nur mal kurz spazieren, um sich was zu fressen zu suchen. Ich konnte doch nicht ahnen, dass sie einen Menschen umbringt.«

»›Ich dachte, ich dachte‹«, brauste der andere Mann auf und schlug sich dabei mehrmals mit der flachen Hand vor die Stirn, »überlass das Denken lieber mir, du Spatzenhirn. Denn weißt du, wer für den Scheiß hier in den Knast wandert? Hä? Das bin nämlich *ich* und nicht du«, er zeigte erst auf sich und stupste dem anderen Mann dann kräftig mit dem Zeigefinger vor die Brust, »weil ich für den Laden hier verantwortlich bin. Und auf so einen Mist habe ich überhaupt keinen Bock«, schäumte er. »Außerdem muss ich mir was einfallen lassen, um mir die

Tierschutztante vom Ministerium vom Hals zu halten. Die soll sich ja nicht einbilden, sie könnte uns Schwierigkeiten machen und uns Leila wegnehmen. Dann kann sie ihr blaues Wunder erleben.«

Friederike zuckte zusammen. Was sie da hörte, gefiel ihr ganz und gar nicht. Instinktiv drückte sie sich näher an den Wohnwagen heran. Sie wollte um jeden Preis verhindern, dass die beiden Männer sie entdeckten und herausbekämen, dass sie ihr Gespräch belauschte.

Kurz darauf verließ einer der beiden Streithähne die Halle und ging schnurstracks zu einem der Wohnwagen. Sein energischer Schritt und das kantige Gesicht mit der breiten Boxernase verliehen ihm eine brutale Ausstrahlung.

Sobald er die Tür seines Wohnwagens hinter sich zugeknallt hatte, wagte Friederike sich aus ihrem Versteck und warf vorsichtig einen Blick in die Halle. Dort war der zweite Mann dabei, mit einer Mistgabel Heu aufzunehmen und es auf ein niedriges Holzpodest zu werfen, auf dem die große Elefantenkuh stand. Missmutig verzog er dabei das Gesicht.

Ein Vorder- und ein Hinterbein des Dickhäuters waren an schwere Eisenketten gelegt, die im Holzboden verankert waren. In seinem natürlichen Bewegungsdrang eingeschränkt, der es ihm ermöglichte, in freier Wildbahn problemlos achtzig Kilometer am Tag zurückzulegen, wiegte das imposante Tier seinen Oberkörper immerfort von einer Seite zur anderen, als tanzte es zum Takt einer inneren, nur für es hörbaren Musik. Friederike schnürte es bei seinem Anblick die Kehle zu.

Schnell holte sie ihr Handy aus der Tasche und aktivierte die Filmfunktion, um die Szene im Bild festzuhalten. Da sie von ihrem Standort aus die Halle nicht vollständig einsehen konnte, schlich sie anschließend weiter bis zur Stirnseite, um einen besseren Überblick zu haben. Sie entdeckte mehrere vergitterte Boxen im hinteren Teil der Halle. In einer von ihnen lag ein Schimmel seitlich ausgestreckt auf dem Heu. Friederike schnalzte leise mit der Zunge. Doch das Tier regte sich nicht, sondern blieb apathisch liegen. Friederike streckte den Arm aus, um zum Filmen so nah wie möglich an die Boxen zu kommen.

»Hey, was machst du da?«

Friederike fuhr erschrocken zusammen. Beinahe wäre ihr das Handy aus der Hand gefallen.

Der Elefantenbetreuer kam quer durch die Halle auf sie zu und schwenkte dabei wild die Mistgabel. »Verschwinde! Du hast hier nichts zu suchen!«

»Verzeihung, ich ... ich wollte mich nur ein wenig umschauen«, stotterte Friederike.

»Hier gibt es aber nichts zu sehen. Und tu gefälligst die Scheißkamera weg!« Der Mann stand jetzt direkt vor ihr und funkelte sie zornig an.

Friederike überkam ein mulmiges Gefühl angesichts seiner muskulösen Oberarme und seines kräftigen Stiernackens. Ihre empfindlichen Geruchsnerven registrierten den säuerlichen Geruch von Schweiß. Übelkeit stieg in ihr auf. Fieberhaft überlegte sie, wie sie den Mann in ein Gespräch verwickeln könnte. »Ist das der Elefant, mit dem Sie auf Ihren Plakaten werben?«, sagte sie und zeigte auf Leila. »Ich habe mich schon immer gefragt, wie man Elefanten Kunststücke beibringen kann. Das ist doch sicherlich äußerst schwierig und auch furchtbar gefährlich, oder?«

»Und wennschon, kann dir doch scheißegal sein«, schnauzte der Muskelprotz. »Mach dich gefälligst vom Acker! Ich habe keine Zeit für blöde Fragen.«

Friederike spürte, wie ihre Stimmung kippte. »Jetzt blas mal nicht so einen Ballon auf, Alter! Ich lass mir von so einem Idioten wie dir überhaupt nichts vorschreiben!«, blaffte sie zurück.

»Pass mal auf, Kleine ...« Der Dompteur baute sich jetzt gefährlich nah vor ihr auf. Seine Augen verengten sich zu schmalen Schlitzen. »Wenn du nicht sofort dein Maul hältst und von hier verschwindest, vergesse ich mich. Ist das klar?« Drohend hob er die Faust, um seiner Warnung Nachdruck zu verleihen, und drehte Friederike dann abrupt den Rücken zu. Mit schweren Schritten stampfte er zurück zum Holzpodest. Als er die Elefantendame erreichte, tätschelte er ihr den Rüssel, als wollte er sein inniges Verhältnis zu dem Tier demonstrieren.

Der Zorn breitete sich in Friederike aus wie ein loderndes Feuer. »Ich bin nicht deine *Kleine*«, fauchte sie und trat mit voller Wucht vor die Hallenwand. Der Schmerz schoss ihr wie ein Stromschlag durch den Fuß. »Scheiße, verdammte Scheiße!«, fluchte sie und hüpfte auf einem Bein auf der Stelle. »Blödes Arschloch!« Vor Wut kochend streckte sie den Mittelfinger aus.

Der Schmerz hatte sie gleichwohl etwas ernüchtert, und ihr dämmerte, dass es wohl klüger war, den Rückzug anzutreten. Sie steckte ihr Handy in die Tasche und humpelte zurück zum Auto.

***

Der Wind frischte merklich auf. Die Bäume neigten unter heftigen Böen ihre Häupter, als wollten sie die Erde küssen, während in der Ferne bereits grelle Blitze den Himmel entzündeten, der die Farbe von Kohlebriketts angenommen hatte. Es war, als bäumte sich die Natur unter einem gewaltigen Schmerz auf, unbezähmbar wie ein wildes Tier, das, dem Willen des Menschen gewaltsam unterworfen, sich auf seine ihm angestammten Rechte besann.

Friederike konnte die sich am Horizont abspielenden elektrischen Entladungen mit nahezu jeder Faser ihres Körpers spüren. Ihre sensiblen Nerven vibrierten wie gezupfte Gitarrensaiten. Die Geräusche und Gerüche der Umgebung brachen über sie herein wie eine Flutwelle und versetzten ihre Synapsen unablässig in Aufruhr.

Ihr Ausraster gegenüber Leilas Betreuer machte ihr zusätzlich zu schaffen. Damit hatte sie sich in eine schöne Sackgasse manövriert. So ein Mist! Vom Zirkus würde sie sicher keine weiteren Informationen erhalten. Dass ihre impulsiven Ausbrüche sie auch immer so unvermittelt anfallen mussten. Frustriert und wütend über ihre mangelnde Selbstkontrolle, schlug sie mit dem rechten Handballen gegen das Lenkrad. Eine Hella

Ohlsen hatte bestimmt in jeder Lebenslage einen coolen Spruch auf Lager, mit dem sie andere souverän in ihre Schranken wies, dachte sie mit einem leisen Anflug von Neid, wohingegen ihr nichts Besseres einfiel, als sich wie ein altes Marktweib aufzuführen und den Mittelfinger auszufahren. Sie musste dringend lernen, sich besser zu beherrschen.

Sie machte den Scheibenwischer an, als die ersten dicken Regentropfen gegen die Windschutzscheibe klatschten. Vom Gewitterwind aufgewirbeltes Laub, das die Bäume aufgrund der langen Trockenheit vorzeitig abgeworfen hatten, tanzte in einem wilden Reigen über den Asphalt. Trotz ihrer durch den Wetterumschwung ausgelösten unterschwelligen Gereiztheit freute sich Friederike über den Regen. Endlich öffnete der Himmel seine Pforten und versorgte die Natur mit dem lebensspendenden Nass, das diese so dringend brauchte.

Sie sah auf die Uhr im Armaturenbrett. Für ihren nächsten Termin in der Bad Schwalbacher Kreisverwaltung war sie zu früh dran. Spontan entschied sie, einen Abstecher zum Kurpark zu machen. Nachdem sie die reizlosen Gewerbeimmobilien samt der grasgrünen Fassade der großen Molkerei hinter sich gelassen hatte, durchquerte sie die Altstadt, vorbei an der mächtigen neuapostolischen Kirche in ihrem unansehnlichen grauen DDR-Putz, bis der imposante weiße Renaissancebau des Kurhauses vor ihr auftauchte. Das elegante Gebäude war ein echter Hingucker. Majestätisch thronte es in unmittelbarer Nachbarschaft zu einem klassizistischen, in Zartrosa gehaltenen Bau, der eine Dependance des Standesamtes beherbergte, wie Friederike aus einem Führer über Bad Schwalbach wusste. Sie konnte sich dem Charme des malerischen Gebäudeensembles, das wie gemacht war als Kulisse für eine Märchenhochzeit, nicht entziehen und ließ ihn vom Auto aus eine Zeit lang auf sich wirken, bevor sie ihre Fahrt zum nahe gelegenen Kurpark fortsetzte.

Wie jedes Mal, wenn sie durch eins der Heilbäder und einen der Kurorte fuhr, die sich entlang der Bäderstraße über die hessische Landesgrenze hinweg von Bad Ems bis nach Wiesbaden wie Perlen an einer Kette aufreihten, ging ihr das Herz auf. Die kilometerlangen Grünanlagen, warmen Thermal- und Mineralquellen, Moore, endlosen Alleen, Weiher, verspielten Pavillons und zahlreichen Bänke, die zum Verweilen einluden, verbanden sich hier zu einer geballten gesundheitsfördernden Kraft, auch wenn die Blütezeit des Bäderwesens längst vorbei war und das Erscheinungsbild der Städte mancherorts einen frischen Anstrich nötig gehabt hätte. Das milde Schonklima der ausgedehnten artenreichen Wälder ringsherum tat sein Übriges, um die Lebenssäfte anzukurbeln. Wenn Friederike die Gegend mit einem farblichen Attribut versehen sollte, wäre das Grün, Grün und immer wieder Grün, aufgelockert durch die bunte Vielfalt der Obstbäume, das Gold der Getreideäcker und die leuchtend rot-gelben Töne der Weinberge im Herbst.

Nach einer Viertelstunde wendete sie und fuhr zurück. Oberhalb des Kreisverkehrs hinter dem Friedhof kam ihr Ziel in den Blick. Sie hatte Glück. Auf dem Besucherparkplatz der Kreisverwaltung stand nur eine Handvoll Autos, sodass sie nicht weit durch den Regen laufen musste.

»Hoppla!« Friederike sprang schnell einen Schritt zur Seite, um einer Frau mit zarten, fast elfenhaften Gesichtszügen, umrahmt von einer Wolke wirrer blonder Locken, Platz zu machen, die wütend aus dem Vorzimmer des Büros vom Landrat von Clausen stürmte.

»Ich will, dass der Elefant aus dem Verkehr gezogen wird«, schluchzte die Blondine mit tränenerstickter Stimme. »Lassen Sie ihn meinetwegen erschießen, aber sorgen Sie dafür, dass er nie wieder Unheil anrichten kann. Und ich schwöre Ihnen, dass Sie für den Rest Ihres Lebens für das büßen werden, was Sie mir angetan haben.«

»Nun warten Sie doch!«, rief von Clausen ihr hinterher. Der Landrat stand sichtlich betreten im Türrahmen. Doch die Frau war bereits im Treppenhaus verschwunden, von wo nur noch das wütende Klackern ihrer Absätze erklang.

Von Clausen holte tief Luft, straffte die Schultern und fasste sich wie ein Soldat mit beiden Händen an die Hosennaht, um sich zu sammeln. »Und wer sind Sie?«, wandte er sich mit leicht gereiztem Unterton an Friederike.

»Ich hatte über Ihr Sekretariat für vierzehn Uhr einen Interviewtermin mit Ihnen vereinbart«, klärte Friederike ihn auf.

»Ach ja, entschuldigen Sie, kommen Sie herein.« Von Clausen besann sich augenblicklich auf sein gutes Benehmen. »Bitte, nehmen Sie doch Platz«, sagte er mit einer einladenden Handbewegung, begleitet von einem aufgesetzten Lächeln, das seine makellosen weißen Zähne entblößte. »Esther, bringen Sie uns doch bitte zwei Tassen Kaffee und eine Flasche Mineralwasser«, wies er seine Sekretärin an, die, noch immer irritiert über die kleine Szene, mit Friederikes Trenchcoat in der einen und deren tropfendem Regenschirm in der anderen Hand wie erstarrt im Raum stand und der blonden Furie hinterherblickte.

»Entschuldigen Sie nochmals den etwas misslichen Auftakt unseres Gesprächs.« Von Clausen wischte eine imaginäre Fluse von seinem Jackett.

»Ist schon in Ordnung, nicht der Rede wert.« Friederike setzte sich auf einen der schwarzen Swinger am gläsernen Konferenztisch, den eine Vase mit einem großen farbenfrohen Blumenstrauß zierte. Missbilligend kräuselte sie ihre Oberlippe, als der Landrat ihr den Rücken zudrehte, um die Tür zu schließen. Komischer Typ, dachte sie. Mit seinem vollen, akkurat frisierten Haar, das aussah, als trüge er einen Helm, wirkte er glatt wie ein Aal, während seine kleinen meerblauen Augen etwas Verschlagenes hatten. Friederike mutmaßte, dass sich unter der spiegelglatten Oberfläche jede Menge Dreck befand, und war augenblicklich auf der Hut.

Interessiert musterte sie das Büro, das von einem riesigen gläsernen Schreibtisch dominiert wurde, hinter dem ein wuchtiger lederner Clubsessel thronte. Die rückwärtige Wand zierte ein deckenhoher Aktenschrank aus dunklem Nussbaumholz. Nirgends lagen Dokumente oder Stifte herum. Alles wirkte penibel aufgeräumt und – abgesehen von zwei Grünpflanzen am Fenster – irgendwie steril.

»War das die Lebensgefährtin des toten Mannes?«, eröffnete

Friederike das Gespräch, als die Sekretärin die Getränke und ein Porzellantellerchen mit Keksen hereinbrachte und den Raum gleich darauf wieder verließ.

Der Landrat, der ihr gegenüber Platz genommen hatte, setzte eine kummervolle Miene auf. »Ach ja, die arme Frau! Sie ist verständlicherweise ziemlich aufgelöst. Das ist aber auch wirklich eine schreckliche Geschichte. Und selbstverständlich werde ich mich darum bemühen, den Vorfall lückenlos aufzuklären.«

Friederike fragte sich, ob der Landrat davon ausging, sie mit seinem gespielt mitleidsvollen Gehabe beeindrucken zu können. Sie glaubte ihm kein Wort. Da sie nicht vorhatte, lange um den heißen Brei herumzureden, kam sie gleich zur Sache. »Diese ›Geschichte‹, wie Sie den tragischen Tod des Mannes nennen, hätte gar nicht passieren dürfen. Wieso haben Sie es dem Zirkus überhaupt erlaubt, im Ort zu gastieren?«

»Sicher, sicher, Sie haben vollkommen recht. Aber es gab keinerlei Grund, dem Unternehmen den Aufenthalt zu verweigern. Der Zirkus verfügte über die erforderliche Sachkundebescheinigung. Somit *musste* ich ihm eine Standortgenehmigung erteilen. Oder sollte ich dem Betrieb eigenmächtig verbieten, mit seinen Tieren aufzutreten, nur weil es einigen Leuten vielleicht nicht in den Kram passt, dass ein Zirkus heutzutage noch Elefanten, Nashörner oder Affen mit sich führt? Da erwarten Sie ein wenig zu viel von mir, junge Dame. Hierzulande gilt schließlich immer noch das Recht auf freie Berufsausübung. Und mit dieser Tragödie konnte ja niemand rechnen.« Von Clausen rang theatralisch die Hände.

Junge Dame. Was bildete dieser eingebildete Fatzke sich ein? Doch Friederike verkniff sich einen Kommentar. »Da liegen mir aber ganz andere Informationen vor. Das Veterinäramt Ihres Kreises hätte im Vorfeld erkennen müssen, dass der Zirkus die tierschutzrechtlichen Anforderungen nicht erfüllt und Leila eine Gefahr für die Öffentlichkeit darstellt«, setzte sie nach.

»Wie kommen Sie darauf?« Von Clausen neigte argwöhnisch den Kopf. Seine Augen nahmen einen dunklen Pflaumenton an.

Friederike beugte sich zu ihrer Tasche herunter und zog ein

mehrseitiges Dokument hervor. Sie legte es mitten auf den Tisch und klopfte mehrmals mit der flachen Hand auf das Deckblatt. »Das ist das Gutachten, das der Verhaltensbiologe Professor Manfred Birkenfeld im Auftrag des Amtstierarztes Dr. Rudolf Häuser und auf Wunsch des Zirkus mit finanziellen Mitteln aus Ihrem Haushalt über die Elefantenkuh Leila angefertigt hat.«

Nervös fasste von Clausen sich an das Revers seines Jacketts. »Ich weiß, ich kenne das Gutachten. Herr Professor Birkenfeld bestätigt dem Zirkus darin eindeutig eine artgerechte Haltung des Elefanten. Woher haben Sie das?«

Friederike kniff die Augen zusammen und fixierte den Landrat. Seine Frage ließ sie bewusst unbeantwortet. Was gingen ihn ihre Informationsquellen an? »Sie nennen es artgerecht, wenn ein Wildtier gezwungen ist, stundenlang an Eisenketten gefesselt auf der Stelle zu stehen und sich in einer kleinen Transportbox durch die Lande fahren zu lassen, noch dazu ohne Kontakt zu Artgenossen? Das ist doch absurd!« Sie ließ die Worte fallen wie dampfende Pferdeäpfel.

Auf dem Hals des Landrats bildeten sich rote Flecken. Mit erhobener Hand gebot er ihr Einhalt. »Stopp! Jetzt gehen Sie aber zu weit. Oder wollen Sie unterstellen, das Gutachten fuße auf unwahren Behauptungen, oder, schlimmer noch, ich hätte irgendeinen Einfluss darauf genommen?«

Friederike verzog keine Miene und starrte den Landrat nur an. Sie triumphierte. Von Clausens aalglatte Fassade bekam Risse, was verhieß, dass sie auf der richtigen Spur war. »Herr von Clausen, Sie glauben doch nicht im Ernst, dass die Einschätzung von Professor Birkenfeld einer unabhängigen tierschutzrechtlichen Prüfung standhält. Hier steht zum Beispiel, dass der Elefant keinerlei Auffälligkeiten zeigt. Das ist schlicht nicht wahr! Ich habe sein stereotypes Verhalten mit eigenen Augen gesehen. Er schaukelt die ganze Zeit hin und her. Außerdem stuft Herr Birkenfeld das Tier als völlig harmlos ein. Auch das ist gelogen, denn Leila hat bereits mehrere Male Menschen angegriffen.« Sie wartete einen Moment, bevor sie ihren Trumpf aus dem Ärmel zog, und sah von Clausen dann geradewegs in die Augen. »Dem Zirkus wurde deshalb schon vor zwei Jahren die Auflage erteilt, die Elefantenkuh von fremden Personen fernzuhalten. War Ihnen das etwa nicht bekannt?« Diese interessante Information hatte ihr Hella Ohlsen am Morgen gesteckt, nachdem sich die Landestierschutzbeauftragte im Kollegenkreis eingehend über Leilas Vorleben schlaugemacht hatte.

»Worauf wollen Sie hinaus, Frau …?«

»Roth, Herr von Clausen, Friederike *Roth* … Ich versuche nur herauszufinden, wie es zu dem Unglück kommen konnte, das immerhin einen Menschen das Leben gekostet hat. Und mir scheint, dass hier allzu großzügig über tierschutzrechtliche Verstöße und sicherheitsrelevante Aspekte hinweggesehen wurde, und zwar mit *Ihrem* Wissen und *Ihrer* Billigung.«

»Und welchen Nutzen sollte ich davon gehabt haben?« Der Landrat setzte ein falsches Lächeln auf.

»Das, Herr von Clausen, würde mich in der Tat sehr interessieren.«

6

Starker Brandgeruch lag in der Luft, als Lohmann kurz nach Mitternacht auf dem Bad Schwalbacher Festplatz ankam, während die Feuerwehr die letzten Flammen bekämpfte, die auf zwei Zirkuswagen übergegriffen hatten. Der Kriminalhauptkommissar hatte höchstens eine Stunde geschlafen, als ihm seine Dienststelle, das Polizeipräsidium Westhessen, mitteilte, dass beim Zirkus Carina ein Feuer ausgebrochen sei. Er hatte sich nur schnell noch einen Espresso gemacht, um zu vermeiden, dass er hinter dem Steuer gleich wieder einschlief, und war dann umgehend losgefahren.

»Wie schwer sind die Verletzungen?«, fragte er den Notarzt, der zusammen mit einem Rettungssanitäter drei Zirkusmitarbeiter versorgte.

»Wir haben zwei leichte und eine schwere Rauchvergiftung sowie Verbrennungen ersten und zweiten Grades.«

»Wie stehen die Chancen, dass alle durchkommen?«

»Die schwere Rauchvergiftung macht mir Sorgen«, sagte der Notarzt und wiegte nachdenklich den Kopf.

Mit bekümmerter Miene ging Lohmann davon. Der Fall Leila nahm Fahrt auf, nur leider in die falsche Richtung. Noch einen Toten konnte er unmöglich gebrauchen.

Am Rande des Festplatzes waren zwei Beamte damit beschäftigt, eine Handvoll Schaulustiger fernzuhalten, die, offensichtlich vom Flammenschein angelockt, herbeigeeilt waren. Etwas abseits des Zirkuszeltes standen mehrere Zirkusmitarbeiter in einem Grüppchen zusammen und unterhielten sich aufgeregt mit einem Journalisten.

Lohmann ging zu einem Beamten der Spurensicherung, der sich am völlig verkohlten Heuwagen zu schaffen machte. »Wie weit seid ihr? Kannst du mir schon etwas zur Brandursache sagen?«

»Das hier ist eindeutig der Brandherd. Das Zeug brennt ja

wie Zunder. Was ich allerdings noch nicht mit Sicherheit sagen kann, ist, ob es sich um Brandstiftung handelt oder ob vielleicht ein Funke den Heuwagen entzündet hat. Ich gebe dir Bescheid, sobald ich mehr weiß.«

Lohmann nickte. Über die Schulter des Beamten hinweg erblickte er Hella Ohlsen im Gespräch mit Friederike Roth. Die beiden wurden vom Blaulicht einer Polizeistreife erhellt, das rhythmisch alle paar Sekunden die Dunkelheit durchschnitt. Er gesellte sich zu ihnen. »Wo haben Sie denn Ihren vierbeinigen Begleiter gelassen?«, wandte er sich an Hella, nachdem er die Frauen begrüßt hatte. Ein Grinsen stahl sich in seine Augenwinkel.

»Der schiebt zu Hause Wache«, gab Hella lächelnd zurück.

Lohmann nahm plötzlich eine eigentümliche Reflexion auf der Erde wahr. »Stopp! Nicht bewegen.« Er zog einen weißen Latexhandschuh hervor und bückte sich, um ein silbernes Fetzchen Papier zu Hellas Füßen aufzuheben. »Das könnte ein wichtiger Hinweis sein, falls wir es mit Fremdverschulden zu tun haben.«

Hella ließ ein gurgelndes Lachen erklingen.

»Was ist denn daran so komisch?«, fragte Lohmann, und auch Friederike sah Hella irritiert an.

Hella hielt dem Kriminalbeamten beide Hände hin. »Bitte, dann nehmen Sie mich am besten gleich fest. Das gehört zu meinen Pfefferminzpastillen.« Zum Beweis zog sie ein daumendickes Papierröhrchen aus ihrer Hosentasche. Sie wickelte die äußere weiße Schicht einige Millimeter ab, woraufhin eine Silberfolie zum Vorschein kam, die unzweifelhaft genauso aussah wie das vermeintliche Beweisstück.

Friederike und Lohmann wechselten einen kurzen Blick und brachen dann gleichzeitig in ein herzhaftes Lachen aus.

»Wurde jemand verletzt?«, fragte Hella mit einem Seitenblick zum Rettungsfahrzeug, nachdem sie sich alle drei wieder beruhigt hatten.

»Ja, drei Mitarbeiter des Zirkus haben sich Rauchvergiftungen und Verbrennungen zugezogen«, sagte Lohmann.

»Und was ist mit den Tieren?«

»Ich glaube, denen ist nichts passiert. Mit ist jedenfalls nichts Gegenteiliges bekannt.«

»Ich würde mir gerne selbst ein Bild vom Zustand der Tiere machen«, sagte Hella.

»In Ordnung, machen Sie das«, antwortete Lohmann.

»Kommen Sie mit?«, fragte Hella Friederike, die den beiden stumm zugehört hatte.

Die Journalistin nickte.

Hellas Knie tat höllisch weh, aber sie versuchte, den Schmerz zu ignorieren.

Trotzdem fiel Friederike auf, dass sie leicht hinkte. »Was ist passiert?«, fragte sie.

»Mir wollte wohl jemand einen Denkzettel verpassen«, sagte Hella und berichtete kurz vom Überfall am Morgen.

Friederike schürzte nachdenklich die Lippen, fasste sich aber ein Herz und ließ Hella wissen, was der Zirkusdirektor zum Elefantenausbilder gesagt hatte, als sie die beiden zufällig belauscht hatte. »Meinen Sie, er ist das gewesen?«, fragte sie.

Hella dachte nach und zog die Stirn kraus. Ihre Gedanken überschlugen sich. Das wäre natürlich eine Möglichkeit. Aber nicht zwingend die einzige. »Nicht auszuschließen. Ich kenne jedoch eine Menge Leute, die nicht unbedingt gut auf mich zu sprechen sind.« Sie lächelte gequält.

Friederike wunderte das nicht. Verstohlen musterte sie Hellas Profil. Die Tierschutzbeauftragte passte für sie in keine gängige Schublade. Hella war herzlich und offen und in keiner Weise herablassend. Friederike hatte aber zugleich den Eindruck, dass hinter der stupsnasigen, sommersprossigen Fassade ein eiserner Wille steckte und dass die Landestierschutzbeauftragte, wenn es darauf ankam, eine Zeitgenossin sein konnte, mit der nicht gut Kirschen essen war.

Schweigend gingen die beiden Frauen weiter. Über ihnen wölbte sich der wolkenlose Nachthimmel wie ein straff gespanntes blauschwarzes Laken, an dem die Sterne wie kleine polierte Orden funkelten. Je weiter weg sie von den letzten schwelenden Brandnestern kamen, umso klarer und kälter wurde die Luft. Das melancholische »Huuhuu« eines Waldkauzes begleitete sie.

»Wussten Sie, dass einem Aberglauben zufolge jemand im Morgengrauen stirbt, wenn der Ruf des Käuzchens ertönt?«, durchbrach Hella das Schweigen.

»Ja, soviel ich weiß, rührt der Aberglaube daher, dass man früher bei Todkranken die ganze Nacht das Licht brennen ließ. Wenn dann Insekten ans Licht flogen, zogen die wiederum die hungrigen nachtaktiven Käuzchen an. Und da der Balzruf des Weibchens, ›Kiiwitt‹, für die Menschen wie ›Komm mit‹ klang, galten Käuze als Verkünder des Todes.«

»Genau. Dann wollen wir mal hoffen, dass der Aberglaube in diesem Fall nicht eintrifft«, sagte Hella.

»Glauben Sie etwa an solche Geschichten?«

»Ach was!« Hella schüttelte lachend den Kopf.

An der großen Halle angekommen, stießen die beiden auf Leilas Ausbilder. Seine Kleidung roch nach Rauch, und im Gesicht und an den Händen hatte er schwarze Aschespuren.

»Was wollen Sie denn schon wieder hier?«, fragte er mit mürrischer Miene.

»Ich wollte mich nur vergewissern, dass es den Tieren gut geht«, antwortete Hella. Sie streifte sich ihren Pullover über. Müdigkeit und die kühle Nachtluft ließen sie frösteln.

Leilas Betreuer versperrte ihnen mit vor der Brust verschränkten Armen den Weg. »Den Tieren ist nichts passiert.«

»Hören Sie, ich will Ihnen nur helfen. Soviel ich mitbekommen habe, sind drei Ihrer Mitarbeiter verletzt. Wir müssen darüber reden, wie es mit den Tieren weitergehen soll. Wer soll sich nun um sie kümmern?«

Hella bemühte sich, ruhig zu bleiben. Zwar war inzwischen sicher, dass Leila aufgrund des Vorfalls an der Ziegelei beschlagnahmt werden musste, noch aber stand der Vollzugsbescheid des Ordnungsamtes aus. Sie hoffte daher, dass sich der Zirkus kooperativ zeigen und Leila freiwillig einem Zoo, Tiergarten oder einer speziellen Auffangstation für Elefanten überlassen würde. Das würde die Sache erheblich vereinfachen und Leila weniger Stress verursachen. Doch so wie es aussah, war der keineswegs gewillt, sich kampflos geschlagen zu geben.

»Das kriegen wir schon allein hin. Wir sind ein kleines Familienunternehmen, und die Tiere sind unsere Existenzgrundlage. Und da Leila mich von klein auf kennt und mir vertraut, werde ich mich weiter um sie kümmern. Wenn Sie sie mitnehmen wollen, dann nur über meine Leiche.« Seine Miene verriet grimmige Entschlossenheit.

Hella biss sich auf die Zunge. Es war spät, sie war hundemüde, und sie gäbe alles darum, jetzt in ihrem warmen Bett zu liegen, anstatt bei der Kälte draußen herumzustehen und sich mit diesem starrsinnigen Idioten herumzuärgern. Doch sie gab nicht auf und versuchte erneut, ihn zur Vernunft zu bringen. »Was halten Sie davon, dass ich mir die Tiere gemeinsam mit Ihnen anschaue, und dann entscheiden wir zusammen, was zu tun ist, okay?«, schlug sie in einem betont sanftmütigen Tonfall vor, so, als würde sie mit einem bockigen Kind reden.

Die Kieferknochen des Mannes fingen an zu mahlen. Hella vermutete, dass er abwog, was passieren würde, wenn er weiter auf Konfrontation setzte. Vielleicht besitzt er doch noch einen Funken Verstand, dachte sie und lächelte ihn aufmunternd an.

»Na meinetwegen«, erwiderte er nach einigem Zögern. »Aber ohne die«, fügte er mit einer Kopfbewegung zu Friederike hinzu, die ein wenig abseits stand.

Auch Friederike war kalt. Sie hatte die Hände tief in ihre Hosentaschen vergraben und hüpfte von einem Bein aufs andere, um sich aufzuwärmen. Mit einem Kopfnicken gab sie Hella zu verstehen, dass sie warten würde.

In der Halle bot sich Hella ein erschreckendes Bild. Die Tiere wirkten unruhig und verstört und liefen in ihren Boxen auf und ab. Der Schimmel schnaubte aufgeregt, und eins der Ponys scheute und trat mit den Hinterbeinen aus, als sie sich ihm näherten. Sie gingen wieder nach draußen. Auch Leila, die ins Freigehege gebracht worden war, hatten der Brand und das Chaos ringsherum sichtlich verstört. Die Elefantenkuh lief mit aufgeklappten Ohren laut trompetend im Kreis herum und hatte ihren kleinen Schwanz steil aufgerichtet. Ihr Zustand war schlimmer, als Hella befürchtet hatte.

Es gab keine Alternative. Leila musste so schnell wie möglich von hier weg, bevor ein weiteres Unglück geschah. Die anderen Tiere stellten keine allzu große Gefahr dar. Sie würden sich aller Voraussicht nach beruhigen lassen, sobald sich das allgemeine Durcheinander gelegt hätte und sie wieder in ihrem vertrauten Rhythmus wären.

Vorsichtig wagte Hella einen weiteren Vorstoß. »Leila scheinen der Brand und der ganze Rummel sehr mitzunehmen«, begann sie. »Sie wirkt sehr gestresst. Was halten Sie davon, wenn ich morgen mal herumfrage, ob man ihr in einem Zoo kurzfristig eine Unterbringung anbieten kann –«

»Kommt überhaupt nicht in Frage«, fiel ihr der Dompteur ins Wort. »Leila verkraftet es nicht, wenn Sie sie aus ihrer vertrauten Umgebung herausreißen. Ich weiß, was das Beste für sie ist.«

Offensichtlich hatte Hella sein kurzfristiges Einlenken falsch eingeschätzt. Mehr noch als die Halsstarrigkeit des Mannes ärgerte sie, dass ihm das Wohlergehen von Leila völlig egal zu sein schien. Am liebsten hätte sie ihm eine schallende Ohrfeige verpasst, um ihn zur Vernunft zu bringen. Doch nach außen hin wahrte sie ein freundliches Gesicht. »Schauen Sie, in einem Zoo oder Tierpark würde sie die Chance bekommen, ein Leben unter Artgenossen zu führen. Sie wird sich nach einer Übergangsphase sicherlich gut eingewöhnen und so viel schneller über das heutige Trauma hinwegkommen können.«

»Nein, verdammt! Ich sagte Ihnen ja bereits, nur über meine Leiche.« Erbost drehte sich Leilas Betreuer auf dem Absatz um und ließ Hella allein in der Dunkelheit stehen.

»Schwachkopf«, murmelte Hella, als er außer Sichtweite war.

Friederike, die den Wortwechsel aus gebührender Entfernung verfolgt hatte, kam zu ihr. Sie blies sich warme Atemluft in ihre Handinnenflächen und knetete ihre vor Kälte steif gewordenen Finger. »Das scheint ja nicht so gut gelaufen zu sein.«

»Ja, leider.« Hella seufzte frustriert, da sie ahnte, was ihnen bei der Beschlagnahme von Leila bevorstand. »Wie kommen Sie mit Ihren Recherchen voran?«, erkundigte sie sich, nachdem sie sich einige Schritte vom Zirkuszelt entfernt hatten.

»So lala.« Friederike fasste ihr Gespräch mit dem Landrat zusammen und erzählte Hella von der kurzen, aber heftigen Begegnung mit der Freundin des Verstorbenen in dessen Büro. »Sie hat dem Landrat mächtig Druck gemacht und ihm gedroht, ihn zur Rechenschaft zu ziehen, sollte er Leila nicht erschießen lassen oder anderweitig aus dem Verkehr ziehen«, sagte sie. »Ich glaube, die Aussicht gefiel ihm gar nicht. Er wirkte ziemlich nervös.«

»Gut so. Wer nervös ist, macht auch Fehler, auch wenn von Clausen sicherlich alles versuchen wird, um einen Skandal so kurz vor den Landratswahlen zu vermeiden. Aber ich werde den Verdacht nicht los, dass er eine entscheidende Rolle bei der ganzen Geschichte spielt.«

»Darauf möchte ich auch wetten!«, pflichtete Friederike ihr bei.

»Wir können Leila allerdings schon allein aus tierschutz-rechtlichen Gründen nicht einschläfern lassen, zumindest solange die Möglichkeit besteht, dass sie sich wieder in eine Herde eingliedern lässt, auch wenn ich den Schmerz der Frau nur zu gut verstehen kann.«

»Hm.« Friederike kratzte sich am Kopf. »Richtig.«

»Haben Sie auch schon mit den Leuten vom Aktionsbündnis sprechen können?«

»Nein, noch nicht. Aber übermorgen Abend findet in Dotz-heim eine Veranstaltung des Vereins statt. Dort werde ich mich ein wenig umhören, auch wenn ich mir nicht allzu viel davon erhoffe. Was sollen die mir schon Neues erzählen können? Und die Frage, ob es Mitglieder des Bündnisses waren, die Leila heimlich aus dem Gehege gelassen haben, so wie es der Zirkus behauptet, wird mir sicherlich auch niemand frank und frei beantworten.«

Hella blieb stehen und sah Friederike an. »Freiwillig nicht.

Aber ich hätte eine Idee, wie Sie das und vielleicht noch einiges mehr aus den Aktivisten herauskitzeln könnten.«

»Und die wäre?«, fragte Friederike gespannt.

Hella erläuterte ihr, was ihr vorschwebte.

»Das klingt nach einem guten Plan«, stimmte Friederike freudig zu, nachdem sie sich Hellas Worte kurz durch den Kopf hatte gehen lassen.

Die beiden Frauen schlenderten weiter. »Was passiert eigentlich mit Leila, wenn der Zirkus sie nicht von sich aus in andere Hände gibt?«, fragte Friederike.

»Ich werde mich morgen mit Häuser kurzschließen, wie es mit einer Unterkunft für sie aussieht. Wir müssen auf jeden Fall zeitnah eine Lösung finden und sie aus ihrer Isolation holen.«

»Und wie stehen die Chancen dafür?«

Hella holte tief Luft, bevor sie antwortete. »Das wird nicht einfach werden. Aber Leila ist eine große Gefahr für Menschen. Ein Elefant, der einmal jemanden getötet hat, wird bei der nächsten Gelegenheit wieder töten. Dazu darf es unter keinen Umständen kommen. Und nach dem ganzen Spektakel von heute Nacht ist sie zusätzlich traumatisiert, was das Risiko erhöht, dass sie erneut Menschen angreift.«

»Frau Ohlsen?«

Die beiden Frauen waren wieder am Eingang des Festplatzes angelangt, wo Lohmann mit großen Schritten auf sie zukam. »Ich hätte noch ein paar Fragen an Sie, die ich gerne morgen in Ruhe mit Ihnen durchgehen würde. Hätten Sie um sechzehn Uhr Zeit, zu mir ins Büro zu kommen?«

Hella nickte müde. Noch ein Termin, den sie in ihrem straffen Zeitplan unterbringen musste.

7

Im Polizeipräsidium herrschte rege Betriebsamkeit. Türen gingen auf und zu, und Männer und Frauen eilten geschäftig über den langen Flur, als Lohmann Hella am nächsten Tag in sein Büro führte.

Nachdem Hella sich gesetzt hatte, ging Lohmann um den grauen Resopalschreibtisch herum und nahm ihr gegenüber Platz. Eine große Pop-Art-Collage, die hinter ihm an der Wand prangte und einen berühmten US-amerikanischen Schauspieler lässig an einen Rennwagen gelehnt zeigte, verlieh dem Büro eine maskuline Note. Hella fragte sich, ob der Kriminalbeamte sich mit dem wortkargen, charismatischen und als eitel bekannten Hollywoodstar identifizierte, der im Laufe seiner Schauspielkarriere gern den machohaften Helden verkörpert hatte. Eine alte Kaffeemaschine, die auf der Fensterbank stand, übertönte blubbernd und zischend alle Geräusche von außerhalb des Büros.

Schnell überflog Lohmann die Meldungen, die in der Zwischenzeit auf seinem Computer eingegangen waren, und sah Hella dann über die Tischplatte hinweg an. Er wirkte verärgert. »Warum haben Sie den Überfall nicht gestern schon zur Anzeige gebracht?«, fragte er an das Gespräch anknüpfend, das er mit Hella auf dem Weg in sein Büro geführt hatte. Zwischen seinen Augenbrauen bildete sich eine steile Falte. »Jetzt wird es wahrscheinlich nicht mehr möglich sein, brauchbare Spuren zu sichern.«

»Bei mir geht es im Büro zurzeit drunter und drüber. Ich weiß manchmal nicht, wo mir der Kopf steht. Und gestern Nacht wollte ich Sie damit nicht auch noch behelligen«, entschuldigte sich Hella. Sie war vor Müdigkeit so blass, dass sich ihre zahlreichen Sommersprossen wie kleine Sterne von ihrer hellen Haut abhoben.

Lohmann schwieg. Er hatte das Gefühl, dass ihm die Zeit davonlief, und es beunruhigte ihn zutiefst, dass unmittelbar nach dem tragischen Unglück mit dem Elefanten nicht nur ein Anschlag auf den Zirkus verübt worden war – inzwischen wusste er, dass es sich um Brandstiftung handelte –, sondern dass aller Voraussicht nach auch die Landestierschutzbeauftragte in der Schusslinie eines Täters stand, über den sie bislang nichts, aber auch rein gar nichts wussten. Er glaubte nicht an eine Aneinanderreihung von Zufällen. Für ihn lag der Schluss nahe, dass zwischen den Taten ein Zusammenhang bestand. Zugleich wurmte ihn, dass Hella so tat, als wären der Übergriff auf sie und das Ereignis zwei Nächte zuvor, bei dem ihr Terrier – aus bislang ungeklärten Gründen – durch die Hundeklappe in den Garten gelaufen war, kaum der Rede wert. Nach seinem Dafürhalten nahm sie die Geschehnisse zu sehr auf die leichte Schulter. Oder fühlte er sich nur von ihrem Verhalten herausgefordert, dieser ungewöhnlichen Mischung aus unerschrocken, unverblümt, liebreizend natürlich und zugleich schwer zu durchschauen? Wenn er ehrlich zu sich war, musste er sich eingestehen, dass Hella eine ungewöhnlich große Faszination auf ihn ausübte. Er kannte eine Reihe beruflich erfolgreicher Frauen und hatte nie Probleme im Umgang mit ihnen, im Gegenteil, er liebte selbstbewusste Frauen. Aber bei Hella war es mehr. Sie umgab eine geheimnisvolle Aura, die er nur zu gern ergründet hätte. Über die tiefere Ursache der widerstreitenden Gefühle, die sie in ihm auslöste, mochte er allerdings jetzt lieber nicht nachdenken. Er räusperte sich und zwang sich, wieder auf Betriebsmodus zu schalten. »Okay, aber ich muss mich darauf verlassen, dass Sie mich künftig unverzüglich über alles informieren, was mit dem Fall im Zusammenhang stehen kann.«

Hella verzog den Mund zu einem Lächeln, wobei sich in ihrer rechten Wange ein kleines Grübchen bildete. »Versprochen.« Verstohlen sah sie auf ihre Armbanduhr, da sie um zwanzig Uhr in Gießen einen Vortrag über Alternativen zu Tierversuchen halten sollte und vorher dringend noch ein paar Sachen im Büro erledigen musste.

Lohmann verstand den Wink und notierte sich schnell aus

dem Gedächtnis die wichtigsten Fakten über den Überfall, die Hella ihm auf dem Weg in sein Büro genannt hatte.

Hella wartete, bis er fertig war. »Ich wollte Ihnen außerdem noch mitteilen, dass ich zwischenzeitlich Erkundigungen über Leila eingezogen habe«, sagte Hella, nachdem Lohmann ihnen beiden eine Tasse Kaffee eingeschenkt hatte. »Sie ist, wie ich es mir fast schon dachte, alles andere als ein unbeschriebenes Blatt.«

»Will heißen?«

»In der Vergangenheit hat es bereits mehrfach gefährliche Vorfälle mit ihr gegeben. Vor zwei Jahren hat sie zum Beispiel mit ihrem Rüssel auf eine Frau und ihre Tochter eingeschlagen, nachdem sie ihrem Betreuer während eines Spaziergangs entwischt war. Das war in der Nähe von Bremen. Das Mädchen ist mit starken Prellungen davongekommen, während ihre Mutter einen Kieferbruch erlitt. Und erst vor wenigen Wochen hat sie einen Vater und dessen neun Jahre alten Sohn bei Fotoaufnahmen mit ihren Stoßzähnen ebenfalls so schwer verletzt, dass die beiden im Krankenhaus behandelt werden mussten.«

Lohmann trank grübelnd einen Schluck Kaffee. Das machte die Sache für den Zirkusdirektor natürlich nicht besser. Spontan schoss ihm aber auch durch den Kopf: Wenn Hella an die Informationen gekommen war, musste das Veterinäramt doch ebenfalls Kenntnis über Leilas Vorgeschichte gehabt haben. Wozu dann noch das Gutachten?

Er merkte, wie Hella unruhig wurde, und stand auf, um sie zu verabschieden und zur Tür zu begleiten. Im selben Moment klopfte es. Eine Beamtin trat ein. Es war die korpulente Polizistin, die Hella von der Ziegelei kannte. Sie nickte Hella freundlich zu und wandte sich dann an Lohmann. »Bernd, ich wollte dir nur mitteilen, dass einer der Zirkusmitarbeiter an seiner schweren Rauchvergiftung gestorben ist«, flüsterte sie ihm zu.

»Verdammte Scheiße!«, entfuhr es dem Kommissar.

8

Das Mastschwein lag auf der Seite und litt unübersehbar unter starken Schmerzen. An seinem linken Vorderlauf prangte ein faustgroßes offenes Geschwür, das es daran hinderte aufzustehen. Hinter dem Schwein krochen drei ebenfalls schwer kranke Tiere über einen völlig verdreckten Spaltenboden. Ihr Schicksal war vorherbestimmt. Sie würden den Schweinemastbetrieb nicht mehr lebend verlassen. Und wie es aussah, würde ihnen noch nicht mal ein gnädiger Tod gewährt. Auch die übrigen mehrere hundert Tiere fristeten, eng zusammengepfercht in viel zu kleinen Boxen, ein trostloses Dasein. Aus Langeweile hatten sich einige von ihnen gegenseitig Ohren und Schwänze blutig geknabbert.

Friederike stoppte das Video. Sie hatte genug gesehen, stand vom Schreibtisch auf, schlüpfte in ihre Hausschuhe, die sie beim Arbeiten abgestreift hatte, und trat hinaus auf die Terrasse. Die tief stehende goldene Nachmittagssonne bahnte sich ihren Weg zwischen den Zweigen der Bäume und Büsche hindurch, die das Grundstück säumten, und zauberte malerische Licht-Schatten-Kompositionen in die Landschaft. Die Luft war angenehm warm, auch wenn es in den Nächten bereits empfindlich abkühlte.

Von den milden Temperaturen animiert, band sich Friederike ihre schwarzen Locken mit einem Haargummi zusammen, das sie aus ihrer Gesäßtasche holte, schnappte sich den groben Besen, der an der Hauswand lehnte, und kehrte mit kräftigen Bewegungen Blütenblätter, Laub und Stöckchen zusammen, die das Gewitter vor wenigen Tagen von den Pflanzen und Bäumen gerissen hatte. Mit dem Kehrblech verfrachtete sie alles auf den Komposthaufen am Ende des Gartens. Anschließend wässerte sie die vier großen Hortensien, deren zartrosa und violette Blütenbälle sich bereits verfärbt hatten und die dem Garten zusammen mit den Lupinengewächsen, dem dreifarbigen Lavendel, dem Großen Löwenmäulchen und den diversen anderen kleinwüchsigen Blühpflanzen im Sommer ein romantisch-bäuerliches Flair verliehen.

Zufrieden setzte sie sich nach einer knappen halben Stunde auf die Stufen der Veranda, streckte ihr Gesicht der Sonne entgegen und ließ sich von der friedlichen Stimmung einlullen. Aus der Ferne drang das monotone Rattern eines Rasenmähers an ihr Ohr.

»Schneewittchen?«

Arne.

Friederike schlug die Augen auf. »Bei den sieben Gartenzwergen«, rief sie über ihre Schulter hinweg.

Ein Meter zweiundneunzig in Anzug und Krawatte lugten durch die geöffnete Terrassentür nach draußen. »Ach, hier bist du. Ich dachte, du müsstest arbeiten.«

»Tue ich doch.«

»Ah, jetzt, wo du es sagst, sehe ich es auch.« Arne grinste.

Friederike streckte ihm die Zunge heraus.

»Lust auf einen Schokomuffin? Ich habe welche vom Bäcker um die Ecke mitgebracht.«

»Oh, ja!« Friederike machte Anstalten aufzustehen.

»Bleib sitzen. Ich mache uns einen Kaffee und komme raus zu dir. Das Wetter ist wirklich zu schade, um drinnen zu hocken.«

Zehn Minuten später kam Arne mit zwei Tassen Milchkaffee und einem Teller voller Muffins zurück. Sein Businessoutfit hatte er gegen eine Jeanshose und ein Poloshirt getauscht. »Man merkt, dass Halloween vor der Tür steht. Überall grinsen einem ausgehöhlte Kürbisse entgegen, und die ersten Riesenspinnen erobern mit ihren langen, dürren Beinen die Fassaden.« Arne krabbelte Friederike mit den Fingern den Nacken entlang, was ihr einen spitzen Schrei entlockte. Sie hatte panische Angst vor Spinnen. »Pass gut auf, dass dich nachher kein Zombie zu den Toten entführt. Du weißt ja, heute Abend geht den Kelten zufolge nicht nur der Sommer zu Ende, sondern die Geister und Dämonen steigen aus der Unterwelt auf, um sich mit den Lebenden zu verbinden, und wehe dem, dem es nicht gelingt, sie zu besänftigen ... Buhu!« Arne zog eine furchterregende Fratze.

Friederike tat, als fürchtete sie sich zu Tode.

Auf ihrem Weg nach Dotzheim zum Treffen mit Vertretern des Aktionsbündnisses musste sie durch die amerikanische Siedlung fahren, in der zahlreiche in Wiesbaden stationierte Soldaten der US-Armee mit ihren Familien lebten. Zu Halloween glich das Viertel alljährlich einem Gruselkabinett. Die Vorgärten der uniformen Bungalows waren mit überdimensionierten Skeletten, Spinnennetzen, Grabsteinen und Unmengen an hell erleuchteten Kürbissen dekoriert. Obwohl das Fest längst seine ursprüngliche Bedeutung verloren hatte und den Kindern nur noch dazu diente, von Haus zu Haus zu ziehen und Süßes oder Saures zu erbetteln, gruselte sich Friederike tatsächlich ein bisschen vor dem gespenstischen Brauch und seinen schaurigen Gestalten.

»Wann musst du los?«, fragte Arne und stopfte sich einen Muffin in den Mund. Er schaffte es, das Gebäckstück in einem Stück zu verschlingen.

»Um sieben«, sagte Friederike.

Hellas Plan, den sie ihr gestern Nacht unterbreitet hatte, bestand darin, dass sich Friederike inkognito beim Aktionsbündnis einschleuste. Sie sollte so tun, als wollte sie sich als neues Mitglied des Vereins werben lassen, ohne sich als Journalistin zu erkennen zu geben, um mehr über die Hintergründe von Leilas Ausbruch zu erfahren. Friederike fand die Idee, undercover zu recherchieren, auf Anhieb gut, und beim Gedanken an ihren Auftrag verspürte sie ein gewisses Kribbeln. Das war wie Pirschen auf Sauen. Man durfte nur nicht entdeckt werden. Und ihrem Chefredakteur war es eh egal, wie sie an ihre Informationen kam.

Sie schleckte sich ihre schokoladenbraunen Fingerspitzen ab und nahm einen großen Schluck Kaffee. »Mir ist schleierhaft, wie diese Typen vom Aktionsbündnis ticken«, teilte sie Arne mit und süßte ihren Kaffee noch etwas nach. Arne hatte den Zimt vergessen.

»Wie schon? Sie machen sich zum Fürsprecher von allem, was kreucht und fleucht, zetteln hier mal eine Demo und da mal eine Unterschriftenaktion an und hoffen, dass sie damit der Tierwelt einen Gefallen tun.« Arne zog sich einen zweiten Stuhl heran und parkte seine Füße darauf. Er wackelte mit den Zehen.

»Nein, das meine ich nicht. Ich frage mich, ob es ihnen nur darum geht, zu rebellieren und Empörung zu erzeugen, oder ob sie auch an ernsthaften Lösungen zur Verbesserung des Tierschutzes interessiert sind. Du musst dir nur mal ihre Videos anschauen. Selbst wenn es stimmt, was sie gefilmt haben, kommt mir das alles ein wenig überzogen vor. Und dann diese reißerische Musik, mit der sie die Filme unterlegen.« Sie erzählte Arne von den Aufnahmen, die sie im Internet gefunden hatte.

»Was ist denn daran überzogen? Ist doch gut, wenn sie die Missstände dokumentieren und aller Welt zeigen. Damit beweisen sie doch, dass sie es ernst meinen. Und ein bisschen dramatische Untermalung kann dem Ganzen nicht schaden.«

»Ja, aber –«

Der Rest des Satzes ging im wütenden Protest eines Amselweibchens unter, das sich bei der Futtersuche am Fuße eines alten Apfelbaums gleich neben der Terrasse von der schwarzweißen Nachbarskatze gestört sah. Wild zeternd rettete sich der Vogel ins sichere Geäst einer Hecke. Friederike wartete, bis sich das Tier beruhigt hatte, und setzte dann erneut an. »Aber das zeigt auch, dass sie bereit sind, rechtliche Grenzen zu überschreiten.«

»Was bleibt ihnen denn anderes übrig? Um an solche Aufnahmen zu kommen oder Tiere zu befreien, müssen sie heimlich in einen Mastbetrieb, ein Labor oder einen Zirkus einbrechen. Sie können die Betreiber ja schlecht vorher fragen, ob die das in Ordnung finden.«

»Nein, natürlich nicht. Nur was ist, wenn sie dabei erwischt werden?«

»Du glaubst, dann ist Schluss mit dem friedlichen Protest

und es gibt einen auf die Nuss?« Ein weiterer Muffin wanderte in Arnes Schlund.

»Ja. Wäre doch denkbar.« Friederike knetete nachdenklich ihre Unterlippe.

Arne sah Friederike mit einem herausfordernden Lächeln an.

»Was?« Ihre zweifarbigen Augen blitzten angriffslustig.

»Du hast den Zirkus doch auch nicht höflich um Erlaubnis gebeten, bevor du Leila gefilmt hast. Und, falls du es vergessen haben solltest: Als dich der Elefantenausbilder dabei erwischt hat, bist du ganz schön aus der Hose gesprungen. Da war es mit dem Frieden bei dir auch vorbei.«

»Danke, dass du mich daran erinnerst«, grollte Friederike.

Arne grinste.

»Ich habe mich aber weder mit ihm geprügelt, noch habe ich Rache geübt und versucht, den Zirkus abzufackeln«, setzte sie hinzu.

»Wer sagt denn, dass es Brandstiftung war und dass die Aktivisten das Feuer gelegt haben?«

»Die Polizei hat heute früh eine Pressemitteilung herausgegeben. Darin heißt es, dass ein Brandbeschleuniger das Feuer verursacht hat.«

»Aha. Und den Täter haben sie auch schon gefasst?«

»Nein«, räumte Friederike kleinlaut ein, »das ist nur so eine Vermutung von mir.«

»Als Journalistin solltest du dich lieber an Fakten halten und nicht an Vermutungen.« Damit stand Arne auf, gab Friederike einen Kuss und kehrte zurück ins Haus. Die leeren Tassen und den Teller ließ er stehen.

Friederike hätte sich vor Wut in den Hintern beißen können. Arne hatte recht. Egal, ob ihr gefiel, was die Aktivisten machten, oder nicht: Sie musste objektiv bleiben und durfte sich nicht von Mutmaßungen leiten lassen.

Ein frischer Wind kam auf und verursachte ihr eine Gänsehaut. Sie erhob sich und ging zum Apfelbaum, um einige auf der Erde liegende Früchte einzusammeln. Während sie sie auf dem Terrassentisch ablegte und das Geschirr zusammenräumte, sah sie gerade noch, wie die glutrote Sonne hinter den Bäumen verschwand.

***

Aus dem oberen Stockwerk drang gedämpftes Stimmengemurmel, als Friederike den langen, schmucklosen Flur der Baracke betrat und den handgemalten Schildern folgte, die sie zu einem Raum in der ersten Etage leiteten. Grelles Neonlicht verstärkte den unwirtlichen Eindruck des alten, aus hellen und roten Klinkern gebauten Schulgebäudes, dessen klassischer Stufengiebel der Fassade nach außen hin einen repräsentativen Anstrich verlieh. In dem Bau fand an diesem Abend die Versammlung des Aktionsbündnisses statt, mit der der Verein neue freiwillige Helfer für seine Aktionen gewinnen wollte.

Friederikes Gummisohlen quietschten auf dem Linoleumboden, als sie an dem Schwarzen Brett, das über Vertretungen, Veranstaltungen und andere Neuigkeiten aus dem Schulalltag informierte, sowie den drei verwaisten Klassenzimmern im Erdgeschoss vorbeieilte. Am Ende des Ganges führte hinter einer Glastür eine Treppe zum ersten Stock hinauf. Der unverwechselbare Duft von Bohnerwachs und Sanitärreiniger stieg ihr in die Nase und versetzte sie unvermittelt in ihre eigene Schulzeit zurück.

Sie nahm jeweils zwei Stufen auf einmal und hielt vor dem Versammlungsraum inne, um zu verschnaufen. Aus dem Klassenzimmer vernahm sie eine männliche Stimme. Die Veranstaltung war bereits in vollem Gange. Von ihrem Haus bis hierher waren es nur rund zehn Kilometer. Ein Unfall auf dem ersten Ring hatte sie dummerweise Zeit gekostet, sodass sie im dichten Feierabendverkehr über eine halbe Stunde für die Fahrt gebraucht hatte. Zu allem Überfluss hatte sie schließlich noch zehn Minuten nach einem Parkplatz suchen müssen.

Sie gab sich einen Ruck und betrat den Raum. Mehrere Köpfe fuhren herum und musterten sie neugierig. Friederike setzte sich auf einen der Plätze in der hintersten Reihe und stellte ihre Tasche auf dem Stuhl neben sich ab.

Auch im Klassenzimmer mit seinen spartanisch anmutenden weißen Tischen und den alten Holzstühlen tauchten Leuchtstoffröhren alles in ein unbarmherziges Licht. Friederike kniff unwillkürlich die Augen zusammen, ein Reflex ihrer empfindlichen Sinneszellen auf das unterschwellige, kaum wahrnehmbare Flimmern der Gaslampen.

Olaf Benz, der Vorsitzende des Aktionsbündnisses, hockte mit leicht nach vorn geneigtem Oberkörper, die Arme auf seinem linken Oberschenkel ruhend, auf dem großen Pult vor der mit weißen Kreideschlieren überzogenen Tafel. Seine Beine baumelten lässig vor und zurück. Mit eindringlichen Worten schwor er die Anwesenden auf die Philosophie des Vereins ein. Jeder seiner Sätze saß. Seine Zuhörer klebten an seinen Lippen wie Fliegen an einer Fliegenfalle.

Ein brillanter Redner, ging es Friederike anerkennend durch den Kopf. Ihr fiel auf, dass viele der fünfzehn anwesenden Männer und Frauen dunkle Kleidung aus Naturfasern trugen. Tattoos und Piercings schienen ebenfalls eine Art Statement der Szene zu sein. Mit ihrer braunen Lederjacke, die sie in einem Anfall geistiger Klarheit im letzten Moment wieder an die Garderobe gehängt hatte, wäre sie aufgefallen wie ein Schaf unter Wölfen. Aus vereinzelten Fragen und Kommentaren hörte sie heraus, dass die meisten Teilnehmer bereits länger im Tierschutz aktiv waren, bislang aber vornehmlich auf eigene Faust agiert hatten und nun eine Heimat für ihr Engagement suchten.

Olaf Benz sprang plötzlich vom Pult und stellte sich breitbeinig hin, die Arme zu einer ausladenden Geste geöffnet. »Wir dürfen nicht länger zusehen, wie Tierrechte mit Füßen getreten werden. Dagegen müssen wir entschlossen vorgehen, notfalls mit zivilem Ungehorsam. Ich bitte euch, macht mit! Engagiert euch! Zeigt der Welt, dass es so nicht weitergehen kann. Je mehr von euch mitmachen, umso größer ist unsere Chance, dass die Politik endlich handelt und dem Wahnsinn in der Tierhaltung Einhalt gebietet.«

Der Raum war erfüllt von einer knisternden Spannung. Fast kam es Friederike so vor, als wohnte sie der Predigt eines Sektenführers bei. Als sie ihre Tasche öffnete, um nach einem Stift zu suchen, war ihr, als würde Benz sie fixieren. Sie ließ sich bewusst Zeit, bevor sie ihre Augen wieder nach vorn richtete. Ihr lief ein kalter Schauer den Rücken herunter. Der Blick, mit dem sie der Tierrechtler bedachte, hatte etwas Unberechenbares, beinahe Seelenloses. Sein Gesicht mit der langen, geraden Nase, den dicht stehenden buschigen Augenbrauen und den ungewöhnlich vollen Lippen verriet gleichzeitig eine gewisse innere Anspannung.

Sie lächelte ihm zu, um ihre Irritation zu verbergen, und war erleichtert, als er sich wieder von ihr abwandte. Der wechselte seine Mimik ja schneller als ein Chamäleon seine Farbe, stellte sie verblüfft fest, während sie ihn beobachtete. Trotz seines noch recht jungen Alters – sie schätzte ihn auf Ende zwanzig – schien er seine Umgebung vollkommen zu beherrschen.

Nach einigen Minuten löste Benz sich aus der Gruppe, die sich inzwischen um sein Pult geschart hatte, und steuerte geradewegs auf sie zu. Mit einem Lächeln, das auf halbem Wege zu seinen Augen erstarb, reichte er ihr die Hand, deren Mittelfinger ein breiter silberner Ring zierte. Um sein Handgelenk schwang sich ein schwarzes geflochtenes Lederarmband.

»Hallo, ich heiße Olaf, und du bist …?«

»Friederike«, sagte Friederike und schüttelte die dargebotene Hand. »Es tut mir leid, dass ich verspätet in deine Veranstaltung geplatzt bin. Aber auf dem Kaiser-Friedrich-Ring gab es einen Unfall mit einem längeren Stau.«

»Nun, sei's drum! Gehst du mit uns noch etwas trinken?«, fragte Benz und wies mit dem Kopf hinter sich. »Ein paar von uns wollen sich in das Bistro gleich hier um die Ecke setzen und ein wenig plaudern. Ich lade dich ein.«

»Dann kann ich ja wohl nicht Nein sagen«, erwiderte Friederike. Das Spielchen begann.

Zu fünft machten sie sich auf den Weg. Neben Friederike schlossen sich noch zwei Männer, die sich als Simon und Max vorstellten und ungefähr Olafs Alter hatten, und eine Frau namens Dorothea mit stoppelkurzen dunklen Haaren an.

Das kleine Bistro war zur Hälfte besetzt. Benz steuerte einen der Tische auf der höher gelegenen Empore an und setzte sich Friederike gegenüber. Simon nahm neben ihm Platz, während Max und Dorothea sich übereck niederließen und ihre Köpfe gleich wieder zusammensteckten. Die beiden hatten schon auf dem Hinweg eifrig miteinander diskutiert. Soweit Friederike das mitbekommen hatte, ging es um Versuchstiere in einem Pharmalabor.

Während sie ihre Bestellungen aufgaben, versuchte Friederike, ihre Gesprächspartner einzuschätzen. Benz trat betont selbstsicher, beinahe arrogant auf. Doch das konnte Fassade sein. Simon schien recht unsicher. Er hatte ein rundliches Gesicht mit weichen Zügen und vermied es, ihr in die Augen zu sehen. Dafür kratzte er sich unentwegt an den Unterarmen.

Friederike machte sein Anblick ganz nervös, und sie fragte sich, ob er an einem Ekzem litt, denn auch die Haut über seinem Kehlkopf war rot entzündet und stellenweise offen. Weiter kam sie mit ihren Überlegungen nicht, da Benz ihren Gedankengang unterbrach.

»Faszinierende Augen. Man weiß gar nicht, in welches man zuerst gucken soll, ins grüne oder ins braune.« Er hatte die Ellenbogen auf der Tischplatte abgestützt, während sein Kinn in seinen Handflächen ruhte.

Friederike entschied, auf seinen Flirtversuch einzugehen, und schlug einen koketten Tonfall an. »Ich hätte nicht gedacht, dass man dich so leicht verwirren kann.«

Olaf stimmte ein überhebliches Lachen an. Seine vollen Lippen entblößten makellose Zähne. »Das kann man auch nicht. Da musst du schon etwas mehr bieten.«

Max und Dorothea sahen kurz auf, als wollten sie ergründen, ob sie etwas Lustiges verpasst hätten, tuschelten dann aber gleich weiter. Interessant fand Friederike die Reaktion von Simon auf ihr kleines Wortgeplänkel. Seine Miene verfinsterte sich, und sie konnte sich des Eindrucks nicht erwehren, dass ihm Olafs Charmeoffensive ganz und gar nicht gefiel. Verblüfft fragte sie sich, ob zwischen den beiden etwas liefe.

»Dann schieß los, was treibt dich zu uns?«, fragte Olaf.

»Also, ich engagiere mich schon sehr lange im Tierschutz, mal hier und mal da, so, wie man das eben macht. Aber mir ist klar geworden, dass man nur als Mitglied in einem Verein wirklich etwas bewegen kann. Allein ist man ja ziemlich machtlos. Und jetzt, wo das bei Bad Schwalbach mit dem Zirkuselefanten passiert ist, habe ich mir gedacht –«

»Das ist echt eine Riesensauerei, was die Zirkusse mit den Tieren machen«, fiel ihr Benz ins Wort. Seine Augen fingen an zu glühen. »Tiere zur bloßen Unterhaltung zur Schau zu stellen, ist einfach nur abartig. Die armen Viecher werden ausgebeutet und gequält, und diese Zirkusfritzen lassen sich das auch noch gut bezahlen«, wetterte er. »Diesen Missbrauch müssen wir stoppen.«

Wow, dachte Friederike, der lässt sich wirklich nicht die Butter vom Brot nehmen. Sie musste aufpassen, dass ihr die Gesprächsführung nicht entglitt. »Ja, aber wie soll das gehen?« Fragend sah sie von Olaf zu Simon. »Wollt ihr hingehen und alle Zirkustiere in die freie Wildbahn entlassen?«

»Warum nicht?«, konterte Benz. Er zog seine Jacke aus und hängte sie über die Stuhllehne. Dabei musterte er intensiv die beiden Männer am Nebentisch.

Wenn dieser Simon tatsächlich etwas mit Olaf hatte – und sein Blick sprach erneut Bände –, dann hatte er keinen leichten Stand, ging es Friederike durch den Kopf.

»Das ist allemal besser als die faulen Kompromisse, die auf politischer Ebene geschlossen werden«, fuhr Benz fort, als er sich ihr wieder zuwandte.

»Moment, dann wart ihr das?« Friederike wies mit dem Zeigefinger in die Runde.

»Was?«

»Na, dann habt ihr diesen Elefanten, wie heißt er noch gleich …?« Sie fasste sich an die Stirn und tat so, als müsste sie nachdenken.

»Leila«, warf Simon ein und kratzte sich am Kehlkopf.

»Richtig, Leila.« Sie lächelte ihn dankbar an. »Dann habt ihr diese Leila rausgelassen?«

Olaf zögerte und warf Friederike wieder diesen unergründlichen Blick zu, bei dem es ihr kalt den Rücken hinunterlief, während Simon schwieg. Erneut überraschte Friederike, wie schnell sich Olafs Ausdruck veränderte. War er gerade noch charmant und höflich gewesen, reagierte er in der nächsten Sekunde hitzig und wurde gleich danach eiskalt.

»Und wennschon. Warum fragst du? Hättest du ein Problem damit?«, erkundigte er sich.

Mist, er versuchte offensichtlich, den Spieß umzudrehen. Vielleicht legte er die Karten auf den Tisch, wenn sie ihm schmeichelte. »Nein, ich fände es ehrlich gesagt total cool, wenn ihr den Elefanten befreit hättet«, log sie und strich sich eine Strähne hinters Ohr.

Doch Olaf setzte ein Pokerface auf und ließ ihre Bemerkung wie Staubflocken in der Luft schweben, während Simon nervös blinzelte und ihrem Blick auswich.

»Ist halt nur scheiße, dass der Jogger dabei ums Leben gekommen ist. Der konnte schließlich nichts dafür«, setzte Friederike hinzu, in der Hoffnung, damit bei einem von beiden eine brauchbare Reaktion provozieren zu können.

Olaf deutete ein lakonisches Achselzucken an. »Ja, das ist blöd gelaufen.«

Blöd gelaufen. Friederike musste sich beherrschen, nicht aus der Haut zu fahren. Da starb ein Mensch, und das war alles, was dieser Olaf dazu zu sagen hatte. Der Typ schien ziemlich skrupellos zu sein. Und sein Kumpel Simon saß mit großen Augen daneben und sagte kein Wort.

Der Wahrheit war sie allerdings immer noch nicht näher gekommen. Dennoch hielt sie es für unklug, weiter auf dem Thema herumzureiten. Sie musste das Gespräch wohl oder übel erst einmal in eine andere Richtung lenken.

»Was meintest du vorhin mit ›faulen Kompromissen‹?«, kam sie auf Olafs Einwurf zu Beginn des Gesprächs zurück.

»Schau, 2002 wurde der Tierschutz als Staatsziel in die deutsche Verfassung aufgenommen. Und was hat es gebracht … *nichts*. Wir sind noch keinen Schritt weiter als im Mittelalter.«

»Na ja, jetzt übertreibst du aber«, wandte Friederike ein. Schau! Olafs oberlehrerhafter Ton ging ihr gehörig auf den Geist. Schnell trank sie einen großen Schluck von ihrer Apfelsaftschorle, damit ihr kein dummer Kommentar entschlüpfte. »Und was ist mit dieser Landestierschutzbeauftragten? Ist die nicht offiziell dafür zuständig, dass sich in der Tierhaltung in Hessen etwas verbessert?«, fragte sie über den Rand ihres Glases hinweg. Sie war gespannt, was jetzt käme.

»Eigentlich schon. Aber von der kommt ja nicht viel.« Olaf winkte ab und lehnte sich selbstbewusst zurück.

Simon grinste ihn beifällig an.

Was ist das bloß für ein Waschlappen, dachte Friederike, als ihre Blicke über Simons pausbackiges Profil glitten. Hatte der eigentlich auch eine eigene Meinung, oder fand er alles toll, was sein Freund von sich gab? Sie sah wieder zu Olaf. »Wieso?«, fragte sie.

»Weil das eine Beamtin ist. Wenn es darauf ankommt, hängt die sich doch nicht aus dem Fenster. Was wir brauchen, ist organisierter Widerstand aus der Mitte der Gesellschaft heraus. Das kannst du mit so einer nicht machen.«

»Ach, und ich dachte, ihr arbeitet mit der zusammen.«

»Nee. Spinnst du? Wir haben uns zwar bei der über den Zirkus beschwert, weil sie bei der Landesregierung dafür die Ansprechpartnerin ist. Ich habe mir aber schon gedacht, dass nichts dabei herumkommt. Bislang hat die sich nur ein bisschen beim Zirkus umgeschaut, und das war's.«

Wieder eine Sackgasse. Friederike hatte sich ihre Mission einfacher vorgestellt.

Das Gespräch geriet ins Stocken. Sie überlegte, wie sie auf den Brand zu sprechen kommen könnte, ohne dass Olaf ihr erneut auswich. Sie blickte sich unter den Gästen um, einem bunt zusammengewürfelten Haufen Menschen unterschiedlichster Herkunft und Altersstufen, um Zeit zu gewinnen.

Plötzlich stand Olaf auf und verschwand in Richtung Herrentoilette.

Das war ihre Chance. Sie würde Simon fragen. Vielleicht war er weniger einsilbig, wenn Olaf nicht in der Nähe war. »Sag mal, das Feuer beim Zirkus, wisst ihr, wer das war? Ich habe gehört, dass es Brandstiftung gewesen sein soll«, fragte sie ihn geradeheraus.

Simon sah sie irritiert an und brachte keinen Ton hervor. Himmelherrgott noch mal, was war denn mit dem los? Das war doch eine ganz einfache Frage. Nun sag schon, dachte Friederike. Doch da schwang die Toilettentür schon wieder auf, und Olaf kam zurück. Im Gehen stopfte er sich das Portemonnaie in die Hose.

Scheiße! Friederike musste sich zusammenreißen, um nicht laut aufzustöhnen.

»Entschuldige, wir müssen los. War schön, dich kennengelernt zu haben«, sagte Olaf, als er an den Tisch trat. Er legte eine Hand auf Simons Schulter, der sich unter seiner Berührung sichtlich entspannte.

Friederike nahm ihren ganzen Charme zusammen und strahlte Olaf an. »Ganz meinerseits. Geht ihr ruhig schon mal.« Sie deutete in die Richtung, aus der Olaf gekommen war. »Ich wollte auch noch mal eben …«

»Alles klar.« Olaf verabschiedete sich von ihr mit einem breiten Grinsen. Simon folgte ihm wie ein ergebenes Hündchen, ohne ein Wort zu sagen.

9

Tock, tock, tock, tock, tock, tock.

Hella hockte rittlings auf einer umgestürzten Buche und beobachtete den Buntspecht, der mit kräftigen Hieben in kurzen Abständen den Stamm einer alten Eiche bearbeitete. Moospolster bildeten auf dem Boden ringsherum einen leuchtend grünen Teppich und umhüllten die unteren Teile der Baumstämme wie ein weiches Vlies. Links ragte ein riesiger verkohlter Baumstumpf wie ein düsteres Mahnmal zum Himmel. Ein Blitzschlag hatte den hölzernen Koloss bei einem heftigen Sommergewitter vor zwei Jahren in der Mitte gespalten, was ihm eine bizarre Form verlieh.

Dies war ihr Lieblingsplatz. Weit abseits der offiziellen Wege und nur über gewundene, zwischen niedrigem Bewuchs versteckte Pfade zu erreichen, lag er oberhalb einer kleinen Lichtung inmitten hoher Laub- und Nadelbäume. Mit etwas Glück begegnete Hella auf ihrer Wanderung einem Rudel Rotwild, das, angeführt von einem erfahrenen Alttier, dessen Haupt über die Jahre weiß geworden war, in einem abgelegenen Teil des Waldes hangaufwärts seinen Einstand hatte. Doch bislang hatten Hella und Jagger nur einen Fuchs erblickt, der sich eilends ins Dickicht verdrückte, sobald er die beiden Eindringlinge bemerkte.

Hellas gesunde Gesichtsfarbe zeugte noch von der Anstrengung des knapp eineinhalbstündigen Fußmarsches, da die Route die meiste Zeit bergauf führte und stellenweise recht unwegsam war.

Jetzt, gegen Ende des Nachmittags, war es im Wald angenehm kühl. Die Sonne drang nur spärlich durch die noch weitgehend dichten Kronen, auch wenn der extrem trockene und lange Sommer seinen Tribut forderte, indem die ersten Blätter zu fallen begannen und einige Eichen bereits ihre unreifen hellgrünen Früchte abwarfen. Am schlimmsten aber hatte es die zahllosen

Fichten getroffen, denen der Borkenkäfer bereits im dritten Jahr in Folge enorm zusetzte. Auf ihrem Spaziergang hatte sich Hella streckenweise ein trauriges Bild dargeboten. Dutzende Fichten kränkelten mit fahlbraunen Nadeln und lichten Kronen vor sich hin oder waren bereits abgestorben.

Dennoch liebte sie diesen Ort mit seinem morbiden Charme, geprägt lediglich vom Zyklus der Jahreszeiten und von den Spuren von Vergänglichkeit und Wiedergeburt. Anders als in den forstwirtschaftlich genutzten Flächen durften die Bäume an diesem Fleckchen Erde ungestört altern. Sie bildeten, auch nach ihrem Tod, ein unschätzbares Biotop für zahlreiche Lebewesen, darunter selten gewordene Säugetierarten, wie den Luchs oder die Wildkatze und in nicht allzu ferner Zukunft vielleicht auch wieder für den Wolf. Hella zog es in diese Abgeschiedenheit immer, wenn sie in Ruhe nachdenken wollte. So wie heute. Andächtig lauschte sie dem Herbstgesang eines Rotkehlchens, das lautstark sein Revier absteckte, und zog behutsam die Beine an, da die Prellung in ihrem linken Knie sie weiter plagte. Mit der Hand fuhr sie zärtlich über die raue Rinde der Buche, auf der sie hockte. Sie schätzte, dass der Baum gut und gern achtzig Jahre alt geworden war, bevor er sich zur ewigen Ruhe gebettet hatte.

Während Jagger mit tiefer Nase durchs Unterholz stöberte und sich seine Sinne von den unzähligen Reizen der unberührten Natur vernebeln ließen, legte sie sich, ihre Strickjacke als Kopfkissen nutzend, auf den Rücken und lauschte mit geschlossenen Augen dem Flüstern der Bäume. Sie malte sich aus, wie sie sich über Duftstoffe und mit Hilfe eines unterirdischen Netzwerks geheime Botschaften zuschickten. In ihrer Phantasie flogen die Informationen wie kleine blinkende Punkte von einem Baum zum nächsten oder ließen die Leitungen, die sich von Wurzelwerk zu Wurzelwerk zogen, in leuchtend bunten Farben erglühen.

Nach einiger Zeit fing ihr Knie an, mit einem leisen Pochen gegen die angewinkelte Haltung zu protestieren. Sie setzte sich wieder auf und ließ die Beine beidseits des Buchenstamms baumeln. Ihre Augen fanden Jagger, der in einiger Entfernung einer frischen Wildfährte folgte. Sie ließ ihn gewähren und zog aus der rechten hinteren Gesäßtasche ihrer Jeans ein DIN-A5-großes kariertes Blatt Papier heraus, das sie am Morgen hinter dem Scheibenwischer ihres Autos gefunden hatte. Sie faltete den Zettel auseinander und las die handgeschriebenen Worte zum wiederholten Male.

Nimm dich in Acht, du Miststück!

Normalerweise hätte sie die Drohung in den nächstbesten Papierkorb befördert und nicht weiter darüber nachgedacht. Aber nach den seltsamen Ereignissen der letzten Tage gab ihr die Botschaft doch zu denken. Von wem könnte sie stammen? Hegten die Zirkusleute einen derartigen Groll gegen sie, dass ihnen jedes Mittel recht war, um sie einzuschüchtern? Es fiel ihr schwer, das zu glauben. Es musste noch eine andere Erklärung geben. Aber welche?

Ein Knacken in der Brombeerhecke hinter ihr ließ sie zusammenfahren. Sie spürte, wie sich ihre Nackenhaare aufstellten. Alarmiert drehte sie sich um und hielt den Atem an. Was, wenn ihr jemand gefolgt war? Auf einmal fand sie es ziemlich hirnrissig, sich mutterseelenallein mit Jagger in diesen gottverlassenen Winkel aufgemacht zu haben. Wenn ihr hier etwas zustieße, würde sie so schnell niemand finden. Angestrengt spähte sie in das Dickicht. Doch nichts Verdächtiges geschah. Auch das Knacken wiederholte sich nicht. Langsam ließ sie die angehaltene Luft ihren Lungen entweichen und wischte sich ihre schweißnassen Handinnenflächen an der Hose ab. Wahrscheinlich nur ein Wildtier, das beim Umherziehen auf einen Stock getreten war, versuchte sie sich zu beruhigen. Dennoch fühlte sie sich plötzlich unwohl.

Wo blieb bloß Jagger? Mit den Augen suchte sie die Umgebung ab und war erleichtert, als sie ihren Gefährten aus einem kleinen Buchenhain kommend mit wehenden Ohren auf sich zutraben sah. Beherzt schwang sie ihr rechtes Bein über den Stamm und glitt zu Boden.

Auf dem Heimweg trieb sie Jagger, der sich ein Stöckchen geschnappt hatte und mit seiner Beute im Fang und steil aufgerichteter Rute vorneweg marschierte, zur Eile an und warf dabei von Zeit zu Zeit einen prüfenden Blick über die Schulter.

10

Lohmann sah sich interessiert in Hellas Haus um, das sie mit einem gemütlichen Mix aus modernen Möbeln und antiken Stücken eingerichtet hatte. Über der hellen Wohnzimmercouch hing ein abstraktes Bild, das einen um ein Vielfaches vergrößerten Ausschnitt aus einer Baumrinde darstellte, in der Lohmann die Borke einer Birke zu erkennen glaubte. Gleich neben der Couch stand ein stoffbezogenes dunkelbraunes Hundebett, in dem Jagger es sich mit lang ausgestreckten Gliedern gemütlich gemacht hatte, während er den Besucher wachsam im Auge behielt. Blickfang des Zimmers aber war ein leuchtend roter Kaminofen, der an der rückwärtigen Längsseite neben einem schwarzen, zu allen Seiten offenen Metallregal mit Resten von Kaminholz stand. Das helle Schaffell vor dem Kamin bildete einen augenfälligen Kontrast zum dunklen Eichenparkett.

Lohmann warf einen Blick auf die Zeitschriften, die sich auf dem würfelförmigen Couchtisch stapelten. Weitere Exemplare lagen verstreut auf dem Teppich. Den Titeln nach zu urteilen, handelte es sich ausnahmslos um Fachliteratur. In einem aufgeschlagenen Magazin waren einige Stellen mit Kugelschreiber unterstrichen und mit Randnotizen versehen.

Auf einem Regal entdeckte er mehrere gerahmte Fotos. Da Hella in der Küche noch mit der Zubereitung des Kaffees beschäftigt war, nutzte er die Zeit, die Bilder eingehender zu studieren. Dem Augenschein nach waren es Familienangehörige von Hella, vermutlich Hellas Eltern und Großeltern, wie er aus einer gewissen Ähnlichkeit der Personen miteinander schloss. Zwischen den Fotos der Erwachsenen befand sich auch ein Bild von zwei kleinen Mädchen. Lohmann nahm an, dass es sich um Hella und eine Schwester von ihr handelte. Die Ähnlichkeit war unverkennbar, auch wenn das jüngere der beiden Mädchen nicht Hellas kupferrote, sondern rötlich blonde Haare hatte.

»Mit Milch und Zucker?« Hella steuerte auf den aus Massivholz gefertigten Esstisch zu, dessen Oberfläche davon zeugte, dass er schon zahlreichen Menschen als Mittelpunkt gemeinsamer Mahlzeiten gedient hatte, stellte die dampfenden Kaffeetassen ab und klappte den Deckel ihres Laptops zu, an dem sie bis eben gearbeitet hatte.

»Nein, danke, ich trinke ihn schwarz«, sagte Lohmann und trat einen Schritt vom Regal zurück. »Sie haben eine Schwester?«, fragte er und deutete auf das Foto mit den beiden Mädchen.

Hella folgte seinem Finger. Ein Schatten huschte über ihr Gesicht. »Ich hatte eine Schwester. Sie war zwei Jahre jünger als ich. Sie ist als Kind beim Überqueren der Straße von einem Auto überfahren worden.«

»Oh, das tut mir leid.« Lohmann merkte, dass er einen wunden Punkt angesprochen hatte, war sich obendrein aber sicher, geschult durch jahrelange Vernehmungspraxis, in Hellas Augen so etwas wie Schuldgefühle zu erkennen.

»Ach, das ist lange her.« Hellas Mimik verriet, dass sie nicht weiter darüber reden wollte, und Lohmann ließ es daher dabei bewenden.

Gut eine Stunde nachdem Hella ihn angerufen und von dem Fund hinter ihrem Scheibenwischer erzählt hatte, hatte Lohmann, aufs Höchste alarmiert, das Polizeipräsidium verlassen und war zu ihr gefahren, um sich vor Ort umzusehen und sich den Zettel mit der Drohung zeigen zu lassen.

Noch bevor er bei ihr geklingelt hatte, hatte er ihr Wohnumfeld gründlich inspiziert. Hellas zartgelbes Haus mit der dunkelgrünen Haustür und den im selben Farbton gestrichenen Klappläden vor den Sprossenfenstern lag am Ende einer Sackgasse. Ihre gleichfalls mit einem dunkelgrünen Tor versehene Garage grenzte links an das Haus. Der Kirschlorbeer bildete eine natürliche Barriere zum Nachbargrundstück. Hinter Hellas circa hundert Quadratmeter großem Garten befand sich eine Koppel. Eine knapp zwei Meter hohe Ligusterhecke, an deren Innenseite ein Maschendrahtzaun verlief, grenzte beides voneinander ab. Jenseits der Koppel erstreckten sich Äcker und Felder.

Lohmann setzte sich an den Esstisch und zog seine Kaffeetasse zu sich heran. Er wies Hella darauf hin, dass weder der Zaun noch die Hecke für Eindringlinge ein unüberwindliches Hindernis darstellten. »Ich würde Ihnen angesichts der jüngsten Vorfälle dringend raten, Überwachungskameras anbringen zu lassen. Die Technik ist inzwischen so ausgereift, dass Sie sich die Aufnahmen in Echtzeit aufs Handy übertragen lassen können.«

»Ich denke darüber nach«, erwiderte Hella mit einem müden Lächeln. Wie so oft in letzter Zeit spürte sie die Erschöpfung aufsteigen, wie eine Flut, und sehnte sich danach, früh ins Bett zu gehen.

»Gut, dann lassen Sie uns alles noch einmal in Ruhe durchgehen«, sagte Lohmann, nachdem er einen Schluck Kaffee getrunken hatte. »Fangen wir mit Sonntagfrüh an. Als Sie wach wurden, haben Sie zunächst nicht bemerkt, dass Ihr Hund nicht im Haus war. Richtig?«

»Ja, ich war so durcheinander, weil ich dachte, ich hätte schlecht geträumt, dass mir erst nach einiger Zeit auffiel, dass Jagger nicht wie üblich in die Küche geflitzt kam, als ich die Kühlschranktür geöffnet habe. Daraufhin habe ich das ganze Haus nach ihm abgesucht, konnte ihn aber nirgendwo finden, bis mir schließlich einfiel, dass er vielleicht durch die Hundeklappe in den Garten gelaufen sein könnte.«

»Wo befindet sich die Klappe?«

»Im Waschkeller.«

»Kann er dort Tag und Nacht rein und raus?«

»Nein, die Klappe ist mit einer Zeitschaltuhr versehen, die das Schloss um Mitternacht verriegelt.«

»Und wann geht die Klappe wieder auf?«

»Um neun Uhr morgens«, antwortete Hella. »Ich will nicht, dass Jagger die Nachbarn vor neun mit seinem Gebell nervt. Außerdem gehe ich in aller Regel vorher mit ihm Gassi«, fügte sie erklärend hinzu.

»Verstehe«, sagte Lohmann, »aber Sonntagfrüh hat der Mechanismus versagt, und Ihr Hund befand sich bereits vor neun Uhr draußen?«

»Genau. Ich vermute, dass die Zeitschaltuhr einen Defekt hat. Sie hat neulich schon einmal nicht richtig funktioniert.«

»Und dann?«

»Dann habe ich laut nach Jagger gerufen, und kurze Zeit später kam er von dort hinten zu mir gelaufen.« Hella zeigte durch das Esszimmerfenster.

»Haben Sie nachgeschaut, ob sich jemand Fremdes im Garten befand?«

»Nein, nicht wirklich. Ich habe nur durch die Klappe geguckt, habe aber niemanden gesehen oder gehört.«

»Hm«, machte Lohmann, »ich werde mir die Stelle gleich einmal anschauen.«

»Vielleicht war ja auch nichts weiter, und Jagger hat tatsächlich nur wegen einer Katze oder eines Fuchses angeschlagen. Ich habe das vielleicht im Halbschlaf mitbekommen und für einen Traum gehalten«, räumte Hella ein.

»Wir werden sehen«, sagte Lohmann. »Kommen wir zu Dienstag. Wann genau haben Sie bemerkt, dass Ihnen jemand aufgelauert hat, als Sie an dem Morgen das Haus verließen?«

»Ich selbst habe zunächst gar nichts bemerkt. Ich habe wie immer die Haustür hinter mir zugezogen und hörte plötzlich Jagger knurren. Er war schon ein Stück vorausgelaufen, bis ungefähr zur Garage.«

»Und was geschah dann?«

»Ich habe ihn zurückgerufen und gleichzeitig in meinem Rucksack nach der Sprühdose mit dem Tränengas gesucht. Wenige Sekunden später stürzte jemand aus der Lorbeerhecke auf mich zu.«

»Ein Mann?«

»Ja, eindeutig ein Mann!«

»Wie groß war er?«

Hella überlegte kurz. »Also, ich bin ein Meter achtundsechzig, und er war schätzungsweise zehn Zentimeter größer als ich.«

»Demnach etwa ein Meter achtzig?«

»Ja.« Sie nickte.

»Ist Ihnen irgendetwas Besonderes an ihm aufgefallen?«

»Er hatte ein Tattoo auf dem linken Oberarm.« Hella deutete die Stelle auf der Mitte ihres Oberarms an.

»Konnten Sie erkennen, was das Tattoo darstellte?«

»Im Schein des Bewegungsmelders sah es für mich aus wie der Kopf eines Tieres.«

»Können Sie näher beschreiben, um was für ein Tier es sich gehandelt hat?«

Hella ließ die Situation vor ihrem inneren Auge noch einmal Revue passieren. »Ein Affenkopf vielleicht … Tut mir leid, es ging alles so wahnsinnig schnell.« Sie zuckte mit den Schultern.

»Kein Problem.« Lohmann vermerkte die Information in seinem Notizbuch und kreiste die Wörter »Tätowierung Affe?« ein. »Und das Gesicht, konnten Sie das erkennen?«

Hella dachte angestrengt nach. Sie hatte spontan den Eindruck gehabt, dass ihr außer dem Tattoo noch etwas aufgefallen wäre. Aber sosehr sie sich auch bemühte, die Erinnerung abzurufen, sie war verschwunden. Sie schüttelte langsam den Kopf. »Nein. Er trug eine dunkle Schirmmütze, die er tief ins Gesicht gezogen hatte.«

»Hat er Sie angesprochen?«

»Nein.«

»Können Sie mir beschreiben, was er anhatte?«

»Eine Jeans, dunkle Sportschuhe und ein schwarzes T-Shirt.«

»Sie sagten, dass er Ihnen einen Schlag in die Kniekehlen verpasst habe.«

»Ja, der Schlag traf mich von links, und ich habe reflexartig das Spray aktiviert. Der Typ hat daraufhin nach Jagger getreten, der ihn am Hosenbein packen wollte, und ist schließlich aus der Sackgasse heraus zur nächsten Querstraße geflüchtet.«

»Und Sie sind sich sicher, ihn mit dem CS-Gas erwischt zu haben?«

»Er hat zumindest kurz aufgeschrien.«

Lohmann fuhr sich nachdenklich über seine schwarzen Bartstoppeln. Während manche Männer mit einem Dreitagebart einfach nur ungepflegt aussahen, verliehen Lohmann die dunklen Schatten um die Kinnpartie etwas verwegen Männliches. Hella fragte sich unwillkürlich, wie er wohl im Bett wäre und wie es sich anfühlte, seine Lippen auf ihrem Körper zu spüren. Schnell senkte sie den Blick und verbarg ihre untere Gesichtshälfte hinter der bauchigen Kaffeetasse, die sie mit beiden Händen umklammert hielt, da sie spurte, wie eine verräterische Hitze aus ihrer Körpermitte nach oben schoss, wie eine mit Spiritus übergossene Flamme. Was war in sie gefahren? Hatte sie einfach nur zu lange keinen Sex mehr gehabt, oder wieso entwickelte sie plötzlich derartige Phantasien? Hoffentlich konnte Lohmann keine Gedanken lesen. Er sah sie manchmal so an, als wüsste er, was in ihr vorginge.

»Vielleicht hat er ja etwas von dem Tränengas in die Atemwege oder Augen bekommen. Ich werde mal schauen, ob einem Anwohner jemand mit Atemnot oder tränenden Augen aufgefallen ist.« Lohmann warf einen letzten Blick auf seine Notizen, schlug dann sein ledernes Notizbuch zu und lockerte seine verspannten Schultern.

»Möchten Sie noch einen Kaffee oder ein Glas Mineralwasser?«, fragte Hella und deutete hoffnungsvoll Richtung Küche, um der intimen Nähe, die sie so urplötzlich verspürt hatte, für einen Augenblick zu entkommen.

»Ein Wasser wäre prima.«

Erleichtert stand Hella auf, dicht gefolgt von Jagger, der darauf spekulierte, dass es endlich etwas zu fressen gäbe. Aus einer großen Küchenschublade, in der sie das Hundefutter aufbewahrte, holte Hella eine Dose Feuchtfutter und füllte unter den aufmerksamen Blicken ihres Rüden den Hundenapf. Anschließend kehrte sie mit einer Flasche Mineralwasser und zwei Gläsern ins Wohnzimmer zurück.

Lohmann hatte sich in der Zwischenzeit eingehend mit dem Zettel und der Warnung beschäftigt. »Es sieht so aus, als wäre das Papier aus einem dieser DIN-A5-Blöcke herausgerissen, die es in jedem x-beliebigen Schreibwarengeschäft zu kaufen gibt.

Hat außer Ihnen in der Zwischenzeit noch jemand den Zettel angefasst?«

»Nein.« Hella schüttelte den Kopf.

»Und Sie haben keine Ahnung, wer der Verfasser sein könnte?« Lohmann füllte sein Glas und genehmigte sich einen großen Schluck Mineralwasser.

»Nein, nicht die geringste. Ich habe mir schon den Kopf darüber zerbrochen. Da ich mir in meinem Job nicht nur Freunde mache, könnte es durchaus mehr als einen geben, der mir gerne eins auswischen möchte.«

»Ich wäre Ihnen trotzdem dankbar, wenn Sie mir die Namen derjenigen aufschreiben könnten, mit denen Sie in jüngster Zeit Ärger hatten.«

»Mache ich«, sagte Hella und gähnte verstohlen. Es fiel ihr schwer, die Augen aufzuhalten. »Wenn ich allerdings alle notieren müsste, die mir sicher gerne beizeiten eins ans Zeug flicken wollen, könnte ich eine ganze Klopapierrolle füllen«, schob sie hinterher.

»So schlimm?«, fragte Lohmann. Seine blauen Augen blitzten amüsiert.

»So schlimm«, sagte sie und grinste.

Lohmann schob seinen Stuhl vom Tisch zurück. »Ich denke, wir sind so weit durch. Ich werde das Papier auf Fingerabdrücke und weitere Spuren untersuchen lassen. Ein Grafologe soll sich zudem die Handschrift anschauen. Vielleicht lässt sich daraus etwas ablesen. Ich gebe Ihnen Bescheid, sofern die Untersuchungen etwas Brauchbares ergeben.«

Gerade als er sich erheben wollte, trabte Jagger zurück ins Wohnzimmer und stürzte sich auf den kleinen, abgenutzten rosa Stoffkraken, der neben dem Esstisch auf dem Eichenparkett lag. Das Tier besaß nur noch ein Auge, und einer seiner Arme war zur Hälfte amputiert. Mehrmals schleuderte Jagger den Kraken durch die Luft, fing ihn wieder auf oder setzte ihm mit knurrenden Lauten nach, bis das Stofftier schließlich in hohem Bogen auf dem Esstisch landete. Nur dank eines schnellen Reflexes konnte Lohmann verhindern, dass sich der

Inhalt seines noch halb vollen Wasserglases auf den Boden ergoss.

»Irgendwie werde ich den Eindruck nicht los, dass Ihr Hund es auf mich abgesehen hat«, scherzte er.

Hella warf den Kopf in den Nacken. Ihr Lachen wirbelte durch den Raum wie eine Windhose. »Glauben Sie mir, diesmal will er nur spielen.«

***

Lohmann trommelte unruhig mit den Fingern auf seiner Schreibtischplatte. Er hatte nach dem Besuch bei Hella ins Fitnessstudio gehen wollen, es sich dann aber kurzfristig anders überlegt und war zurück ins Präsidium gefahren. Ihre Befragung zum vermeintlichen Einbruch in der Nacht vom neunzehnten auf den zwanzigsten Oktober hatte ihn kein bisschen weitergebracht, weil es zu wenig Anhaltspunkte dafür gab, dass sich tatsächlich ein Fremder in Hellas Garten herumgetrieben hätte. Die mysteriöse Häufung von Vorfällen rund um die Beteiligten an seinem Fall ließ ihm zudem keine Ruhe.

Er schnappte sich die Ermittlungsakte Carina und ging sie nochmals gründlich durch. Er hoffte, irgendeinen Hinweis zu finden, den er bislang übersehen hatte und der ihm Aufschluss darüber geben konnten, ob es einen Zusammenhang zwischen dem Ausbruch des Elefanten, dem Tod des Joggers, dem Brand beim Zirkus sowie dem Angriff auf Hella beziehungsweise der an sie gerichteten Drohung gab.

Unter den Zirkusmitarbeitern gab es durchaus den einen oder anderen Heißsporn. Das war ihm bei der Befragung der Crew nach dem Tod des jungen Akrobaten, der seiner schweren Rauchvergiftung erlegen war, klar geworden. »Ich mach das Schwein fertig, das meinen Bruder auf dem Gewissen hat!«, hatte ein etwa dreißigjähriger Muskelprotz, der sich als Pferdetrainer der Truppe entpuppte, zornig ausgerufen und sich dabei auf die Polizisten gestürzt, als wollte er sie persönlich für den Tod seines Bruders verantwortlich machen. Die Beamten konnten den Mann glücklicherweise zur Vernunft bringen, bevor die Situation eskalierte. Der Pferdetrainer ließ sich danach allerdings zu keiner vernünftigen Aussage mehr bewegen und hielt sich, bleich vor Wut und mit zusammengebissenen Zähnen, während des weiteren Gesprächs abseits der Truppe.

Lohmann war bei Hellas Erwähnung der Tätowierung eingefallen, dass er ein Tattoo auf dem linken Oberarm des Mannes gesehen hatte. Er machte sich schnell eine Notiz und beauftragte seine Kollegin Claudia, sich das morgen genauer anzusehen, auch wenn die Chancen auf einen Treffer gering waren, da sich heutzutage ja fast jeder Dritte ein wie auch immer geartetes Motiv in seine Haut stechen ließ. Doch sie mussten allen Spuren nachgehen.

Wer aber hatte den Brand auf dem Zirkusplatz gelegt? Den Ermittlungen zufolge war das Feuer durch einen Brandbeschleuniger verursacht worden. Von dem oder den Tätern fehlte bislang allerdings jede Spur. Ein Eigenverschulden hielt Lohmann für unwahrscheinlich. Denn das würde bedeuten, dass ein Mitglied der Zirkusfamilie es billigend in Kauf genommen hätte, seine eigenen Leute und die Tiere, die das Kapital des Unternehmens darstellten, einer tödlichen Gefahr auszusetzen. Dafür waren die Zirkusleute eine zu eingeschworene Gemeinschaft, denen der Zusammenhalt über alles ging. Oder wollte hier irgendjemand irgendetwas vorsätzlich vertuschen beziehungsweise die Ermittlungen in eine falsche Richtung lenken?

Und warum und für wen war Hella Ohlsen zur Zielscheibe geworden?

Egal, wie er es drehte und wendete, er hatte noch viel zu wenig Anhaltspunkte, um Antworten auf seine Fragen zu finden. Doch er war zuversichtlich, dass ihn sein analytischer Verstand und sein Spürsinn rechtzeitig auf die richtige Spur bringen würden.

Er rieb sich die Schläfen, schloss die Akte und nahm sich vor, gleich morgen früh bei der Spurensicherung nachzufragen, ob es in letzter Zeit im näheren Umkreis vergleichbare Fälle gegeben hatte, bei denen Brandbeschleuniger benutzt wurden. Vielleicht brachte sie das weiter.

Entschlossen packte er seine Sachen zusammen, schaltete das Licht aus und verließ sein Büro. Kurz überlegte er, den Aufzug zu nehmen, entschied sich dann jedoch dafür, das Gebäude über das Treppenhaus zu verlassen. Ein jämmerlicher Ersatz fürs Fitnessstudio, aber besser als gar nichts, gestand er sich ein und eilte die wenigen Stufen vom ersten Stock hinunter bis ins Erdgeschoss.

11

Vertreter aus Wissenschaft und Medizin, der Regierungsdirektor, lokale Honoratioren, ja sogar der Staatsminister für Gesundheit, alles, was im Landkreis Rang und Namen hatte, war zur feierlichen Eröffnung der neuen Klinik für psychosomatische Medizin und Psychotherapie in Schlangenbad gekommen. Die Häppchen waren bereits vergriffen, und nur vereinzelt nippte noch jemand an seinem Begrüßungstrunk, während die letzten Gäste eintrudelten und eilig die restlichen freien Plätze ansteuerten.

Unter den zahlreichen Ehrengästen, die die vorderste Reihe des zum Vortragssaal umfunktionierten Wartebereichs der Klinik besetzten, gehörte auch Peter von Clausen, denn die neue Klinik war Teil des Krankenhausverbundes des Landkreises, und er war zu ihrem Verwaltungsratsvorsitzenden berufen worden.

Der Klinikbau war dank seiner guten Kontakte in die Baubranche zu seiner großen Freude rechtzeitig vor den Landratswahlen fertiggestellt worden, und die ersten Patienten sollten bereits in der kommenden Woche von dem neuen Versorgungsangebot profitieren können. Von Clausen war sich sicher, dass dieser gelungene Schachzug ihm einige zusätzliche Wählerstimmen einbringen würde.

Würdevoll erhob er sich von seinem Stuhl, nachdem ihn der Klinikleiter dazu aufgefordert hatte, sein Grußwort zu sprechen, knöpfte sein kariertes Jackett zu und ging gemessenen Schrittes zur Stirnseite des Saals, wo er sein vorbereitetes Manuskript auf dem schwarzen Rednerpult ablegte.

»… andernorts werden Kliniken geschlossen. Uns aber ist es gelungen, mit dem Neubau, der modernste Standards mit einer patientennahen Betreuung vereint, eine wichtige Versorgungslücke bei der Behandlung psychosomatischer und psychischer Störungen zu schließen. Ich würde sogar so weit gehen wollen, das Projekt als einen Meilenstein für die Region zu bezeichnen, worauf ich mehr als nur ein bisschen stolz bin, das können Sie mir glauben«, ließ er es sich nicht nehmen zu betonen, nachdem er die allgemeinen Begrüßungsfloskeln hinter sich gebracht hatte. Die Eitelkeit zauberte ein kleines Lächeln auf sein Gesicht, bevor er fortfuhr. »Der Bau ist zugleich Ausdruck der guten wirtschaftlichen Entwicklung unseres Landkreises, auch wenn es im Vorfeld viele Diskussionen darüber gegeben hat, ob der Rheingau-Taunus-Kreis sich eine solche Einrichtung überhaupt leisten kann. Ich bin mir aber sicher, dass wir unsere Haushaltsmittel nicht umsonst investiert haben und dass die Klinik das Ansehen unserer Region über die Grenzen hinaus weiter fördern wird. Die Patienten finden hier nicht nur eine medizinische Versorgung auf höchstem Niveau in exklusiver Lage vor, sondern erhalten gleichsam die Gelegenheit, sich vom Charme des wunderschönen und zugleich ältesten hessischen Kurorts, unweit der Weinberge des Rheingaus und umgeben von den Wäldern des unteren Taunus, verzaubern zu lassen …«

Von Clausen ließ sich noch einige Minuten über die Geschichte des ehemaligen Staatsbads mit seinen zahlreichen kieselsäurehaltigen Thermalquellen aus, deren Heilwasser von jeher nicht nur von Kurgästen geschätzt wurde, sondern im 18. Jahrhundert bei den europäischen Königshäusern gar als Schönheitswässerchen oder in den Hofküchen als besondere Delikatesse Verwendung fand. Applaus brandete auf, als er kurz darauf seine Rede beendete und sich wieder zu seinem Platz zwischen dem Staatsminister und dem Schlangenbader Bürgermeister begab, die ihm anerkennend zunickten.

Zufrieden lehnte sich der Landrat in seinem Stuhl zurück. Veranstaltungen wie diese, mit denen er wichtige Akzente für die Region setzen und sich als souveräner Politiker erweisen konnte, waren genau das, was er brauchte, um letzte Zweifler davon zu überzeugen, dass er Projekte auch gegen Widerstände auf den Weg bringen konnte und sich von nichts und niemandem die Butter vom Brot nehmen ließ.

Dennoch fühlte sich von Clausen unwohl. Er war am Morgen mit rasendem Kopfweh und schmerzenden Gliedern aufgewacht und fürchtete, sich einen Infekt zugezogen zu haben. Eine dicke Erkältung würde ihm im Endspurt des Wahlkampfs gerade noch fehlen. Er nahm sich vor, sich in seiner heimischen Sauna am Abend noch einen oder zwei Durchgänge mit Aufguss zu gönnen. Vielleicht würde das helfen.

Als der nächste Redner nach vorn trat, warf der Landrat einen verstohlenen Blick auf sein Handy, um den Eingang aktueller Mitteilungen und E-Mails zu checken.

fünfzigtausend Euro oder ich poste in allen sozialen Netzwerken, was für ein perverses Schwein du bist!

Von Clausen gab ein japsendes Geräusch von sich. Aus seinem Gesicht wich augenblicklich alle Farbe. In seinen Ohren rauschte es. Für einen Moment glaubte er, ohnmächtig zu werden. Hektisch klickte er die Textnachricht weg und vergewisserte sich, dass keiner seiner Sitznachbarn mitgelesen hatte. Er schloss die Augen und versuchte, seine Fassung wiederzuerlangen.

Das konnte doch nicht wahr sein. Da versuchte jemand, ihn zu erpressen, indem er ihm damit drohte, sein geheimes sexuelles Doppelleben auffliegen zu lassen. Aber wer?

Als vermeintlich heterosexueller treu sorgender Ehemann hatte von Clausen es immer vermieden, seine bisexuellen Neigungen publik zu machen. Zu groß war ihm das Risiko erschienen, dass sich ein Coming-out in der Bad Schwalbacher Provinz für einen Mann in seiner Position als nachteilig erweisen und er unnötig Wähler verprellen könnte. Jahrelang hatte er dafür gekämpft, dahin zu kommen, wo er jetzt war. Bereits während seines Studiums der Verwaltungswissenschaften hatte für ihn festgestanden, dass er ganz hoch hinauswollte. Von Ehrgeiz angetrieben war er daher schon früh auf den unterschiedlichsten Feldern in der Kommunalpolitik unterwegs gewesen, um das Netzwerk für seine Karriere auszubauen. Es hatte nicht lange gedauert, und er hatte über genügend Rückhalt verfügt, um sich für das Bürgermeisteramt der Gemeinde Heidenrod zu bewerben. Und prompt hatte er den Sieg für sich verbuchen können. Von da an war es weiter steil nach oben gegangen, bis es ihn schließlich vor neun Jahren an die Spitze des Landratsamts des Rheingau-Taunus-Kreises katapultiert hatte, wo er seither über rund hundertsiebenundachtzigtausend Einwohner residierte, in einer Region, deren Spitzenweine Weltruf genossen und die auch geschichtlich und landschaftlich einiges zu bieten hatte. Das konnte er sich doch jetzt nicht von irgendeinem Spinner kaputt machen lassen.

Nach einer Weile neigte sich der Staatsminister zu ihm hinüber. »Geht es Ihnen nicht gut?«, fragte er besorgt.

»Nein, nein … es … es ist alles in Ordnung.« Von Clausen rang sich mühsam ein Lächeln ab. »Ich fürchte, ich brüte etwas aus.«

Kalter Schweiß rann ihm von den Achselhöhlen hinab bis auf die Hüften. Sein Atem ging stoßweise. Er wäre am liebsten aufgesprungen und aus dem Saal gerannt. Aber er wagte es nicht, sich vom Fleck zu rühren, denn er wollte um keinen Preis der Welt unnötig Aufmerksamkeit erregen.

Wer zum Teufel hatte ihm die perfide Botschaft geschickt? Von Clausen zermarterte sich das Hirn. Monatelang hatte er keine sexuellen Kontakte mehr gehabt – bis … ja, bis auf die beiden Male mit diesem Jüngling vor etwa einem halben Jahr, der sich Amadeo nannte. In der Anonymität des Internets hatte er nach einem Partner gesucht, mit dem er mal wieder richtig guten, harten Sex haben könnte und dem er zugleich zu nichts verpflichtet wäre. Nachdem er mit Amadeo ein paarmal gechattet hatte, hatte er sich sicher geglaubt, seine Tarnung aufgeben zu können, und sich mit dem Mittzwanziger zweimal heimlich spätabends in seinem Büro getroffen. Er hatte seinem Gast dafür eigens die Taxifahrten spendiert und ihn höchstpersönlich über den Nebeneingang des Landratsamts hereingelassen, in dem sich zu dem Zeitpunkt niemand mehr außer ihm aufhielt. Auf der Ledercouch hatten sie sich stundenlang den wildesten Phantasien hingegeben. Der Bursche war großartig gewesen – genau sein Typ, androgyn, hemmungslos und schier unersättlich. Gott, was hatte es ihm gutgetan, endlich mal wieder zügellos drauflosvögeln zu können. Und jetzt … jetzt das. Die Zielgerade zu seiner Wiederwahl wartete mit verdammt dicken Stolpersteinen auf – erst ein Amok laufender Elefant und nun auch noch ein Erpressungsversuch. Er durfte nicht zulassen, dass ihn das zu Fall brachte.

Von Clausen duckte sich tief in seinen Sessel und wünschte sich, dass die Veranstaltung möglichst bald zu Ende ginge. Auf der Pressekonferenz, die sich der Eröffnungsfeier anschloss, war er fahrig und unkonzentriert. Seine Nerven lagen blank. Bei der Frage eines Journalisten, ob der Landrat mit seiner bislang beispiellosen Karriere nicht fürchte, sich mit dem Klinikprojekt auch Feinde gemacht zu haben, da das Geld für den Neubau aus dem Haushalt nun an anderer Stelle dringend fehle, zuckte von Clausen zusammen. Beispiellose Karriere. Wenn der Pressefritze wüsste. In Gedanken malte er sich lebhaft aus, welcher Shitstorm über ihn ergossen würde, wenn publik würde, dass seine angeblich reine Weste gleich mehrere Schmutzflecke aufwies. Die Medien würden sich auf ihn stürzen wie ein Schwarm Aasgeier, der nur darauf wartete, seine Beute in Stücke reißen zu können. Dann wäre es nicht nur aus mit seiner Karriere, sondern auch mit all den Privilegien, die ihm sein Amt einbrachte. Vergessen wären zugleich all die Dinge, mit denen er den Landkreis vorangebracht hatte. Nichts als Spott und Häme würden ihn erwarten. Von Clausen grauste es bei der Vorstellung. Dennoch gelang es ihm, den Journalisten mit einer nichtssagenden Antwort zufriedenzustellen, mit der er keinen Zweifel daran ließ, wie sehr ihm das gesundheitliche Wohl der Bürgerinnen und Bürger des Landkreises am Herzen lag.

Nach der Pressekonferenz flüchtete er mit eiligen Schritten an der Meute der Journalisten vorbei ins Parkhaus und verzichtete mit Verweis auf eine sich anbahnende Grippe auf den gemeinsamen Rundgang durch die neuen Klinikräume, um sich keinen weiteren Fragen stellen zu müssen.

Erst im geschützten Raum seiner Dienstlimousine beruhigten

sich seine Nerven allmählich wieder. Mit zwei Fingern lockerte er seine Krawatte, öffnete den Hemdkragen und atmete mehrmals tief durch. Er legte seine Stirn auf dem Lenkrad ab, während er mit seinen Händen das kühle Leder umklammerte, bis die Knöchel weiß hervorstanden. Fieberhaft dachte er darüber nach, wie er die Situation in den Griff kriegen könnte, ohne dass irgendetwas ans Licht der Öffentlichkeit gelangte.

12

Hella legte hastig den Hörer auf. »Tobias, kannst du bitte meine Nachmittagstermine verschieben?«, sagte sie zu ihrem Mitarbeiter, der gerade das Büro betrat. »Ich fahre nach Bad Schwalbach. Das Ordnungsamt hat grünes Licht für die Beschlagnahme von Leila gegeben. Sie wird gleich abgeholt, und ich will unbedingt dabei sein«, fuhr sie auf sein fragendes Gesicht hin fort, während sie bereits in ihren Mantel schlüpfte und in ihrem Rucksack nach dem Autoschlüssel suchte. Und schon war sie aus der Tür.

Draußen empfing Hella überraschenderweise die Sonne, nachdem der Himmel den ganzen Vormittag über wolkenverhangen gewesen war, und verlieh Straßen und Gebäuden einen freundlichen Anstrich. Hella sprang ins Auto und drückte aufs Gaspedal, während sie ein Stoßgebet zum Himmel schickte, dass der Abtransport der grauen Dame ohne größere Schwierigkeiten über die Bühne gehen möge.

Sobald sie die Wiesbadener Innenstadt hinter sich gelassen hatte, wand sich der Asphalt wie eine Schlange durch das schier unendliche haushohe Grün des Naturparks. Eine Zeit lang klebte Hella hinter einem PS-schwachen Kleinwagen, der sich nur mühsam die Höhenmeter hinaufquälte. Kaum auf dem Gipfel der Eisernen Hand angekommen, konnte sie gerade noch einen Blick auf das Schild »Waldgeist« erhaschen, das Ausflügler zu einem idyllisch gelegenen Restaurant mit Biergarten in einem ehemaligen Bahnhofsgebäude in den Wald locken sollte, als sie von einer Nebelbank verschluckt wurde wie vom Maul eines Walfischs. Der Taunuskamm war tückisch, trennte die Welt gern in eine sonnige und eine schattige Hälfte. Wiesbaden lag heute eindeutig auf der Sonnenseite, während das obere Aartal in nasskaltes, trübes Herbstwetter getaucht war. Hella drosselte das Tempo, da sie nicht als Blechhaufen an der Leitplanke enden wollte. Es dauerte nicht lange, und die tief hängenden Wolken entluden ihre nasse Fracht auf die Erde. Hella fluchte. Sie hatte keinen Schirm dabei. Nun würde sie pitschnass werden. Doch umdrehen wollte sie jetzt nicht mehr. Das würde sie zu viel Zeit kosten.

Es war alles andere als einfach gewesen, eine geeignete Bleibe für die Elefantenkuh zu finden. Hella hatten mehrere in Frage kommende Stellen in Deutschland und sogar einige im angrenzenden Ausland angerufen. Aber niemand war gewillt, das verstörte Tier aufzunehmen und die Kosten für die Unterbringung und Pflege zu übernehmen. Nur der Direktor des Kronberger Opel-Zoos ließ sich nach einigem Zureden schlussendlich erweichen, Leila in seine Obhut zu nehmen, da er drei Elefantenkühe hatte, denen er noch eine zugesellen konnte.

Hella war darüber mehr als erleichtert, denn der Zoo bot ideale Voraussetzungen, um Leilas seelische Wunden zu heilen. Neben einer großen Außenfläche stünden der Elefantendame ein Badebecken, ein Futterbaum und ein Wasserfall zur Verfügung, unter dem sie sich an heißen Tagen abkühlen konnte. Außerdem wäre das Weibchen nicht allein, sondern könnte, wenn alles gut ging, nach einer längeren Eingewöhnungszeit Anschluss an die Herde knüpfen, die schon lange im Zoo lebte.

Am Festplatz von Bad Schwalbach angekommen, wäre Hella beinahe, wie bereits bei ihrem ersten Besuch, Tierrechtsaktivisten in die Arme gelaufen. Einer der Aktivisten war gerade dabei, das Zirkusplakat, auf dem mit Leila geworben wurde, abzureißen. Woher hatten die bloß schon wieder Wind davon bekommen, dass Leila heute abgeholt wird, fragte sich Hella verwundert.

Als sie in einem großen Bogen an der Gruppe vorbeieilte, fiel ihr Blick auf eine Pfütze, in der eine dunkle Schirmmütze schwamm. Der Anblick löste etwas in ihr aus. Doch da sie in Eile war, horchte sie nicht weiter in sich hinein.

Am Elefantengehege war die Verladeaktion bereits in vollem Gange. Laute Rufe und Kommandos erfüllten den Festplatz. Für die Männer vom Kronberger Opel-Zoo, die für den Abtransport von Leila verantwortlich waren, stellte das Wetter eine große Herausforderung dar. Der lehmige Untergrund rund um das Zirkuszelt hatte sich in eine Schlammwüste verwandelt, und Leila war alles andere als begeistert davon, sich von wildfremden Menschen in den grün lackierten Transportbehälter bugsieren zu lassen, in dem sie nach Kronberg gefahren werden sollte. Der ungewohnte Auftrieb machte sie nervös und aggressiv. Sie trompetete ihren Protest lautstark hinaus und schlug aufgebracht mit ihrem muskulösen Rüssel um sich, um sich die Männer vom Leib zu halten, die, bei den Versuchen, ihren Attacken auszuweichen, auf dem rutschigen Boden gehörig ins Straucheln gerieten. Doch die erfahrenen Zoomitarbeiter ließen sich nicht einschüchtern und versuchten Leila immer wieder aufs Neue mit Äpfeln, Brot, einem großen Bund Möhren und gutem Zureden in die Transportbox zu locken.

Hoffentlich geht das gut, dachte Hella besorgt. Wenn alles nicht half, müssten sie die Elefantenkuh betäuben, was für das Tier zusätzlichen Stress bedeuten würde. Der Gedanke behagte ihr gar nicht.

Wie erwartet hatte der Regen ihren dünnen Trenchcoat binnen kurzer Zeit völlig durchnässt. Schlotternd zog sie die Schultern hoch und vertrat sich die Füße.

»Was dagegen, wenn ich den Schirmherrn für Sie spiele, schöne Frau?«, hörte sie plötzlich eine Stimme hinter sich. Als sie sich umdrehte, kam Häuser mit einem charmanten Lächeln auf sie zu.

»Das wird zwar nicht mehr allzu viel nützen, aber vielleicht bleibt so wenigstens meine Unterwäsche trocken«, entgegnete Hella mit einem schiefen Grinsen, während sie sich mit dem Handrücken einen Regentropfen von der Nasenspitze wischte.

Der Amtstierarzt stellte sich neben sie und hielt seinen großen Schirm schützend über sie beide. »Was glauben Sie, wird Leila sich in Kronberg eingewöhnen?«, fragte er.

Hella sah zu Häuser auf. Ihr lag die Gegenfrage auf der Zunge, weshalb ihn das überhaupt interessierte, wo er es ihr ganz allein überlassen hatte, eine neue Unterbringung für Leila zu finden, obwohl dies eigentlich sein Job gewesen wäre. Außerdem hatte sie immer noch nicht ergründen können, warum Häuser sich von den Zuständen beim Zirkus nicht selbst überzeugt, sondern ein Gutachten bei Birkenfeld in Auftrag gegeben hatte. Hatte er seine Amtspflicht aus Desinteresse, reiner Faulheit oder Überlastung vernachlässigt, oder was steckte dahinter? Doch sie beschloss, diplomatisch zu bleiben. »Ich denke, sie hat eine realistische Chance, im Zoo noch einige schöne Jahre zu verbringen. Spätestens in ein paar Wochen wissen wir auch, ob sie sich mit den anderen Elefantenkühen vertragen wird. Immerhin hat sie ihre ersten Lebensmonate in einem Herdenverbund gelebt«, gab sie sich zuversichtlich.

»Ich sehe schon, Ihr Optimismus ist durch nichts zu erschüttern«, sagte Häuser. Ein tiefes Lachen entrang sich seiner Brust.

»Optimismus ist die Triebfeder meiner Arbeit«, ließ sie ihn lächelnd wissen. Innerlich jedoch stöhnte sie auf. Ihr Widerwille gegen den Amtstierarzt wuchs von Minute zu Minute. Sie ließ sich ungern für dumm verkaufen und überlegte, wie sie ihm möglichst unauffällig auf die Schliche kommen konnte. Betont beiläufig fügte sie deshalb hinzu: »Ich bin fest davon überzeugt, dass Leila andere Elefanten nicht als Gefahr empfindet … anders als Menschen, mit denen sie offensichtlich schlechte Erfahrungen gemacht hat.«

Häuser sah ihr forschend ins Gesicht, ging aber nicht auf ihre Spitze ein. Er klappte seinen Schirm zu, da es aufgehört hatte zu regnen, und wandte sich mit einer galanten Verbeugung zum Gehen. »Ich glaube, mein Typ wird verlangt«, sagte er und deutete auf einen Polizisten, der ihm mit einer Geste zu verstehen gab, dass er ihn zu sprechen wünschte. Zügigen Schrittes entfernte er sich.

Hella sah ihm missbilligend hinterher und vergrub die Hände tief in die Tasche ihres Trenchcoats. Die Finger ihrer rechten Hand ertasteten zwei feuchte, miteinander verklebte Pfefferminzpastillen. Sie verzog das Gesicht und beförderte die klebrige Masse ans Tageslicht. Unschlüssig sah sie ihren Fund einige Sekunden lang an und stopfte ihn sich dann kurz entschlossen in den Mund. Als sie sich bückte, um sich in einer Pfütze, die sich vor ihren Füßen gebildet hatte, die Finger zu waschen, protestierte ihr linkes Knie mit einem lauten Knacken und erinnerte sie daran, dass es sich von dem Sturz noch immer nicht vollständig erholt hatte.

Plötzlich brach lauter Jubel aus. Hella blickte auf und sah, wie die Helfer die Tür der stählernen Transportbox hinter dem massigen Körper der Elefantenkuh schlossen. Einige der Männer klopften sich anerkennend auf die Schulter, andere klatschten sich gegenseitig in die erhobenen Hände.

»Gott sei Dank!« Hella atmete erleichtert auf. Jetzt musste Leila nur noch den Transport nach Kronberg gut überstehen, und sie wäre ihrem Ziel, die Elefantendame angemessen unterzubringen und weitere Katastrophen zu verhindern, ein großes Stück näher gekommen.

Sie ging zu einem der Zirkuswagen und wischte die oberste Stufe der kleinen Treppe mit einem Taschentuch notdürftig trocken. Als sie sich hinsetzte, sah sie, wie Leilas Ausbilder mit zornig funkelnden Augen und langen Schritten auf sie zukam. Seine hellgraue Jogginghose und das dunkelgraue T-Shirt waren völlig durchnässt und mit Schlammspritzern übersät, und seine Schuhe hatten eine undefinierbare Farbe angenommen. Seine Miene verhieß nichts Gutes.

Hella wusste, dass es für ihn ein herber Schlag war, dass das Ordnungsamt seinen Schützling beschlagnahmte. Ihr Mitleid hielt sich jedoch in Grenzen.

»Wie stellen Sie sich das vor? Wir können den Zirkus dichtmachen. Leila ist unser Publikumsmagnet. Ohne sie kriegen wir das Zelt nicht mehr voll. Und wovon soll der Zirkus zukünftig die Platzmieten und die Löhne bezahlen?«, schrie er Hella schon von Weitem entgegen. Seine Stimme bebte vor Wut. Von seinen Lippen spritzte Speichel.

Hella stand auf, blieb aber auf der obersten Stufe der kleinen Treppe stehen. Leilas Betreuer war dadurch gezwungen, zu ihr aufzuschauen, als er den Wagen erreichte, was seine Wut noch weiter anzustacheln schien.

»Mit Ihrem dummen Gequatsche über Tierschutz und artgerechte Haltung verunglimpfen Sie unsere ganze Branche. Leila ist weder gefährlich noch unberechenbar. Sie kennt mich von klein auf. Ich bin ihre engste Bezugsperson. Ohne mich fühlt sie sich einsam und verlassen. Es ist außerdem eine Lüge, dass wir mit tierquälerischen Methoden arbeiten. Sie wissen doch selbst, dass man einen Elefanten zu nichts zwingen kann. Leila macht das Training in der Manege großen Spaß, und es hält sie körperlich und geistig fit.«

»Nun beruhigen Sie sich mal wieder«, wies Hella ihn in die Schranken. »Sie wissen genau, dass wir Leila beschlagnahmen *müssen*. Oder wollen Sie etwa leugnen, dass sie einen Menschen getötet hat? Und mit der Einzelhaltung verstößt Ihr Unternehmen gegen die Zirkusleitlinien des Bundeslandwirtschaftsministeriums. Ihrem Zirkus wurde außerdem schon vor Jahren die Auflage erteilt, Leila nicht mehr in die Nähe von fremden Menschen zu lassen, nachdem sie bereits mehrfach auffällig geworden war. Auch dem haben Sie sich widersetzt. Reicht Ihnen das etwa alles nicht?«

»Ach, Sie können mich mal …«, brüllte Leilas Dompteur mit hochrotem Kopf und machte eine wegwerfende Handbewegung. »Wenn das alles hier vorbei ist, mache ich Sie fertig, das schwöre ich Ihnen«, setzte er hinzu. Die Ader an seinem Hals schwoll gefährlich an.

Da er keine Anstalten machte zu verschwinden und Hella fürchtete, dass er seine Drohung umgehend wahr machen würde, wenn sie von dem kleinen Podest hinunterstiege, schaute sie sich hilfesuchend nach Unterstützung um. Aus ihren Haaren tropfte ein kleines Rinnsal unablässig ihren Hals hinunter und rann in den Kragen ihres Mantels. Darüber hinaus registrierte sie zu ihrem Leidwesen, dass sich ihr rechter Strumpf inzwischen ebenfalls klamm anfühlte, was daran lag, dass ihr Gummistiefel auf dieser Seite einen Riss hatte. Sie hatte allmählich genug.

»Schluss jetzt!« Lohmann eilte, vom lauten Wortwechsel angelockt, herbei und stellte sich zwischen die beiden. »Sie kommen unverzüglich mit aufs Präsidium. Dort haben Sie ausreichend Gelegenheit, Ihr Mütchen zu kühlen und sich zu äußern«, bedeutete er Leilas Betreuer und winkte zwei Beamte herbei.

»Hey, was soll der Scheiß?«, protestierte der Elefantenausbilder, als die Polizisten ihn von beiden Seiten packten und abführten. »Und was ist mit dem Schwein, das den Brand gelegt und den Neffen von unserem Direktor umgebracht hat? Sehen Sie lieber zu, dass Sie den kriegen. Das mit Leila war ein Unglücksfall. Aber das andere, das war gezielter Mord! Fragen Sie die doch mal«, tobte er, während die Polizisten ihn an den applaudierenden Tierrechtsaktivisten vorbei zum Streifenwagen lotsten. Verächtlich spuckte er vor der Gruppe aus. Einige der Aktivisten brachen daraufhin in schadenfrohes Gejohle aus. Nur einer verzog keine Miene.

***

In Hellas Wohnung duftete es verführerisch nach Zwiebeln und Knoblauch. Hella hatte an diesem Abend ausnahmsweise nicht die Mikrowelle bemüht. Nachdem sie triefnass und durchgefroren zu Hause angekommen war, hatte sie zunächst so lange heiß geduscht, bis ihre Haut krebsrot geworden war, und sich anschließend das erste Mal seit Langem wieder eine richtige warme Mahlzeit zubereitet: Spaghetti bolognese mit Gorgonzola und Kirschtomaten nach einem Rezept ihrer Mutter und dazu einen frischen Salat mit einem Joghurtdressing.

In ihren flauschigen Bademantel gehüllt, stand sie vor dem Herd und rührte die Soße um. Ihre Füße, von denen sie geglaubt hatte, dass sie nie wieder warm werden würden, steckten in dicken handgestrickten Socken.

Sie goss die Nudeln ab, füllte sich den Teller randvoll, hobelte frischen Parmesan über die Spaghetti und marschierte ins Wohnzimmer. Die Rotweinflasche stand bereits entkorkt auf dem Couchtisch. Aus dem Radio erklang leise Musik. Der Kamin, in dem sie das erste Feuer in diesem Herbst entzündet hatte, verbreitete eine wohlige Wärme.

Sie stopfte sich das dicke gestreifte Kissen in den Rücken und sah aus dem Fenster. Die Sonne, die Wiesbaden bis in den Abend hinein nicht im Stich gelassen hatte, war soeben am Horizont untergetaucht und hatte den Tag mit sich genommen. Die Bäume und Sträucher in ihrem Garten zeichneten sich wie Scherenschnitte vor dem dämmrigen Hintergrund ab.

Während Hella, den Teller auf ihrem Schoß balancierend, die erste Portion Spaghetti geschickt um die Gabel wickelte, ließ sie ihren Blick durchs Wohnzimmer schweifen. Sie war ihrem Großvater unendlich dankbar dafür, dass er ihr das kleine Haus vermacht hatte. Die Lage war phantastisch, mitten im Grünen, mit einem Naturschutzgebiet und einem Wald direkt vor der Haustür und dennoch nur wenige Kilometer entfernt von der Innenstadt. Bei schönem Wetter und wenn keine offiziellen Termine anstanden, fuhr sie regelmäßig mit dem Fahrrad zu ihrer Dienststelle, mit Jagger als lebender Fracht im Hundeanhänger. Noch besser aber gefiel ihr, dass sie ihr Reich ganz für sich allein hatte und somit niemand Anstoß an ihrem Hang zur Unordnung nehmen konnte. Quer durchs Wohnzimmer verstreut lagen Fachzeitschriften herum, der Staubsauger stand in der Ecke neben dem Kamin, weil sie meistens zu faul war, ihn in den Putzschrank zu stellen, ihre Bügelwäsche stapelte sich auf einem der Esszimmerstühle, und ihren Rucksack, mit dem sie zur Arbeit fuhr, hatte sie gestern Abend achtlos auf die Couch geworfen.

Sie führte die Gabel zum Mund und sann über das nach, was Friederike Roth ihr von ihrem Treffen mit den Leuten vom Aktionsbündnis berichtet hatte. Zu ihrer beider Bedauern war es der Journalistin nicht gelungen, herauszubekommen, ob die Aktivisten Leila befreit hatten. Friederikes Worten zufolge hatte der Leiter des Netzwerks dies zwar nicht rundheraus abgestritten. Aber selbst wenn es stimmte, dass Leila sich dank des Zutuns der Tierrechtler auf den Weg zur Ziegelei gemacht hatte, schien dieser Olaf Benz klug genug zu sein, sich nicht selbst zu belasten, nachdem es einen Toten gegeben hatte, auch wenn ihn das Schicksal des Mannes offensichtlich wenig rührte. Hella konnte Friederikes Entsetzen darüber, wie gefühllos Benz den Tod des Joggers kommentiert hatte, nachempfinden.

Nicht erstaunt hatte sie hingegen, dass die Aktivisten ihre Arbeit kritisch sahen. Das war ihr nicht neu. Die Tierrechtler und sie verfolgten zwar gemeinsam das Ziel, Verstöße gegen den Tierschutz aufzudecken, unterschieden sich in ihren Herangehensweisen aber oftmals grundsätzlich. Als Beamtin war sie dem Land Hessen verpflichtet und konnte es sich nicht erlauben, nachts illegal in Labore oder Mastbetriebe einzudringen und Videos zu drehen oder mit marktschreierischen Aktionen die Öffentlichkeit wachzurütteln. Doch würden die Tierrechtler auch Gewalt gegen Menschen ausüben, wenn es darauf ankäme, wie Friederike vermutete? Hella bezweifelte das.

Sie schwenkte den Kelch ihres Rotweinglases sanft hin und her. Versonnen betrachtete sie, wie der dunkelrote Rebensaft kreiste. Dabei fiel ihr ein, dass sie vergessen hatte, für Lohmann eine Liste mit möglichen Verdächtigen zu erstellen, die für den Angriff auf sie und die Drohung in Frage kommen konnten. Sie erhob sich, um einen Zettel und einen Stift zu holen, und bedachte Jagger, dessen Nasenschwamm angesichts der Essensdüfte verdächtig vibrierte, mit einem mahnenden Blick. »Wag es ja nicht, an meinen Teller zu gehen, Alfnase. Sonst kriegst du drei Tage lang nichts zu fressen.« Sie drohte ihm lachend mit dem Zeigefinger.

Nachdem sie sich wieder auf ihr Sofa gekuschelt hatte, fing sie an, allerlei Namen zu notieren, die ihr spontan einfielen, und hinterließ Lohmann anschließend eine Nachricht auf der Mailbox seines Diensthandys.

13

Verdammt, mauerten hier alle? Wie sollte sie einen guten Hintergrundartikel schreiben, wenn niemand den Mumm hatte, den Mund aufzumachen? Unschlüssig stand Friederike vor dem Kreisveterinäramt in Bad Schwalbach, nachdem die Sekretärin von Rudolf Häuser ihr unmissverständlich zu verstehen gegeben hatte, dass ihr Chef zu keinem Interview bereit sei. Friederike ahnte, dass es zwecklos wäre, darauf zu beharren, dass Häuser als Leiter einer Behörde presserechtlich ihr gegenüber zur Auskunft verpflichtet war. Sie musste einen anderen Weg finden, um ihre Recherchen mit Leben zu füllen.

Zügigen Schrittes überquerte sie den Parkplatz. Die Dämmerung senkte sich wie ein schweres bleiches Tuch über Straßen und Gebäude, und es nieselte. In einer der zahlreichen Pfützen, die sich auf dem Asphalt gebildet hatten, trieb ein einsames rötlich gelbes Blatt.

Friederike fröstelte. Sie wickelte sich ihren Schal enger um den Hals, während sie frustriert vor sich hin grummelnd die Autotür hinter sich zuzog. Ihre Zuversicht schwand zusehends, dass sie ihrem Chefredakteur bis Ende der übernächsten Woche eine spannende und aufschlussreiche Story würde liefern können.

Plötzlich hörte sie Stimmen. Zwei Männer und eine Frau verließen das Kreisveterinäramt und liefen quer über den Parkplatz in ihre Richtung. Sie ließ die Fensterscheibe ein wenig herunter, um besser hören zu können, worüber sie sich unterhielten.

»… und tu mir bitte den Gefallen und halte mir weiterhin diese hartnäckige Pressetante vom Hals«, sagte der größere der beiden Männer soeben zu der Frau.

Sein volltönender Bariton hallte über den Platz. Seine Begleiterin, die sich bei ihm untergehakt hatte, neigte den Kopf leicht zur Seite und strich sich mit einer gespreizten Geste ihren langen blonden Pferdeschwanz über die rechte Schulter. »Ich tue, was ich kann«, versprach sie.

Neugierig geworden, klemmte sich Friederike näher an die Scheibe, denn sie erkannte in der Frau die Sekretärin von Häuser wieder, die sie vorhin so bestimmt abgewimmelt hatte. Bei dem Galan an ihrer Seite konnte es sich folglich nur um ihren Chef handeln.

»Ich tue, was ich kann«, äffte Friederike das hohe Katzenstimmchen der Frau leise nach, während sie zugleich ihre Brüste herausstreckte, ein dümmliches Grinsen aufsetzte und mehrmals mit den Augen klimperte. Ihr war die Sorte Frauen, die mit mädchenhafter Koketterie ihre weiblichen Reize einsetzten, um das männliche Geschlecht um den Finger zu wickeln, zuwider. Und die Kerle fielen auch noch reihenweise auf diese Masche herein, weil angesichts der subtilen Geschütze, die da gegen sie aufgefahren wurden, ihr Hirn aussetzte und einzig der Schwanz das Regiment übernahm.

Friederikes Blick wanderte zu dem anderen Mann, einem kleinen, hageren älteren Herrn mit schütterem Haar und einer randlosen ovalen Brille. Er kam ihr vage bekannt vor.

»Bei mir hat sie auch schon mehrfach angerufen«, hörte sie ihn sagen.

Ach, das ist dieser Manfred Birkenfeld, der das Gutachten über Leila erstellt hat, dämmerte es ihr. Sie hatte sein Foto auf der Website der Deutschen Veterinärmedizinischen Gesellschaft gesehen. Er hatte dort zeitweilig in der Fachgruppe für Verhaltensforschung mitgewirkt. Das Bild musste einige Jahre alt sein, denn auf ihm hatte er noch deutlich volleres Haar und trug eine andere Brille. Auch er hatte sich bislang jedes Mal verleugnen lassen, wenn sie mit ihm sprechen wollte.

»Soso, manchmal muss der Mensch einfach Glück haben«, feixte sie, während sie das Trio mit ihren Augen aufmerksam verfolgte. Ihre gute Laune kehrte schlagartig zurück.

Da es inzwischen stärker regnete und die Tropfen wie ein leiser Trommelwirbel auf ihr Autodach prasselten, entging ihr, was die Blondine Birkenfeld entgegnete, der daraufhin nur kräftig den Kopf schüttelte. Sie ließ das Wagenfenster weiter herunter, um die drei besser verstehen zu können.

»Hast du in der Zwischenzeit mal wieder mit Peter gesprochen?«, wandte sich Häuser an den Wildtierexperten. Der Amtstierarzt war an einer schwarzen Limousine stehen geblieben. Bevor Birkenfeld antworten konnte, verabschiedete sich die Veterinäramtsmitarbeiterin mit einem liebreizenden Lächeln von ihren beiden Begleitern und schritt mit wiegenden Hüften und wippendem Pferdeschwanz davon. Ihre schwarze Strumpfnaht schimmerte verführerisch. Häuser starrte ihr hinterher, wobei er sie mit seinen Blicken fast auszog.

Friederike verdrehte stöhnend die Augen. Was war das denn für ein Lustmolch? Und Peter – sprachen sie von Peter von Clausen? Offensichtlich war man mit dem Landrat per Du. Das wurde ja immer besser! Friederike schnalzte erfreut mit der Zunge.

»Leider nur ganz kurz. Er weicht mir in letzter Zeit ständig aus. Ich weiß nicht, Rudolf, irgendetwas stimmt nicht mit ihm«, erwiderte Birkenfeld.

»Na ja, er steckt ja auch bis zum Hals im Wahlkampf«, dröhnte der Veterinärbeamte.

»Nein, das meine ich nicht … Das ist ganz sicher nicht der Grund.« Birkenfeld nahm seine Brille ab und fuhr sich mit einer fahrigen Geste über das Gesicht.

Dieser Biologe macht einen reichlich nervösen Eindruck, fand Friederike. Wahrscheinlich geht ihm die Muffe, weil er das Gutachten wider besseres Wissen erstellt hat, und nun fürchtet er, dass die ganze Sache auffliegt, nachdem Leila Amok gelaufen ist.

»Gemach, gemach. Nun mach dir mal nicht ins Hemd, Manni. Was soll denn sein?«

Auch das noch – Häuser hielt sich offensichtlich nicht nur für unwiderstehlich, sondern war zudem ein Maulheld. Friederike biss sich auf die Unterlippe, um nicht laut loszulachen.

»Ich glaube eher, dass es etwas mit dem Zirkuselefanten zu tun hat. Mir ist überhaupt nicht mehr wohl bei der ganzen Sache. Die Ohlsen ist ja nicht blöd.«

»Ja, und? Hier steht Meinung gegen Meinung, und du bist

doch Experte auf deinem Gebiet. Also, nur ruhig Blut. Wir werden das Kind schon schaukeln.«

»Ich bin da nicht so optimistisch. Schließlich geht es um den Tod eines Menschen. Und selbst wenn wir nicht persönlich dafür verantwortlich sind, wir hätten das verhindern können.«

Sieh an, sieh an, da hat ja einer ein richtig schlechtes Gewissen. Friederikes Grinsen hatte ihre Ohren erreicht.

Hinter ihr erklang plötzlich der Klingelton eines Handys. Sie fuhr zusammen. Als sie sah, dass die beiden Männer interessiert in ihre Richtung schauten, duckte sie sich blitzschnell hinter dem Lenkrad weg. Ihr Herz schlug ihr derart laut bis zum Hals, dass es ihr vorkam, als würde sein Hämmern das Geräusch des Regens übertönen.

»Okay, mein Engel, ich besorge uns auf dem Heimweg noch Brot. Bis gleich, Küsschen«, erklang eine weibliche Stimme unmittelbar neben ihrem Wagen.

Friederike tauchte noch tiefer ab und tat so, als würde sie im Fußraum nach etwas suchen. Nach etwa einer halben Minute kam sie aus dieser äußerst unbequemen Position wieder hoch.

»Geruhsamen Feierabend. Und immer schön sauber bleiben«, schmetterte der Veterinär der Frau, einer Brünetten mit einem sportlichen Kurzhaarschnitt, fröhlich hinterher. Die schüttelte nur den Kopf und winkte lachend ab.

Birkenfeld blickte verschlossen, beinahe finster drein. Offenbar gingen ihm die dummen Sprüche dieses Provinzcasanovas gewaltig auf den Geist. »Hörst du mir überhaupt richtig zu, Rudolf?«

»Ja doch, ja doch.« Häuser riss seinen Blick von der Frau los und sah den Biologen an. »Was heißt, wir hätten das verhindern können? Was können wir denn dafür, dass der Dickhäuter durchgedreht ist? Jetzt mach doch im wahrsten Sinne des Wortes nicht gleich aus einer Mücke einen Elefanten.« Er lachte dröhnend über sein eigenes Wortspiel.

»Ich finde das gar nicht witzig. Kannst du bitte Peter mal ins Gebet nehmen, um herauszukriegen, was mit ihm los ist?«, drängte Birkenfeld.

»Na meinetwegen, ich rede morgen mit ihm«, brummte der Veterinär. »Spiel so lange eine Runde Golf, das beruhigt die Nerven.« Er klopfte Birkenfeld aufmunternd auf die Schulter, klappte den Schirm zusammen und stieg in sein Auto.

Birkenfeld sah Häuser mit hängenden Schultern hinterher, als der aus der Parkbucht fuhr, und hob schwerfällig die Hand zum Abschied.

Friederike wartete, bis auch er den Parkplatz verlassen hatte, und startete mit einem zufriedenen Lächeln auf den Lippen ihren Wagen. Von unterwegs rief sie Hella an, die glücklicherweise noch in ihrer Dienststelle war und gleich an den Apparat ging. »Es gibt interessante Neuigkeiten«, sagte Friederike.

14

Von Clausen knirschte ungehalten mit den Zähnen. Es war jetzt schon drei Tage her, dass er diesem Amadeo eine Mail geschickt hatte, aber der Bursche hatte sich bislang nicht gerührt. Er rieb sich den Nacken und blickte aus dem Fenster. Die fahle Herbstsonne glitt mitten durch die alten knorrigen Baumstämme mit ihren ausladenden Zweigen, die die Straße vor seinem Haus säumten. Der Herbst war nicht seine Jahreszeit. Das welke Laub, die stetig kürzer werdenden Tage und die zunehmende Dunkelheit machten ihn immer ein wenig schwermütig.

In der Nachbarschaft wurde ein Motor gestartet. Kurze Zeit später fuhr ein Auto mit hohem Tempo davon, begleitet von lautem Hundegebell, das nach wenigen Augenblicken wieder erstarb.

Von Clausen stand auf und füllte sich aus der dampfenden Teekanne, die auf einem kleinen, von zwei Ledersesseln eingerahmten Glastisch stand und deren goldgelber Inhalt vom Licht des Stövchens erhellt wurde, eine Tasse ein. Mit dem Fuß betätigte er den Dimmer der gebogenen Stehlampe, die die Sitzecke beschirmte, und sog das Aroma des heißen Getränks ein. Seine Geruchsnerven registrierten nur eine schwache Duftnote. Der grässliche Infekt hatte seine Schleimhäute noch immer fest im Griff. Seit gestern war er aber wenigstens fieberfrei, und der lästige Husten hatte auch etwas nachgelassen. Aus seiner rechten Hosentasche zog er ein reichlich zerknüllt aussehendes Papiertaschentuch hervor und schnäuzte sich geräuschvoll die Nase.

»Peter!« Die Stimme seiner Frau schrillte bis ins obere Stockwerk, in dem der Landrat sein privates Arbeitszimmer eingerichtet hatte.

»Geh mir nicht auf die Nerven«, knurrte von Clausen halblaut vor sich hin, ohne ihr zu antworten, und pfefferte das Taschentuch in den zwei Meter entfernt stehenden Papierkorb.

»Kommst du bitte mal?« Ihre Stimme nahm einen dringlichen Ton an.

»Was ist denn?«, brüllte er durch die geschlossene Zimmertür, während er zum Schreibtisch zurückging und auf das Kreuz in der oberen rechten Ecke des Bildschirms klickte, um die Website des Datingportals zu schließen.

»Hier sind einige Herren von der Kriminalpolizei, die dich sprechen möchten«, verkündete Barbel von Clausen spitz.

Der Landrat hielt in der Bewegung inne. Die Kripo bei ihm im Haus. Was hatte das zu bedeuten? Er hatte die Klingel beim Naseputzen wohl überhört. Eine ungute Vorahnung überfiel ihn. Er brauchte einen Moment, um sich zu sammeln, bevor er den Raum verließ und mit betont langsamen Schritten die Treppe hinunterstieg, weniger, um Zeit zu gewinnen, als vielmehr, um nicht die Kontrolle über seine Beine zu verlieren, die ihm butterweich vorkamen.

Vor seiner Haustür standen rund ein Dutzend Polizeibeamte und mehrere Einsatzfahrzeuge.

»Ja?« Von Clausen räusperte sich. Seine noch immer von der Erkältung leicht angegriffene Stimme wollte ihm nicht so recht gehorchen.

»Herr von Clausen, ich fordere Sie auf, meinen Kollegen und mir Zutritt zu Ihrem Haus zu gewähren«, sagte Kriminalhauptkommissar Lohmann und hielt von Clausen einen richterlichen Durchsuchungsbeschluss unter die Nase. »Gegen Sie liegt der Verdacht auf Bestechlichkeit und Bestechung im Amt vor.«

»Pah!« Bärbel von Clausen bedachte ihren Mann mit einem abfälligen Seitenblick und stemmte ihre Hände mit den rot lackierten Fingernägeln in die Hüften.

Der Landrat nahm das Schreiben wie in Zeitlupe entgegen und starrte es mit leeren Augen an. Im Haus war es totenstill, bis auf das Ticken der großen Standuhr, das aus dem Wohnzimmer erklang. Von Clausen leckte sich über seine rauen Lippen und schluckte schwer. Seine vom Schnupfen geröteten Augen flackerten, als er wieder aufsah. »Ich …« Mehr brachte er nicht heraus. Aus der richterlichen Anordnung ging hervor, dass die

Polizei nicht nur bei ihm zu Hause, sondern zeitgleich im Landratsamt eine Durchsuchung vornahm. Er hatte das Gefühl, ihm
würde der Boden unter den Füßen weggezogen.

»Sie haben selbstverständlich das Recht, Ihren Anwalt anzurufen«, klärte Lohmann ihn auf, als er am Landrat vorbei
zusammen mit seinen Begleitern den hellen marmorgefliesten
Eingangsbereich betrat. »Und danach möchte ich Sie bitten,
uns Ihr Mobiltelefon auszuhändigen.«

Die Worte des Kriminalbeamten drangen nur gedämpft zu
von Clausen durch. »Äh, ja … Einen Moment bitte …«, stammelte er, sichtlich bemüht, die Fassung zu wahren. Wie in Trance
holte er sein Handy hervor und las »zwei entgangene Anrufe«.
Seine Sekretärin hatte offensichtlich versucht, ihn vorzuwarnen.
Da er aber das Gerät stumm geschaltet hatte, um seine Ruhe
zu haben, war ihm dies entgangen. Er verfluchte sich im Stillen
dafür. Nun blieb ihm nichts anderes übrig, als tatenlos dabei zu-
zusehen, wie sein Leben ihm immer mehr entglitt. Er wählte die
Nummer seines Anwalts und schilderte ihm in wenigen Sätzen
seine missliche Lage. Zögernd überreichte er sein Mobiltelefon
anschließend einem der Beamten.

Bärbel von Clausen ging zur Garderobe und nahm ihren
Mantel vom Haken, doch Lohmann hielt sie auf.

»Wo wollen Sie hin?«

»Ich habe einen Termin bei meiner Kosmetikerin.«

»Das geht jetzt nicht. Ich muss Sie bitten, hierzubleiben.«

Pikiert zog Bärbel von Clausen ihre sorgfältig gezupften
Augenbrauen hoch und schnaubte verächtlich. »Na großartig!«

Lohmann beachtete sie nicht weiter. »Wenn Sie jetzt bitte so
freundlich wären und uns zeigen würden, wo sich Ihr Arbeitszimmer befindet«, forderte er den Landrat auf.

Zu Lohmanns Erstaunen war gestern Nacht ein anonymer
Hinweis per E-Mail im Polizeipräsidium eingegangen, in dem
Peter von Clausen bezichtigt wurde, zusammen mit Rudolf
Häuser ein Gutachten in Auftrag gegeben zu haben, das dem
Zirkus eine einwandfreie Haltung seiner Elefantenkuh beschei-
nigen sollte, obwohl es berechtigte Zweifel gab, dass das Unter-

nehmen die tierschutzrechtlichen Auflagen erfüllte. Lohmanns erste Amtshandlung hatte daher an diesem Morgen darin bestanden, den Staatsanwalt zu informieren, der sich daraufhin umgehend beim zuständigen Amtsgericht in Wiesbaden für die Durchsuchung der Amtsräume des Landrats und des Leiters des Kreisveterinäramts starkgemacht hatte.

Im ersten Geschoss angekommen, gingen die Beamten schweigend ans Werk. Systematisch durchsuchten sie die Aktenschränke, unterzogen diverse Ordner einer ersten oberflächlichen Prüfung, verstauten Dokumente in den großen Kartons, die sie mitgebracht hatten, und schauten in den Schreibtischschubladen nach, ob sich dort weiteres beweiskräftiges Material befände. Einer der Polizisten, die Lohmann zur Unterstützung mitgenommen hatte, zeigte auf das Notebook des Landrats. »Das müssen wir ebenfalls mitnehmen.«

Von Clausen wurde erst rot, dann blass, widersprach aber nicht, da er wusste, dass ihm das nichts nützte und die Beamten das Gerät auch ohne sein Einverständnis beschlagnahmen würden. »Tun Sie, was Sie nicht lassen können.« Seine Kiefer fingen an zu mahlen. Sein anfängliches Entsetzen wich mehr und mehr einem lodernden Zorn, und nur die Anwesenheit der Polizei hielt ihn davon ab, seine Fäuste in die Wand zu rammen. Nicht nur dass mit einem Schlag alle seine Daten und Kontakte weg waren. Viel schlimmer wog, dass nun auch seine heimlichen Sexvorlieben bekannt werden würden, und er schwor sich: Sollte er denjenigen in die Finger kriegen, der ihn verpfiffen hatte, würde er ihn, ohne mit der Wimper zu zucken, erwürgen.

Voll bepackt verließen die Beamten nach einer guten halben Stunde das Haus.

15

Lohmann lachte laut auf und ließ sich ins Gras fallen. Er verschränkte die Arme hinter dem Kopf und legte sich auf den Rücken.

In der Nacht hatte es heftig gestürmt. Die warmen Luftmassen hatten die Wiesen getrocknet und der hessischen Landeshauptstadt nach dem ungemütlichen Herbstauftakt unerwartet einen goldenen Oktobertag beschert. In den frühen Morgenstunden hatte sich der Wind weitgehend gelegt, und jetzt trieben nur ein paar vereinzelte Schönwetterwolken am strahlend blauen Himmel.

Hella setzte sich im Schneidersitz neben Lohmann und zupfte einige Grashalme aus der Erde. Ihren kupferroten Pagenkopf hatte sie zu einem straffen, wie einen Rasierpinsel abstehenden Zopf gebunden, was ihr herzförmiges Gesicht betonte. Auch sie war heiter gestimmt. »Ich glaube, unsere Jobs kann man manchmal nur mit Humor ertragen«, gluckste sie.

»Das können Sie laut sagen.«

Hella kaute auf einem der Grashalme und ließ ihre Blicke über die von hohen Laubbäumen umfasste saftig grüne Waldwiese schweifen. Sie befanden sich auf einer Anhöhe unweit des Kellerskopfes, einem Berggipfel im Taunus oberhalb von Wiesbaden. Richtung Osten öffnete sich das Flurstück noch etwas weiter, und die freie Sicht wurde nur von einigen in kleinen Gruppen zusammenstehenden Birken und einem Hochsitz unterbrochen, dessen Umfeld Jagger einer eingehenden Inspektion unterzog. Offenbar hatte in der Nacht oder in den frühen Morgenstunden ein Jäger den Ansitz genutzt, um Beute zu machen. Auf dem Weg hierher hatte Hella frische Wagenspuren und einige Tropfen Blut entdeckt.

Lohmann hatte erst gestern Abend auf Hellas Anruf reagieren können. Statt sie erneut ins Präsidium zu bitten, um die Liste vorbeizubringen, hatte Lohmann vorgeschlagen, sie bei ihrem Gassigang am Sonntagnachmittag zu begleiten. Hella hatte sich ihre Verblüffung über den ungewöhnlichen Vorschlag nicht anmerken lassen und spontan eingewilligt, denn er kam ihr sehr entgegen, da in der kommenden Woche wieder jede Menge Arbeit auf sie wartete.

Lohmann richtete sich auf und zog Hellas Auflistung aus seiner Hosentasche hervor. »Hier stehen vier Personen drauf. Hatten Sie nicht gesagt, dass Sie eine ganze Klopapierrolle füllen könnten?« Ein verschmitzter Ausdruck glomm in seinen Augen auf.

Hella lachte. »Sie haben mich darum gebeten, aufzulisten, mit wem ich in *jüngster Zeit* Ärger hatte. Ich habe mich daher auf den Kreis derer beschränkt, denen ich in den letzten zwei bis drei Wochen auf den Schlips getreten bin.«

»Vier Leute innerhalb solch kurzer Zeit gegen sich aufzubringen, das muss Ihnen aber auch erst einmal einer nachmachen.« Lohmann zog in gespielter Anerkennung die Augenbrauen hoch. »Also, Spaß beiseite«, fuhr er fort, »fangen wir mit Nummer eins an: Wer ist Andreas Semmler?«

»Ein Reptilienfreak. Mit dem gerate ich ständig aneinander. Er hat mir schon mehrfach gedroht, mich fertigzumachen, und müllt mir in schöner Regelmäßigkeit mein E-Mail-Postfach mit wenig charmanten Nachrichten zu. Jetzt will er sogar strafrechtlich gegen mich vorgehen.«

»Hm, das klingt eher so, als hätte er sich für den juristischen Weg der Auseinandersetzung entschieden, finden Sie nicht?«

Hella zuckte die Achseln. Ihre linke Hand ruhte auf Jaggers Rücken, der seinen Erkundungsgang beendet hatte und jetzt hechelnd neben ihr im Gras lag.

»Als Nächstes steht hier ›ein Mitarbeiter vom Zirkus‹. Das versteht sich von selbst. An unseren Freunden vom Zirkus Carina bin ich dran.«

Die Ermittlungen der unter Lohmann eingerichteten Sonderkommission Carina im Umfeld des Zirkus kreisten nach wie vor um den hitzköpfigen Pferdetrainer, dessen Bruder beim Brand ums Leben gekommen war, und jüngst auch um Leilas

Betreuer, der sich mit seinem Wutausbruch beim Abtransport des Elefanten nach Kronberg selbst stark belastet hatte. Konkrete Beweise konnte Lohmann bislang allerdings gegen keinen der beiden Männer vorlegen. Deswegen ging er nicht weiter auf diesen Punkt ein.

»Nummer drei: Horst Niemeyer«, las er laut vor und sah Hella fragend an.

»Das ist ein Tiermessie.«

»Ach, einer von denen, die krankhaft Tiere sammeln.«

»Genau. Bei diesem Niemeyer habe ich kürzlich zusammen mit einer amtstierärztlichen Kollegin einhundertzehn Hunde beschlagnahmt. Sie machen sich keine Vorstellung davon, in was für Zuständen die gehaust haben.«

Hella blickte gedankenverloren vor sich hin. Sie war froh, im Laufe der Jahre ein einigermaßen dickes Fell entwickelt zu haben, um an dem Elend, das sie manchmal zu sehen bekam, nicht zu verzweifeln. Aber der Einsatz bei dem Tiermessie hatte sie nah an ihre Grenzen gebracht. Das Grundstück war völlig verdreckt gewesen, und die Hunde hatten in ihren eigenen Exkrementen vor sich hin vegetiert. Alle Tiere waren krank und über und über von Parasiten befallen gewesen. Vier Welpen hatten die unsäglichen Haltungsbedingungen nicht überlebt. »Niemeyer war von der Räumung natürlich wenig begeistert und hat versucht, uns mit seinem Jeep über den Haufen zu fahren«, sagte sie, als sie bemerkte, dass Lohmann sie erwartungsvoll ansah.

»Wo war das?«

»In Buseck, nordöstlich von Gießen.«

»Das scheint mir ein bisschen weit weg zu sein, um eigens nach Wiesbaden zu fahren und Ihnen frühmorgens aufzulauern. Von Gießen bis Wiesbaden braucht man über eine Stunde mit dem Auto. Aber gut, ich lasse ihn überprüfen«, versprach Lohmann und blickte wieder auf die Liste. »Kommen wir zum letzten Verdächtigen, Christian Evers.«

»Das ist ein Pferdehofbesitzer aus Frankfurt-Oberrad, den ich wegen der schlechten Haltung seiner Pferde vor Gericht gebracht habe. Der Prozess, bei dem ich als tierschutzrechtliche

Sachverständige gegen ihn aussagen muss, findet nächste Woche in Frankfurt statt.«

»Hat er Ihnen konkret gedroht oder Sie angegriffen?«

»Nein, nicht direkt. Er war nur stinksauer und hätte mich am liebsten von seinem Hof gejagt.«

»Gut, ich werde mich zeitnah um die Herren kümmern.« Lohmann steckte die Liste wieder ein und stützte sich auf seinen Unterarmen ab. Seine durchtrainierten Muskeln zeichneten sich unter seinem T-Shirt ab.

»Wissen Sie inzwischen, wie es zu Leilas Alleingang kommen konnte?«, fragte Hella. Sie hielt es für klüger, Lohmann nicht über Friederikes Spitzeltätigkeit zu unterrichten, erst recht nicht, da nicht viel dabei herausgekommen war. Sie fand, ihr Versprechen, Lohmann zeitnah über Neuigkeiten auf dem Laufenden zu halten, umfasste derlei Dinge nicht.

»Wir haben alle erdenklichen Mobilfunknummern bekannter Tierrechtsaktivisten aus Wiesbaden und Umgebung ausgewertet, aber keines der Handys war am frühen Sonntagmorgen in der Funkzelle am Tatort eingebucht. Außerdem war es zum fraglichen Zeitpunkt bereits taghell, sodass es für einen Fremden zumindest schwierig gewesen sein dürfte, den Elefanten heimlich zu befreien, ohne dabei gesehen zu werden. Wir vermuten, dass der Zirkus seine Aufsichtspflicht verletzt hat, und ermitteln derzeit vorrangig wegen des Verdachts der fahrlässigen Tötung gegen den Zirkusdirektor.«

Hella schwieg. Das bestätigte ihre Vermutung. Dennoch wunderte sie sich darüber, dass Benz Friederike gegenüber so geheimnisvoll getan und die Möglichkeit offengelassen hatte, dass es doch jemand vom Aktionsbündnis gewesen sein konnte. Wollte er sich nur wichtigmachen?

Ein Mäusebussard, der hoch oben in den Lüften stehend nach seiner Lieblingsspeise Ausschau hielt, stieß plötzlich, nicht weit von Hella und Lohmann entfernt, pfeilschnell herab, um Sekunden später mit einer Maus in den Fängen wieder aufzusteigen und sich und seine Beute auf einer Baumkrone in Sicherheit zu bringen. Fasziniert sahen sie ihm hinterher.

»Was halten Sie eigentlich von Rudolf Häuser?« Lohmann legte sich auf die Seite und stützte seinen Kopf auf der linken Hand ab. Mit den Fingern seiner rechten Hand fuhr er über die Grasspitzen.

»Ist das jetzt eine offizielle Befragung, oder fragen Sie mich das unter vier Augen?«, erkundigte sich Hella.

»Mich interessiert, ob Sie etwas über ihn wissen, was uns weiterhelfen könnte.«

Hella drehte sich auf den Bauch, stützte das Kinn auf die Fäuste und sah in die Ferne. Das Sonnenlicht spiegelte sich in den goldenen Einsprengseln ihrer Iris. »Ehrlich gestanden halte ich ihn für einen Dummschwätzer und notorischen Schürzenjäger. Vor dem ist keine sicher, die nicht bei drei auf den Bäumen ist«, gestand sie unverblümt.

Lohmann lachte. »Okay, das war jetzt eine sehr private Einschätzung. Und wie sieht es mit seiner Arbeit aus?«

»Ich kenne ihn jetzt ungefähr acht Jahre, und seither habe ich ihn nicht als einen besonders eifrigen Beamten wahrgenommen.«

»Sie meinen, in Bezug auf seine Vollzugspflichten?«

Hella drehte ihren Kopf, sodass sie Lohmann direkt in die Augen sehen konnte. Der Schatten einer Wolke, die sich in dem Moment vor die Sonne schob, verdunkelte ihr Gesicht wie mit einem hauchdünnen Schleier. »Ja, es gab da mal das Gerücht, dass er bei der Kontrolle eines Schlachtbetriebs geschlampt hat.«

»Wann war das?«

Hella dachte kurz nach. »Vor etwa sieben Jahren, glaube ich.«

»War er zu dem Zeitpunkt bereits in Bad Schwalbach tätig?«

»Ja, seit ungefähr zwei Jahren. Das ging sogar durch die Medien. Aber ob an den Gerüchten was dran war, entzieht sich meiner Kenntnis. Er ist jedenfalls mit heiler Haut davongekommen.«

Lohmann nickte nachdenklich.

Ein älteres Ehepaar, mit Rucksack und Wanderstöcken ausgerüstet, marschierte freundlich grüßend auf dem schattigen Waldweg oberhalb der Wiese vorbei. Hella winkte ihnen zu. Kurze Zeit später folgten mehrere Radfahrer.

»Sagen Sie mal, haben Sie eigentlich auch so einen Bärenhunger wie ich?«, fragte Hella nach einer Weile.

»Und wie!«

»Was halten Sie davon, wenn wir auf dem Berggasthof etwas essen gehen.«

»Sehr gute Idee!«

***

Nach einer guten halben Stunde erreichten sie den Berggasthof. Die Außenterrasse, die angesichts der warmen Temperaturen noch geöffnet hatte, war bereits von einigen Ausflüglern belegt, die fast alle zu Fuß oder mit dem Fahrrad auf den Gipfel gekommen waren. Autos standen nur wenige auf dem Parkplatz.

Hella und Lohmann stiegen die wenigen Stufen zur Terrasse hinauf und setzten sich an einen freien Tisch mit Blick in das bewaldete Tal. Sie ließen sich von der jungen Bedienung mit den weißblonden, von lila Strähnen durchzogenen Haaren die Karte bringen und bestellten ihre Getränke. Hella holte eine Kaustange aus ihrem Rucksack und reichte sie Jagger, der sich unter dem Tisch liegend sofort über seinen Snack hermachte.

Aus dem mittlerweile wolkenlosen Oktoberhimmel bahnten sich die Sonnenstrahlen ungehindert ihren Weg zur Erde. Durch das Klappern von Geschirr und Besteck und das Stimmengemurmel der übrigen Gäste drang das Geschrei einer Horde Kinder an ihr Ohr, die am Fuße des zwanzig Meter hohen Aussichtsturms zwischen den Bäumen Fangen spielten.

»Und, schon gewählt?«, fragte Lohmann, als die lila Gesträhnte erneut an ihren Tisch trat, um die Bestellung der Speisen aufzunehmen.

»Ja«, sagte Hella und blickte von der Speisekarte auf, »ich nehme die Pellkartoffeln an grüner Soße mit hart gekochten Eiern.«

»Und ich das Steak de Mademoiselle«, fügte Lohmann hinzu.

»Isch libb Grie Soß«, kommentierte Hella im breitesten hessischen Dialekt ihre Wahl. »Dieser Kräutergeschmack – einmalig! Bei uns zu Hause gab es Grüne Soße regelmäßig; in allen Varianten, mit Spargel, mit Tafelspitz oder mit Rösti und Räucherlachs und natürlich auch ganz klassisch mit Pellkartoffel und Ei. Mir selbst fehlt leider die Geduld und Zeit zum Kochen. Deswegen bin ich immer froh, wenn ich Grüne Soße auf einer Speisekarte entdecke.«

Unruhe kam plötzlich auf, da eine aus sieben Rentnern bestehende Wandergruppe den Berggasthof eroberte. Unschlüssig wie eine Schar aufgescheuchter Hühner standen die fünf Frauen und zwei Männer mitten auf der Terrasse zwischen den Tischen herum und diskutierten lautstark, ob sie bleiben oder wieder gehen sollten, nachdem sie festgestellt hatten, dass an keinem der Tische ausreichend Plätze für sie alle zur Verfügung standen. Der Gasthof war inzwischen gut gefüllt, und nur vereinzelt gab es noch freie Plätze.

»Ich hatte mich so auf eine Tasse Kaffee und ein Stück Kuchen gefreut«, stöhnte eine ältere Dame mit silbergrauen toupierten Locken. Suchend schaute sie sich nach allen Seiten um, in der Hoffnung, einen freien Tisch übersehen zu haben.

»Lasst uns doch noch einen Moment warten, vielleicht wird gleich irgendwo ein Tisch frei«, schnaufte ein korpulenter Herr. Mit einem Taschentuch wischte er sich den Schweiß von der Stirn. Auch er schien nicht gewillt, die Tour ohne eine Stärkung fortzusetzen.

Derweil hatte eine rüstig wirkende Mittsiebzigerin die Initiative ergriffen und versuchte herauszufinden, wer von den Gästen Anstalten machte, bald zu gehen. Ungeniert sprach sie all diejenigen an, die bereits vor leeren Tellern, Tassen oder Gläsern saßen.

Ein Paar mittleren Alters, das zusammen mit seinen drei Kindern einen Tisch neben dem Eingang des Gasthofs besetzte, hatte schließlich Erbarmen mit den Senioren.

»Wir können auch drinnen bezahlen«, hörten Hella und Lohmann den Vater sagen.

Die forsche Wanderin strahlte. »Das ist überaus freundlich von Ihnen, vielen Dank! Wissen Sie, wir waren jetzt über zwei

Stunden unterwegs, und eine kleine Pause täte uns allen gut, bevor wir weitermarschieren. Wir sind halt alle nicht mehr die Jüngsten.« Sie lachte kokett.

»Ist schon in Ordnung. Wir wollten eh gleich aufbrechen«, sagte der Vater mit einem gequälten Lächeln und trieb seine Frau und seine Kinder zur Eile an, wohl um weiteren Erklärungen über den Gesundheits- und Fitnesszustand der Seniorentruppe zu entgehen.

»Kommt hier herüber«, rief die glückselige Seniorin ihren Wandergenossen quer über die Terrasse zu und winkte heftig. Die ließen sich das nicht zweimal sagen und leisteten der Aufforderung umgehend Folge. Schnell wurden noch zwei weitere Stühle organisiert, und endlich legte sich die allgemeine Unruhe wieder.

Lohmann, der das emsige Treiben interessiert verfolgt hatte, ließ seinen Blick über die übrigen Gäste schweifen. Er erkannte die beiden Wanderer wieder, die vorhin an ihnen vorbeispaziert waren. Am Tisch daneben, in der hintersten Ecke der Terrasse, saß eine Gruppe junger Leute, drei Frauen und ein Mann. Lohmann stufte die Frauen als grün-alternative Studentinnen ein. Den Mann konnte er auf Anhieb keiner speziellen Gruppierung zuordnen. Mit seinem engen Radlertrikot, das seinen sehnig-muskulösen Körper betonte, den mädchenhaft vollen Lippen, um die ein süffisantes Lächeln spielte, und den halblangen, gewellten Haaren glich er fast einem Zwitterwesen. Seine Augen, die auf Hellas leuchtend rotem Hinterkopf ruhten, hatten überdies etwas Stechendes. Lohmanns Blick wanderte weiter. Bei den übrigen Gästen handelte es sich um eine gemischte Gruppe von mehreren Erwachsenen und Kindern unterschiedlichen Alters sowie um zwei Pärchen und eine Familie mit einem Sohn im Teenageralter.

Kurz darauf brachte ihnen die Bedienung ihr Essen. Lohmann wollte sich gerade den ersten Bissen genehmigen, als Jagger unter dem Tisch plötzlich ein gefährliches Knurren anstimmte.

»Was hat er denn?«, fragte Lohmann erstaunt und hielt mit der Gabel auf halbem Wege zu seinem Mund inne.

»Keine Ahnung. Vielleicht stört ihn das Gekläffe des Rüden dahinten«, antwortete Hella und deutete Richtung Waldrand. Dort jagte ein junger Ridgeback zwischen den Bäumen laut bellend einem Ball hinterher. »Was ist los, mein Junge?« Sie beugte sich hinunter zu Jagger. »Es gibt auch andere Götter neben dir. Also benimm dich gefälligst!«

Doch das Knurren hörte nicht auf, sondern schwoll bedrohlich an.

Hella richtete sich wieder auf und schüttelte grinsend den Kopf. »Angeber!« Im selben Moment nahm sie mehrere Radfahrer wahr, die sich am Fuß des Berggasthofs auf ihre Trekkingräder schwangen. Ihr Grinsen erlosch, und sie riss die Augen auf.

»Was ist los?«, fragte Lohmann besorgt. »Sie sind plötzlich leichenblass.«

»Ich glaube, ich weiß, warum Jagger geknurrt hat. Es hatte nichts mit dem Hund zu tun. Da, der eine Radfahrer …« Sie zeigte auf den Parkplatz unterhalb des Aussichtsturms, an den sich der Rundwanderweg Richtung Tal anschloss.

Lohmann drehte sich um und versuchte, einen Blick auf den fraglichen Mann zu erhaschen, doch es war niemand mehr zu sehen. »Was ist mit ihm?«

»Er hatte am linken Oberarm eine Tätowierung. Ich weiß nicht, vielleicht täusche ich mich ja, aber die sah genauso aus wie die von dem Typ, der mich vor meinem Haus überfallen hat.«

Lohmann scannte mit den Augen sofort die Terrasse ab.

Der Tisch in der Ecke war leer.

16

Im Kaisersaal vom Bürgerhaus in Wiesbaden-Sonnenberg brummte es wie in einer Bienenwabe. Hella saß neben Jutta Kramer, der tierschutzpolitischen Sprecherin der Landtagsfraktion der Grünen, die nervös in ihren Unterlagen blätterte, und blickte von ihrem erhöhten Platz auf der hölzernen Bühne aus auf die sich nach und nach füllenden Reihen. Hella verstand Juttas Nervosität. Die Grünen-Sprecherin sollte eine öffentliche Diskussionsrunde zum Thema »Schluss mit der Wildtierhaltung in Zirkussen?!« leiten, zu der ihre Fraktion aus aktuellem Anlass eingeladen hatte. Das barg natürlich jede Menge Zündstoff.

Das Publikum war bunt gemischt. Die erste Reihe besetzten Vertreter der politischen Fraktionen aus dem Hessischen Landtag und der Bürgermeister samt Gefolge. Zwei Reihen dahinter erblickte Hella Karl Hagedorn vom Hessischen Rundfunk, mit dem sie kürzlich ein langes Hintergrundgespräch zu Viehtransporten nach Russland geführt hatte und der es liebte, Witze zu erzählen, über die er in der Regel selbst am lautesten lachte. Soeben tauchte die schwarze Lockenmähne von Friederike Roth im Eingang auf. Die Journalistin warf einen Blick zum Podium und hob kurz die Hand zum Gruß.

Weiter hinten winkte Hella Vera Kühn vom Fachbereich Veterinärmedizin der Universität Gießen zu. Mit Vera verband Hella eine lockere, kollegiale Freundschaft. Hella liebte Veras spitze Zunge. Sie war eine Bereicherung für jede Diskussionsrunde. Ihre rhetorisch geschliffenen und zugleich sachlich fundierten Verbalattacken waren gefürchtet, und Veras Respekt vor Autoritäten war eher gering ausgeprägt. Ganz ihr Ding.

Es ging auf achtzehn Uhr zu. Die Diskussionsrunde sollte jeden Moment beginnen. Doch weiterhin strömten zahlreiche Menschen in den von vier runden weißen Kronleuchtern erhellten Raum. Da die Sitzplätze nicht für alle ausreichten, blieben

viele Besucher entlang der Wand und vor den seitlichen Rund-
bogenfenstern stehen.

Mitleidig betrachtete Hella die Bedienung, die Mühe hatte,
mit den zahlreichen Getränkebestellungen hinterherzukom-
men. Eifrig schlängelte sich das junge Mädchen zwischen den
eng an eng Sitzenden und Stehenden hindurch und schleppte
im Akkord Flaschen und Gläser zwischen dem Tresen im rückwärtigen Teil des Saals und den Gästen hin und her. Eine Strähne
hatte sich aus ihrer hochgesteckten Frisur gelöst und ringelte
sich einsam an ihrem langen Schwanenhals entlang abwärts wie
eine abgerollte Luftschlange.

Hella fragte sich, wie sie die Veranstaltung überstehen sollte.
Sie hatte das Gefühl, dass die vielen Menschen bereits den ge-
samten Sauerstoff verbraucht hatten. Die Heizkörper bollerten
wie verrückt und erzeugten eine unangenehm trockene Luft.
Sie schnaufte leise und schälte sich aus ihrem karierten Blazer,
da sie in ihrem schwarzen Rollkragenpullover aus Merinowolle
ölte, als säße sie in der Sauna. Mehrmals zwinkerte sie mit den
Augenlidern, um ihre müden, schmerzenden Augen zu befeuch-
ten.

Der Schreck, den sie gestern beim Berggasthof erlitten hatte,
war ihr zu ihrem eigenen Erstaunen gehörig in die Knochen gefahren. Ihre Nerven lagen ungewöhnlich blank. Prompt hatte
sie schlecht geschlafen und irgendwelchen Unsinn geträumt. Sie
irrte durch ein menschenleeres Parkhaus auf der verzweifelten
Suche nach einem Ausgang, verfolgt von einem Unbekannten,
halb Mensch, halb Affe, mit einem Messer in der Hand. In ihrer
Panik versuchte sie, Lohmann zu erreichen, doch es kam kein
Empfang zustande. Frustriert und wütend starrte sie auf ihr
Handy und stellte zu ihrem Entsetzen fest, dass es sich in einen
Elefantenrüssel verwandelt hatte. Schreiend ließ sie es fallen.

Mit einem Mal wurde ihr noch heißer. Was, wenn der Mann,
der sie überfallen hatte, ihr gezielt nachstellte und sich vielleicht
auch hier unter den Anwesenden befand?

Sie sah sich ein weiteres Mal um. Doch sie entdeckte erneut
nur weitere vertraute Gesichter, wie das von Helmut Nissen,

dem Leiter des Kronberger Opel-Zoos, der ihr aufmunternd zunickte und das Daumen-hoch-Zeichen machte, woraus sie schloss, dass es Leila in ihrer neuen Unterkunft auf Anhieb gut zu gehen schien. Hella strahlte ihn dankbar an. Einige Meter hinter Nissen stand die Juristin Susanne Meier von der Tierschutzvereinigung »Wilde Pfoten« und unterhielt sich mit Marc Steiner vom Bund für Umwelt- und Naturschutz sowie Thomas Kurz von der Arbeitsgemeinschaft »Wild lebende Säugetiere«. Susanne gestikulierte derart heftig, dass ihre Hände nur so durch die Luft flogen.

Hella arbeitete sich mit den Augen weiter durch den Saal. Ihr Blick blieb an dem Wildtierbiologen Dr. Jost Taubert aus Frankfurt hängen, der wie immer sein Safarioutfit trug, ein olivfarbenes Hemd und eine kakifarbene Hose. Seinen kreisrunden Schädel zierte ein lederner Cowboyhut. Er bedachte Hella mit einem knappen Kopfnicken. Eingebildeter Pfau! Er nahm es ihr übel, dass sie nicht auf sein penetrantes Werben eingegangen war. Bestimmt ein rundes Dutzend Mal hatte er sie in den zurückliegenden Monaten angerufen, um sie zum Essen oder zu einer seiner Wildlife-Touren einzuladen, wie er profane Ausflüge in die Natur mit seinem albernen Hang zu Anglizismen nannte, mit dem er ständig durchblicken ließ, dass er eine Zeit lang als Ranger in Australien gearbeitet hatte. Nur ein einziges Mal, ziemlich zu Anfang ihrer Bekanntschaft, hatte sie seinem Drängen nachgegeben und war abends mit ihm ausgegangen, als sie noch dachte, Jost könne sich als interessanter Gesprächspartner erweisen. Beim Essen ließ er sie jedoch kaum zu Wort kommen und hielt stattdessen ellenlange Monologe über seine Projekte, immer wieder geschmückt mit Anekdoten aus seiner Zeit in der australischen Wildnis, von denen Hella glaubte, dass sie zum Teil frei erfunden waren. Der Abend zog sich hin wie Kaugummi, und sie langweilte sich bald dermaßen, dass sie, während der Kellner gerade erst die Vorspeise auftrug, ein schier überwältigender Drang erfasste, das Restaurant fluchtartig zu verlassen. Nur ihre gute Erziehung hatte sie daran gehindert, Taubert derart zu kompromittieren. Sein aufdringliches Aftershave haftete an Hellas Nasenschleimhaut noch Tage später wie lästiger Rotz, und immer wenn sie zufällig einem Mann begegnete, der denselben Duft verströmte, fühlte sie sich unangenehm an jenen Abend erinnert. Seitdem ging sie dem Wildtierbiologen demonstrativ aus dem Weg, wann immer sie aufeinandertrafen.

Die Tür flog auf, und ein neuerlicher Besucherstrom schwappte herein. Hella gab auf. Es war zwecklos. Wie sollte sie bei der Fülle an Menschen denjenigen wiedererkennen, dessen Gesicht sie noch nicht einmal richtig gesehen hatte? Genauso gut könnte sie nach der berühmten Stecknadel im Heuhaufen suchen.

Jutta rückte ihre rote Hornbrille zurecht und warf einen Blick auf ihre Armbanduhr, deren Zeiger mittlerweile zehn nach sechs anzeigten.

»Ich glaube, wir sollten anfangen. Was meinen Sie?«, raunte ihr Martin Schuster vom Deutschen Tierschutzbund zu, der zu Juttas Rechten saß und langsam unruhig wurde.

Jutta nickte und beugte sich nach einem kurzen Räuspern zum Mikrofon vor. »Meine sehr verehrten Damen und Herren ...«, begann sie, brach aber sogleich irritiert wieder ab, da ihre Worte ungehört im Saal verhallten. Mit dem Zeigefinger tippte sie mehrfach auf das Mikrofon.

»Du hast vergessen, den Knopf zu drücken«, flüsterte Hella ihr zu und zeigte auf die runde Taste am Fuß des Geräts, mit der sich die Stummschaltung aufheben ließ. Sie verkniff sich ein Grinsen.

Jutta zog eine Grimasse und lächelte Hella dankbar an, bevor sie den kleinen Knopf betätigte, der umgehend eine rote LED am Mikrofon zum Leuchten brachte. »Meine sehr verehrten Damen und Herren ...«, setzte sie erneut an, diesmal unüberhörbar.

Der Geräuschpegel blieb jedoch weiterhin hoch, da viele der Anwesenden ihre Unterhaltungen ungerührt fortsetzten und hier und da noch ein Stuhl knarzend über den alten Holzboden geschoben wurde, während eine Gruppe von etwa zehn Leuten, die sich am Tresen gebildet hatte, unvermittelt in schallendes Gelächter ausbrach. Vom Heiterkeitsausbruch angespornt, beugte sich Karl Hagedorn zu den zwei rechts von ihm sitzenden Kollegen von der Tagespresse hinüber. »Kennt ihr den schon?«, fragte er. Ein erwartungsvolles Grinsen breitete sich auf seinem Gesicht aus angesichts der Pointe, die er gleich zum Besten geben würde. »Wie nennt man einen dicken Vegetarier?« Seine beiden Sitznachbarn zuckten leidlich interessiert mit den Schultern. »Biotonne!« Karl wieherte drauflos und schlug sich auf die Schenkel, als hätte er den Brüller des Jahrhunderts gerissen, ungeachtet der bierernsten Mienen seiner Kollegen, die seiner Leidenschaft für blöde Witze offensichtlich herzlich wenig abgewinnen konnten.

»Ruhe! Bitte!« Jutta kroch nun fast in das Mikrofon, um sich Gehör zu verschaffen. »Sie haben gleich noch ausreichend Gelegenheit, sich untereinander und mit den Podiumsvertretern auszutauschen. Deshalb würde ich jetzt gerne beginnen.«

Ein durchdringender Ton, ausgelöst durch die Rückkopplung des Mikrofons mit den Lautsprechern im Saal, schrillte los wie der Alarm eines Rauchmelders. Jutta ließ erschrocken den Mikrofonknopf los, den sie immer noch gedrückt gehalten hatte, während Hella sich reflexartig die Zeigefinger in die Ohren stopfte. Der Techniker, der das große Mischpult seitlich des Podiums bediente, hob entschuldigend die Hand und fummelte dann an ein paar Schieberschaltern herum, bis das ohrenbetäubende Kreischen nach einigen Sekunden erstarb und damit auch die letzten Gespräche im Saal.

»... Elefanten leben in hochkomplexen Familienstrukturen und stehen in einem regelmäßigen interaktiven Austausch miteinander. In freier Wildbahn bilden sie Verbünde von bis zu mehreren hundert Tieren und durchstreifen große Aktionsräume von zig Quadratkilometern auf der Suche nach Nahrung und Wasserstellen, angeführt von einer erfahrenen Leitkuh, die ihre Herde instinktiv auf dem richtigen Weg ans Ziel führt. Allein deshalb ist es so gut wie unmöglich, in einem fahrenden Schaubetrieb geeignete Voraussetzungen dafür zu schaffen, dass diese intelligenten Großsäuger ihre sozialen Bedürfnisse und ihren Bewegungsdrang artgerecht ausleben können«, schloss der promovierte Verhaltensbiologe und Elefantenexperte Jörg Ahrens sein Eingangsstatement als letzter Redner der Podiumsrunde. Kurz darauf war die Diskussion in vollem Gange.

»Ich möchte die Gelegenheit nutzen, um mit einem offensichtlich weitverbreiteten Irrglauben aufzuräumen«, schaltete sich Fritz Kellermann vom Berufsverband der Tierlehrer plötzlich ein. Er trug einen schlecht sitzenden grau gestreiften Anzug, darunter ein blau-gelb gemustertes Hemd und als Krönung braune Lederschuhe.

Hella, deren Farbempfinden spontan gegen diese Kombination rebellierte, fragte sich, ob er selbst für diese geschmackliche Verirrung verantwortlich oder einfach nur ungünstig beraten worden war.

»Gebt dem Mann doch mal ein Mikro. Man versteht hier hinten kein Wort«, rief eine junge Frau mit Dreadlocks, die in eine Art weinroten Kaftan gehüllt war und in der Nähe der Eingangstür stand.

»Weiß doch jeder, was jetzt kommt!«, kam es aus der anderen Ecke, was dem Urheber des Einwurfs umgehend böse Blicke diverser Zirkusfans einbrachte.

Kellermann, der mittlerweile das tragbare Mikrofon, das ihm ein Mitarbeiter Juttas gereicht hatte, in der Hand hielt wie eine Eiswaffel, überging den Zwischenruf. »Viele Menschen scheinen immer noch zu glauben, dass es sich bei Tieren im Zirkus um richtige Wildtiere handelt. Das ist aber falsch. Die Zeiten, in denen Elefanten oder Nashörner in der afrikanischen Savanne mit dem Lasso eingefangen wurden, um sie für Zirkusdarbietungen weltweit zu verkaufen, sind längst vorbei. Die meisten im Zirkus lebenden Großsäugetiere sind Handaufzuchten, und sie arbeiten ausgesprochen gerne mit uns zusammen, weil sie das Training kognitiv fordert und wir für sie wie Artgenossen sind. Außerdem verstehe ich die ganze Aufregung nicht. Bei den paar Elefanten, Nashörnern, Nilpferden und Giraffen, die noch in der Manege auftreten, handelt es sich eh um Auslaufmodelle. Das Thema wird sich somit bald von selbst erledigt haben, nämlich dann, wenn die letzten Exemplare gestorben sind.«

Mit seiner unglücklichen Wortwahl von den »Auslaufmodellen« hatte er eine rote Linie überschritten. Innerhalb weniger Sekunden brach im Saal ein Tumult aus, wobei sich die Front zwischen Zirkusanhängern und -gegnern auftat wie ein Reißverschluss, der den Raum in zwei Hälften teilte. Rechts vor Hellas Augen zollten die Befürworter einer Wildtierhaltung in Zirkussen Kellermann stürmischen Beifall. Von der linken Seite dagegen hagelte es kritische und abwertende Kommentare.

»Das ist ja wohl die Höhe!« Der Zwischenruf kam aus der vorletzten Reihe.

Alle Blicke richteten sich schlagartig auf den Mann, der mit seiner kräftigen sonoren Stimme das akustische Wirrwarr übertönt hatte. Er war nicht älter als Anfang vierzig, schätzte Hella, hatte aber bereits eine Halbglatze und ein seltsam asymmetrisches Gesicht, als würde man in einen Zerrspiegel blicken. Hella hatte ihn noch nie zuvor gesehen.

»Bitte warten Sie, bis Sie an der Reihe sind«, bremste Jutta ihn. »Vor Ihnen hatten sich noch einige andere Teilnehmer zu Wort gemeldet, und ich –«

Doch der Mann, der sich inzwischen von seinem Sitz erhoben hatte und dabei eine erstaunliche Körpergröße von knapp zwei Metern offenbarte, wenngleich sein Oberkörper im Vergleich zu seinen langen Beinen unverhältnismäßig kurz war, fuhr unbeirrt fort.

»Mit dem Washingtoner Artenschutzabkommen, auf das Sie anspielen, soll lediglich der internationale Handel mit wilden Tieren unterbunden werden. Zirkusse haben aber weiterhin die Möglichkeit, Nachzuchten von Wildtieren zu kaufen. Seriöse Zoos weigern sich zwar, ihre Jungtiere für Auftritte in der Manege abzugeben. Aber wer sagt denn, dass Sie Elefanten, Giraffen, Nashörner oder Nilpferde nicht von anderen, dubiosen Quellen erwerben? Das kann doch kein Mensch kontrollieren.« Er redete sich allmählich in Rage. »Für Ihre Zunft sind Tiere doch nur Mittel zum Zweck, um Ihre Macht gegenüber der wilden Kreatur zur Schau zu stellen, und Ihre tierquälerischen Ausbildungsmethoden wurden bereits mehrfach mit Bußgeldern belegt. Von wegen Artgenossen. So ein Schwachsinn! Kein Elefant, Tiger oder Nashorn würde sich freiwillig einen Menschen als Artgenossen aussuchen. Diesen Quatsch glaubt Ihnen ja noch nicht mal der Weihnachtsmann!«, tönte der Unproportionierte, ohne sich um den Protest zu scheren, den er nunmehr seinerseits im Lager der Zirkusanhänger hervorrief. In seiner Halbglatze spiegelte sich das Licht der Kronleuchter.

Die Stimmung heizte sich innerhalb weniger Augenblicke merklich auf, und bald flogen aufgebrachte Kommentare zwischen den beiden Lagern wie Geschosse hin und her. Irgendwo fiel klirrend eine Glasflasche um.

Hella hatte geahnt, dass es so weit kommen würde. Für viele Zeitgenossen gab es nur noch schwarz oder weiß, entweder man war dafür oder dagegen. Für Zwischentöne war so gut wie kein Platz mehr. Eine gesunde Streitkultur, wie es sie früher gab, wo man sich von Angesicht zu Angesicht mit seinem Gegenüber auseinandersetzte, mit dem Ziel, gemeinsam eine konstruktive Lösung zu finden, hatte inzwischen den Wert einer seltenen Pflanze. Diese Entwicklung missfiel Hella sehr, denn sie hatte unterdessen auch den Politikbetrieb infiziert.

»Ruhe, bitte!«, ermahnte Jutta die Unruhestifter im Publikum, allerdings ohne großen Erfolg. Zwar ebbte die allgemeine Erregung etwas ab. Die letzten Zwischenrufe verstummten jedoch erst, als Kellermann, der das Mikrofon noch immer in der Hand hielt, wieder das Wort ergriff. Im hellen Licht der Kronleuchter sah es so aus, als wären seine Haare in einem matten Kastanienbraun gefärbt, was in Kombination mit seinem geschmacklos bunten Outfit bei Hella das Bild eines alternden Schlagersängers heraufbeschwor.

»Ich finde es unerhört, in welch diffamierender Art und Weise Sie alle Mitglieder unseres Berufsstandes über einen Kamm scheren und so tun, als wären wir durch die Bank weg Schwerverbrecher. Mein Berufsverband setzt sich schon seit

Jahren für eine gewaltfreie und verständnisvolle Methode der Tierausbildung ein, die auf der Nutzung der artgegebenen und individuellen Anlagen der Tiere basiert«, verteidigte er sich. »Ich bestreite ja nicht, dass es auch unter meinen Kollegen vereinzelt schwarze Schafe gibt, wie überall. Aber die meisten von uns lieben ihre Tiere und sorgen hervorragend für sie. Außerdem erfüllen wir, genauso wie Zoos, einen pädagogischen Auftrag, nämlich den, Menschen Wildtiere nahezubringen.«

»Pädagogischer Auftrag. Dass ich nicht lache! Hahaha. Der Berufsstand, den Sie vertreten, ist doch noch nicht einmal staatlich anerkannt«, höhnte die Halbglatze.

»Meine Herren, ich bitte Sie! So kommen wir doch nicht weiter«, unterbrach Jutta die beiden Streithähne und machte eine beschwichtigende Geste. »Ich weiß, es handelt sich um ein heikles und emotionales Thema. Aber es ist niemandem damit gedient, wenn Sie sich gegenseitig an die Kehle gehen. Ich möchte Ihren Disput an dieser Stelle daher gerne beenden und das Wort der Dame mit der beigen Strickjacke hier vorne rechts in der dritten Reihe –«

Weiter kam sie nicht. Denn Kellermann war jetzt richtig in Fahrt und dachte gar nicht daran, sich zu beruhigen. »Ich bin noch nicht fertig, Frau Kramer. Diese selbstgerechten Fanatiker, die sich für etwas Besseres halten, uns pauschal tierquälerisches Verhalten unterstellen und ständig behaupten, wir hätten keine Skrupel, haben selbst nicht die geringsten Hemmungen, mit Protestdemos gegen uns zu Felde zu ziehen, unsere Werbeplakate zu überkleben oder abzureißen und uns sogar im Internet offen Gewalt anzudrohen. Die sind doch krank im Hirn!«, brauste er auf.

Der Unbekannte, der sich wieder gesetzt hatte, lachte nur schäbig und signalisierte mit einer abwertenden Geste, dass seiner Ansicht nach nicht er, sondern Kellermann krank im Hirn war.

Hella fing den Blick von Vera Kühn auf, die aufgestanden war, um frische Luft zu schnappen. Mit beiden Händen fasste sich Vera an den Hals und zog dabei eine Grimasse, als wäre sie kurz davor zu ersticken. Hella musste grinsen. Es war wirklich schwer, ernst zu bleiben angesichts dieses nahezu kindischen Gezänks.

Mehrere andere Teilnehmer folgten Veras Beispiel und gingen ebenfalls nach draußen. Immer wenn sich die gläserne Eingangstür öffnete, strömte eine Brise herbstlich kühler Abendluft herein. Hella sog sie gierig auf. Die Spannung im Saal war mit Händen greifbar, und Hella fürchtete, dass die Veranstaltung vollends aus dem Ruder laufen würde, wenn es nicht bald gelänge, die Diskussion wieder in geordnete Bahnen zu lenken. Sie stupste Jutta an. »Darf ich?«, fragte sie sie und zeigte auf ihr Mikrofon.

Jutta nickte und sah zu der jungen Frau in der dritten Reihe, der sie mit einem bedauernden Achselzucken signalisierte, dass sie sich noch einen Moment gedulden müsse, woraufhin diese sich mit einem verständnisvollen Nicken setzte.

»Meine Damen und Herren, ich hätte da einen Vorschlag zu machen, mit dem vielleicht alle hier im Saal leben können«, begann Hella mit ruhiger und fester Stimme und wartete, bis sich der allgemeine Tumult ein wenig gelegt hatte. »Es ist unbestreitbar, dass es nach wie vor in einigen Zirkussen Missstände hinsichtlich des Tierwohls gibt, die es in unserem Jahrhundert eigentlich nicht mehr geben dürfte. Und wir sind uns, glaube ich, alle einig, dass sich Vorfälle wie der mit Leila nicht mehr wiederholen dürfen. Es ist beschämend, dass Deutschland, das Vorreiter in Sachen Tier- und Artenschutz sein will, jenes Land innerhalb Europas ist, in dem sich mehr als die Hälfte aller Unfälle mit Zirkustieren ereignen. Diesen Zustand müssen wir dringend beenden. Das gelingt aber nur, wenn alle – Veterinärämter, Tierschutzorganisationen, Zirkusbetriebe, Politik, Wissenschaft und Behörden – an einem Strang ziehen, und nicht, wenn wir uns gegenseitig bekriegen. Ich bin mir sicher, dass die Verantwortlichen in den betroffenen Zirkussen gewillt sind, alles dafür zu tun, um so schnell wie möglich Verbesserungen für die bei ihnen lebenden Tiere herbeizuführen, sofern es ihre finanziellen Mittel gestatten. Denn eins dürfen wir bei aller Kritik nicht vergessen: Zirkusunternehmen sind, wie der Name schon sagt, wirtschaftliche Unternehmen, die, wie jedes Unternehmen, Geld verdienen müssen, um zu überleben. Nun werden einige von Ihnen gleich wieder sagen wollen, ja, aber das geht auch alles ohne Wildtiere. Richtig! Aber solange sich die Bundesregierung trotz unserer mehrmaligen Eingaben – und ich rede hier nicht nur vom Land Hessen – nicht zu einem Verbot durchringt, müssen wir akzeptieren, dass es weiterhin Wildtiere im Zirkus gibt, auch wenn unbestreitbar ist, dass sich in der Zirkusszene in den letzten Jahren viel getan hat, und zwar nicht nur auf Druck der Politik, sondern auch auf Initiative einzelner Unternehmen selbst. Viele gute Ideen sind entstanden, die zeigen, dass man in der Manege keine Wildtiere braucht, um Zuschauer für den Zirkus zu begeistern, sondern dass es auch ohne geht. Nehmen Sie nur das European-Youth-Circus-Festival unserer Landeshauptstadt, das sich aus einer kleinen Zirkus- und Varietéveranstaltung zu einem kulturellen Highlight für Nachwuchsartisten und Varietékünstler aus ganz Europa entwickelt hat. Vermisst hier irgendjemand Wildtiere? Ich glaube nicht. Denn wie ließe sich sonst erklären, dass alle Karten immer binnen Kurzem ausverkauft sind?«

Hella berichtete nun von dem Kompromiss, der vor einem Monat in Berlin mit ihrer Unterstützung ausgehandelt worden war und der darauf hinauslief, die Standards für die Wildtierhaltung in Zirkussen denen der für Zoos gültigen Säugetierrichtlinien anzupassen. »Ich denke, das ist zurzeit der einzig gangbare Weg, ergänzt durch entsprechende Fortbildungen für Tierlehrer, um zeitnah etwas zur Verbesserung des Schutzes von Wildtieren in der Manege zu schaffen«, sagte sie.

Nachdem sie geendet hatte, war es für einen Moment ruhig im Saal. Nur vereinzelt wurden Köpfe zusammengesteckt und leise getuschelt. Hellas Mund war wie ausgedörrt, und sie trank einen großen Schluck Wasser. Aus den Mienen der vor ihr Versammelten konnte sie ablesen, dass ihr Vorschlag, wie zu erwarten, auf ein geteiltes Echo stieß.

»Faule politische Kompromisse auf Kosten unschuldiger

Tiere und Menschen, ist es wirklich das, was Sie wollen?«, meldete sich ein Mann zu Wort, der eine schwarze Kapuze trug und lässig am Tresen lehnte.

»Haben Sie eine bessere Idee?«, gab Hella zurück und hoffte, dass der Mann mit seiner Bemerkung die Diskussion nicht von Neuem anheizte. Sie konnte sein Gesicht nicht richtig erkennen, da er zu weit weg stand und sie das Licht der Kronleuchter blendete.

Statt ihr eine Antwort zu geben, drehte er sich wortlos weg und nippte an seinem Getränk.

Offensichtlich fand nicht nur Hella sein Verhalten seltsam, denn auch Jutta schüttelte irritiert den Kopf.

17

»Sorry, Leute, ich weiß, es ist pietätlos, aber die Frau sah aus wie ein gestrandetes Walross.«

Kriminaloberkommissar Jürgen Klose, der wie jeden Morgen um neun Uhr mit seinen Kollegen bei der täglichen Lagebesprechung zusammensaß, bei der sich die Beamten des für Gewalt-, Brand- und Waffendelikte zuständigen Kommissariats K 11 der regionalen Kriminalinspektion des Polizeipräsidiums Westhessen gegenseitig über die Geschehnisse der letzten vierundzwanzig Stunden unterrichteten, hatte Mühe, an sich zu halten, als er von seinem gestrigen Fall berichtete. Seine wässrig blauen wimpernlosen Augen, die auf zwei tief hängenden Tränensäcken ruhten wie auf zwei dicken Kissen, verschwanden nahezu gänzlich in seinem mopsartigen Gesicht bei dem Versuch, den aufkeimenden Lachkrampf zu unterdrücken.

Obwohl die Todesumstände der alten Frau alles andere als lustig waren, musste auch Lohmann zugestehen, dass der Fall nicht einer gewissen Komik entbehrte. Trotzdem war ihm nicht nach Lachen zumute, da sie im Fall Leila auf der Stelle traten. Er ärgerte sich vor allem darüber, dass ihm der Mann durch die Lappen gegangen war, den Hella am Berggasthof gesehen hatte und von dem er annahm, dass es der androgyne Bursche mit den stechenden Augen war.

Gegen zehn Uhr kehrte er in sein Büro zurück und schloss das Fenster. Der goldene Oktober hatte nur einen kurzen Einstand gegeben. Der Regen fiel seit heute früh in derart dichten Bahnen vom Himmel, dass es aussah, als tanzten die Lichter der Büros, auf die er von seinem Fenster aus blickte, wie mattgelbe Punkte in der Luft.

Seine Dienststelle, die sich im umgebauten ehemaligen US-amerikanischen Luftwaffenhospital befand – dem größten US-Militärkrankenhaus außerhalb der Vereinigten Staaten nach dem Zweiten Weltkrieg, das bis Mitte der neunziger

Jahre wie ein riesiger architektonischer Fingerzeig die Präsenz der amerikanischen Besatzungsmacht in der hessischen Landeshauptstadt deutlich machte –, war zuständig für fünf Polizeidirektionen. Neben Wiesbaden zählten hierzu die Polizeidirektionen Rheingau-Taunus, Limburg-Weilburg, Hochtaunus und Main-Taunus. Zum Polizeipräsidium Westhessen gehörten außerdem die Kriminaldirektion, in der Lohmann tätig war, sowie die Direktion für Verkehrssicherheit und Sonderdienste.

Lohmann brauchte dringend einen frischen Kaffee, musste aber zu seinem Leidwesen feststellen, dass er keine Papierfilter mehr hatte. Deshalb ging er den langen, trostlosen Flur hinunter in der Hoffnung, in der kleinen Gemeinschaftsküche fündig zu werden. Er hatte Glück. Im obersten Fach des Hängeschranks stand noch ein voller Pappkarton. Er nahm sich zwei Filtertüten und kehrte wieder zurück zu seinem Büro.

Während er die Kaffeemaschine in Gang setzte, klopfte es.

»Störe ich?« Luca, einer der IT-Spezialisten, die für ihn arbeiteten, stand unentschlossen im Türrahmen. Seine schwarzen Haare glänzten von der dicken Schicht Pomade, mit der er allmorgendlich seine widerspenstigen Locken, die ein Eigenleben zu führen schienen, zu zähmen versuchte. In der Hand hielt er ein Notebook, das Lohmann als das Gerät von Peter von Clausen wiedererkannte.

»Nein, komm rein. Möchtest du auch einen Kaffee?«, fragte er.

»Nein, danke.« Luca stellte das Notebook auf Bernds Schreibtisch und schaltete es ein. »Hier, das musst du dir unbedingt ansehen«, drängte er. Seine Finger glitten eifrig über die Tastatur.

»Klingt, als hättest du etwas ungemein Spannendes entdeckt.«

»Allerdings!« Luca strahlte. Er arbeitete noch nicht lange im polizeilichen Kriminaldienst, war aber sehr ehrgeizig und hoffte, eines Tages vielleicht sogar ins Bundeskriminalamt wechseln zu können. Nachdem er gefunden hatte, was er suchte, drehte er das Notebook ein wenig herum, damit Lohmann besser erkennen konnte, was auf dem Bildschirm zu sehen war.

»Was ist das – eine Partnerbörse?«, fragte Lohmann, während er seinen randvollen Becher vorsichtig Richtung Schreibtisch balancierte.

»Das ist ein Datingportal, auf dem sich unser Landrat herumgetrieben hat.«

»Und? Ich hatte den Eindruck, dass es in seiner Ehe alles andere als harmonisch zugeht. Wahrscheinlich hat er dort nach einer Möglichkeit für einen Seitensprung gesucht. Für einen Mann in seinem Amt nicht sonderlich clever, aber nicht unbedingt kriminell«, sagte Lohmann. Er führte die Kaffeetasse mit beiden Händen langsam zum Mund und nahm den ersten Schluck schlürfend zu sich, um nichts zu verschütten.

»Das vielleicht nicht. Aber hier. Er hat ausschließlich mit Männern gechattet, und mit einem gewissen Amadeo hat er sich mindestens zweimal getroffen, und zwar – halt dich fest – im Landratsamt.«

Lohmann, der gerade ein weiteres Mal von seinem Kaffee trinken wollte, hielt in der Bewegung inne. »Sieh einer an.« Er stellte die Kaffeetasse ab und beugte sich, neugierig geworden, näher zum Bildschirm vor.

Luca scrollte langsam durch den Chatverlauf, während Lohmanns Augen über die Zeilen huschten. »Meine Herren, bei den beiden scheint es ja heftig zur Sache gegangen zu sein«, sagte Lohmann schmunzelnd, nachdem sie bei den Mails angekommen waren, die sich von Clausen und Amadeo nach ihrem ersten Treffen geschrieben hatten.

»Und ob! Willst du den Schweinkram bis zum Ende lesen?«, fragte Luca und drehte sich mit einem breiten Grinsen zu Lohmann um.

»Nur wenn es der Sache dienlich ist«, erwiderte der zwinkernd. »Ich hoffe aber, du hast noch mehr zu bieten, oder war es das etwa schon?« Er war sich sicher, dass der ITler, der sich für die Kriminaldirektion als Glücksgriff erwiesen hatte, da er in der Lage war, selbst die schwierigsten Nüsse innerhalb kürzester Zeit zu knacken, nicht zu ihm gekommen wäre, wenn er nicht noch ein weiteres Ass im Ärmel hätte.

»Es wird noch besser. Mir ist nämlich aufgefallen, dass das letzte Treffen zwischen den beiden knapp sechs Monate zurückliegt. Danach war lange Funkstille.« Luca hatte sich wieder dem Notebook zugewandt. »Aber drei Tage bevor ihr die Büroräume vom Landrat durchsucht habt, hat der versucht, wieder Kontakt mit diesem Amadeo aufzunehmen.« Er zeigte mit dem Finger auf die entsprechende Mitteilung. »Der wiederum hat ihm bis heute nicht geantwortet.«

»Das finde ich nicht zwingend ungewöhnlich oder verdächtig. Solche Chatbekanntschaften sind oft sehr oberflächlich und nur auf schnellen Sex aus. Vielleicht hat dieser Amadeo in der Zwischenzeit einen anderen Partner gefunden, mit dem er sich vergnügen kann. Oder er will nicht in einen möglichen Skandal verwickelt und der Öffentlichkeit als Gelegenheitsfick eines bisexuellen Landrats präsentiert werden, sollte die Sache auffliegen.«

»Das habe ich auch zuerst gedacht. Aber dann habe ich weiter recherchiert, und so, wie es aussieht, hat dieser Amadeo in der Zwischenzeit keine neuen Bekanntschaften aufgetan, auf jeden Fall nicht über das Portal. Außerdem fand ich es seltsam, dass von Clausen so kurz vor den Landratswahlen einen neuen Anlauf genommen hat, um sich mit diesem Typen zu verabreden. Er konnte doch nicht davon ausgehen, dass das nicht irgendwann mal auffällt. Und überleg mal: Warum sollte von Clausen riskieren, dass seine Vorliebe für gleichgeschlechtliche Sexspielchen zu einem Zeitpunkt ans Tageslicht kommt, wo er alles gebrauchen kann, nur keine negative Publicity? Du weißt doch, wie das läuft, wenn Wahlen anstehen. Da ist jeder darauf aus, beim anderen die Leichen im Keller zu finden und auszugraben.«

Lohmann ließ sich Lucas Ausführungen durch den Kopf gehen. »Das klingt einleuchtend. Also …?«

»Also habe ich versucht herauszufinden, wer sich hinter dem

Decknamen Amadeo verbirgt«, antwortete Luca mit einem triumphierenden Lächeln.

»Und?« Lohmann machte eine ungeduldige Geste.

»Der Typ heißt Olaf Benz, studiert in Rüsselsheim Bio- und Umwelttechnik und ist in der Tierrechtsszene aktiv, genauer gesagt ist er der Vorsitzende vom Aktionsbündnis Tierrechte Hessen, das sich beim Veterinäramt und beim Land Hessen über den Zirkus Carina beschwert hat.«

Lohmann schlug dem ITler anerkennend auf die Schulter. »Gute Arbeit, Luca!« Er langte quer über den Schreibtisch und griff nach dem Telefonhörer, da er einen Kollegen bitten wollte, diesen Benz ausfindig zu machen.

»Warte, ich bin noch nicht fertig«, hielt Luca ihn auf.

»Was denn noch?« Lohmann richtete sich wieder auf.

»Ich habe mir auch noch mal das Handy von von Clausen vorgeknöpft. Er hatte zwar einen Teil seiner Mitteilungen aus der Cloud entfernt, in der er alle wichtigen Posteingänge und Dokumente speichert. Aber mit ein paar Klicks konnte ich die Daten reaktivieren. Ihm ist nämlich beim Löschen ein Fehler unterlaufen. Und als ich das hier gefunden habe, dachte ich, ich traue meinen Augen nicht.« Luca öffnete das Mobiltelefon des Landrats, fuhr mit dem Finger ein paarmal über das Display, bis er gefunden hatte, was er suchte, und reichte das Gerät dann Lohmann.

Der warf einen Blick auf die Nachricht und sah Luca für den Bruchteil einer Sekunde mit hochgezogenen Augenbrauen über den Rand des Handys an, bevor er laut vorlas: »Fünfzigtausend Euro oder ich poste in allen sozialen Netzwerken, was für ein perverses Schwein du bist!« Er ließ das Mobiltelefon sinken. »Verdammte Scheiße, von Clausen wird erpresst!«

»Für das Versenden der Mail hat der Absender zwar ein spezielles Verschlüsselungsprogramm genutzt, das verhindert, dass der Empfänger erkennen kann, wer ihm die Nachricht geschickt hat«, fuhr Luca fort, »aber wenn man sich mit solchen Programmen auskennt, ist es ein Kinderspiel, die wahre Identität des Verfassers zu ermitteln. Dafür muss man nämlich nur –«

»Bitte, Luca, ich habe keine Zeit für eine Lehrstunde in Informationstechnologie!«, unterbrach ihn Lohmann scharf.

»Okay, okay. Also, dreimal darfst du raten, wer die Mail geschrieben hat.«

»Dieser Amadeo alias Benz«, sagte Lohmann. Es war mehr eine Feststellung als eine Frage.

»Bingo!« Luca reckte beide Daumen in die Höhe.

18

Hella schreckte hoch. Es dauerte einige Sekunden, bis ihr aufging, woher das unbarmherzige Schrillen kam, das sie aus ihrem nebulösen Dämmerzustand holte. Schlaftrunken langte sie nach ihrem bronzefarbenen Wecker und stellte ihn ab. Sie hatte das nostalgisch anmutende Stück mit der Doppelglocke und dem kleinen Klöppel in der Mitte vor einigen Jahren auf einem Flohmarkt entdeckt und ihren Radiowecker daraufhin aus dem Schlafzimmer in den Keller verbannt.

Sie knipste die Nachttischlampe an und schaute blinzelnd auf das Ziffernblatt. Die schwarzen Zeiger standen auf sechs Uhr fünfzehn. Mühsam quälte sie sich unter der Daunendecke hervor, stand aber nicht sogleich auf, sondern blieb noch einen Moment auf der Bettkante sitzen. Ihr Nachthemd hing halb verdreht oberhalb ihrer Hüfte, da sie bis halb drei Uhr nachts wach gelegen und sich endlos hin und her gewälzt hatte, bevor sie schließlich und endlich doch noch in einen traumlosen, aber viel zu kurzen Schlaf gefallen war.

Seufzend ließ sie den Kopf auf die Brust sinken und verbarg ihr Gesicht in den Händen. So konnte das nicht weitergehen. Sie hatte es schon mit autogenem Training versucht, aber ohne allzu großen Erfolg. Das Entspannungsverfahren half ihr zwar, ihren Stresslevel kurzfristig ein wenig zu senken. Aber einen erholsamen Tiefschlaf bescherten ihr die Übungen nicht.

Jagger hingegen war bereits putzmunter. Fröhlich lief er auf sie zu und stupste sie mit seiner feuchten Nase auffordernd an.

Hella spreizte die Finger und schaute geradewegs in zwei mandelförmige braune Augen, aus denen es unternehmungslustig blitzte. »Lass mich raten«, presste sie stöhnend hervor. »Du hast im Gegensatz zu mir wunderbar geschlafen und willst jetzt schleunigst vor die Tür, um mit deinen Kumpels um die Wette zu pinkeln, stimmt's?«

Jagger lauschte ihrem Gemurmel mit schräg geneigtem Kopf

und verschwand im Wohnzimmer. Als er wieder zurück ins Schlafzimmer stürmte, hatte er einen kleinen Stoffigel im Maul, mit dem er sich bäuchlings vor Hellas Füße warf. Sofort begann er, begeistert auf dem Spielzeug herumzubeißen, was dessen Innerem laute Quietschtöne entlockte.

Hella verzog gequält das Gesicht. »Okay, Männlein, du hast gewonnen. Gib mir noch zehn Minuten. Ich schwinge mich nur unter die Dusche, und dann gehen wir los.«

Als Hella eine gute Viertelstunde später mit einem großen Thermobecher voll starkem Kaffee in der Hand mit Jagger im Feld hinter ihrem Haus unterwegs war, lüftete der Frühnebel gerade seinen Schleier und ließ die Bäume in ihren bunten Herbstkleidern im warmen Gold der aufgehenden Sonne erstrahlen.

Hella konnte sich an dem leuchtenden Farbenspiel nie sattsehen. Der Sauerstoff, mit dem sie ihre Lungen füllte, sorgte gepaart mit der großen Dosis Koffein dafür, dass die bleierne Müdigkeit langsam verschwand. Sie ließ die Häuser hinter sich und nahm den asphaltierten Weg, der geradewegs zu einem der Reiterhöfe führte, von denen es in ihrem Viertel ein gutes Dutzend gab.

Auf einer talwärts gelegenen Wiese tollte eine Gruppe Hunde herum. Hella leinte Jagger ab, damit er zu ihnen laufen konnte, und schlenderte gemächlich hinterher. Sie genoss es, ausnahmsweise nicht so unter Zeitdruck zu stehen wie üblich, denn ihr Arbeitstag fing erst um neun an. Sie wollte in der dritten Klasse einer Grundschule, nur wenige Fahrminuten von ihrem Haus entfernt, ihre neue Tierschutzfibel vorstellen, um schon den Jüngsten einen verantwortungsvollen Umgang mit Haus- und Nutztieren nahezubringen. Sie ging gerade noch einmal in Gedanken durch, wie sie die Stunde gestalten wollte, als ihr Mobiltelefon klingelte. Sie warf einen Blick auf das Display und runzelte die Stirn. Ihre Mutter. Was wollte ihre Mutter um diese frühe Uhrzeit von ihr?

»Hallo, Mama. Was gibt's?« Hella entfernte sich ein Stück von der Gruppe, um ungestört telefonieren zu können.

»Papa hatte heute früh einen Schlaganfall.«

Hella hatte das Gefühl, als würde ihr der Boden unter den Füßen weggezogen. »Ist er …?«

»Nein, er lebt. Aber es geht ihm nicht gut. Er liegt im Koma«, nahm ihre Mutter die unausgesprochene Frage vorweg.

»Wo ist er jetzt?«

»Sie haben ihn in die Helios Kliniken gebracht.«

Hella sah auf die Uhr: sieben Uhr zweiundzwanzig. »Ich muss leider gleich zur Arbeit. Aber ich komme später ins Krankenhaus. Okay?«

»Schon gut. Ich bin ja bei ihm. Ich wollte dir nur kurz Bescheid geben.«

»Ja, danke, Mama. Ich …« Eine Welle der Zuneigung für ihre Mutter, die vielleicht bald allein dastehen würde, erfasste Hella. Ihre Mutter war zwar eine starke Frau. Dennoch mochte sich Hella nicht ausmalen, was der Verlust ihres Vaters für ihre Mutter bedeuten würde. Die zwei waren bald fünfzig Jahre miteinander verheiratet und führten trotz der Schicksalsschläge, die sie durchlitten hatten, eine glückliche Ehe. »Wir sehen uns später, ja?«, sagte sie mit belegter Stimme.

»Ist in Ordnung, bis später, mein Liebes.«

Hella hörte, wie ihre Mutter mit den Tränen kämpfte, als sie sich verabschiedeten. Nach dem Gespräch stand sie wie vom Donner gerührt eine Weile regungslos mitten im Feld, bis sie sich schließlich wieder in Bewegung setzte und Jagger rief, um heimzugehen.

Sie hatte die Haustür noch nicht ganz hinter sich zugezogen, als ein »Pling« den Eingang einer Mitteilung auf ihrem Handy ankündigte. Sie stammte von Tobias. Gab es etwas, das die Hiobsbotschaft ihrer Mutter heute noch toppen konnte? Nichts Gutes ahnend, öffnete Hella die Sprachnachricht, die sich als aktueller Beitrag des Hessischen Rundfunks entpuppte.

Keine Lösung für Wildtiere im Zirkus in Sicht
Bei einer von der Fraktion der Grünen im Hessischen
Landtag initiierten Diskussion im Bürgerhaus von Wies-

*baden-Sonnenberg zeigten sich Gegner und Befürworter
eines Verbots von Wildtieren im Zirkus unversöhnlich.
Während Tierschützer einen sofortigen Stopp des Auf-
tritts von Elefanten, Nashörnern, Flusspferden, Bären,
Raubkatzen und Affen in der Manege wegen des Risikos
sowohl von Gesundheitsschäden bei den Tieren als auch
von gefährlichen Zwischenfällen mit Menschen forderten,
pochten Zirkusvertreter auf eine Fortsetzung der bisheri-
gen Praxis, da die Darbietungen keinen Stress für die Tiere
bedeuteten, sondern zu deren Wohlbefinden beitrügen.
Fanatischen Tierrechtlern warfen sie vor, regelrechte Hetz-
kampagnen gegen Zirkusse mit Wildtieren zu betreiben.
Von der Politik ist unterdessen keine Lösung des Problems
zu erwarten. Die hessische Landestierschutzbeauftragte
Dr. Hella Ohlsen verwies lediglich auf einen möglichen
Mittelweg. Dieser sieht vor, den Schutz der Tiere durch
strengere Haltungsbedingungen zu verbessern, um Vor-
kommnisse wie das in Bad Schwalbach zu verhindern.
Die Freundin des Joggers, der Mitte Oktober von einem
ausgebrochenen Zirkuselefanten zu Tode getrampelt
wurde, bezeichnete diesen Vorschlag als völlig unzureichend. Gegenüber hr-Reporter Karl Hagedorn machte
die Zweiunddreißigjährige deutlich, dass sie vor Gericht
dafür kämpfen werde, dass die Elefantenkuh getötet wird.
Ferner forderte sie die Absetzung von Kreislandrat Peter
von Clausen als politisch Verantwortlichem des tragischen
Vorfalls.*

»Zum Teufel mit dir, Karl Hagedorn«, fluchte Hella und steckte
das Handy ein.

19

»Dieser Typ ist doch der totale Vollpfosten.«

»Sie geben also zu, dass Sie von Clausen erpresst haben?«

»Gar nichts gebe ich zu. Ich sagte nur, dass ich ihn für einen Vollpfosten halte.« Benz zog eine abfällige Grimasse. »Vegane Energiequellen, da liegt die Zukunft. Nur wer auf Sonnenenergie, Erdwärme oder die Gezeiten setzt, hat kapiert, wo die Reise hingehen muss. Die machen die Umwelt nicht kaputt. Aber unser Landrat hat es ja noch nicht mal geschafft, zu verhindern, dass weitere Windkraftanlagen im Rheingau und im Taunus errichtet werden, weil er vor seinen Parteifreunden im Landtag eingeknickt ist. Und jetzt kriegen wir demnächst noch mehr von diesen hässlichen rotierenden Spargelstangen, die die Landschaft verschandeln und unschuldigen Tieren das Leben nehmen, wenn sie in die Turbinen oder Rotoren geraten.«

»Es reicht. Ihre politischen Ansichten interessieren hier nicht.« Lohmann riss allmählich der Geduldsfaden. Die Vernehmung dauerte nun schon eine knappe Stunde, ohne dass sie wirklich weitergekommen wären. Dieser Olaf Benz schien ein ziemlich harter Brocken zu sein und ein arrogantes Arschloch noch dazu. Zwar hatte er zugegeben, sich mit von Clausen zweimal im Landratsamt getroffen und Sex mit ihm gehabt zu haben, aber die Erpressung wollte er nicht gestehen. »Wir haben Beweise, dass die Nachricht an von Clausen von Ihrem Handy aus verschickt wurde.«

Benz lachte höhnisch. »Ja und, was beweist das schon? Da muss sich ja nur einer kurz mal mein Handy genommen und den Quatsch geschrieben haben. Ich lasse das Teil immer mal irgendwo herumliegen.«

»So, und Sie glauben, ich nehme Ihnen das ab?«

»Ihr Problem, ob Sie mir das abnehmen oder nicht.«

»Wer wusste denn alles, dass Sie eine Affäre mit dem Landrat hatten?«

»*Affäre* – wie das klingt. Wir hatten keine Affäre. Wir hatten einfach nur geilen Sex. Der Alte war total ausgehungert und hat sich eine Nummer nach der nächsten einfallen lassen. Mir taten am nächsten Tag echt alle Knochen weh.« Benz kicherte. Der Klang erinnerte an das Lachen einer Hyäne.

»Sie haben meine Frage nicht beantwortet. Wem haben Sie von Ihren Treffen mit dem Landrat erzählt? Wer außer Ihnen wusste etwas von seinen sexuellen Neigungen, um auf die dämliche Idee kommen zu können, ihn damit zu erpressen?«

»Ich sag jetzt gar nichts mehr. Ich verlange einen Anwalt«, sagte Benz. Mit einer lässigen Bewegung strich er sich seine Stirnlocke aus dem Gesicht.

Lohmann kochte innerlich, entschied aber, das Thema vorerst fallen zu lassen und die Taktik zu ändern. »Wo waren Sie am zweiundzwanzigsten Oktober morgens gegen halb sieben?«

Benz fläzte sich mit verschränkten Armen in seinen Stuhl, seine langen Beine weit von sich gestreckt, und zuckte gelangweilt mit den Schultern.

»Keine Ahnung.«

»Vielleicht kann ich Ihrer Erinnerung auf die Sprünge helfen, wenn ich Ihnen sage, dass es sich bei dem zweiundzwanzigsten Oktober um einen Dienstag handelt.«

Benz' volle Lippen verzogen sich zu einem spöttischen Lächeln. »Dienstags beginnen meine Vorlesungen immer erst um elf. Um halb sieben lag ich noch im Bett und habe geschlafen.«

»Waren Sie allein?«

»Ja.« Die graublauen Augen blitzten herausfordernd. »Sie können ja die Leute aus meiner WG fragen.«

»Das werden wir auch tun. Ziehen Sie Ihren Kapuzenpullover aus!«, forderte Lohmann ihn auf.

Benz zögerte.

»Worauf warten Sie?«, drängte Lohmann.

Benz stand auf und streifte langsam seinen schwarzen Kapuzenpulli mit wiegenden Bewegungen über den Kopf, als würde er einen Striptease hinlegen, während er dem Beamten geradewegs in die Augen sah.

Lohmann ignorierte die Provokation, kam um den Tisch herum, packte Olaf wortlos am linken Oberarm und schob den Ärmel von dessen T-Shirt hoch. Eingehend begutachtete er das Tattoo zwischen Schultergelenk und Ellenbogen, drehte Benz dann herum und sah sich auch den anderen Arm genau an.

»Hey, nicht so grob, oder stehst du auf so was?« Benz lächelte süffisant.

»Sie können sich wieder anziehen.«

Benz hatte ein Affenkopf-Tattoo am linken Oberarm.

Wollte der Kerl ihn verarschen? Lohmann ließ sich seine Wut nicht anmerken. »Besitzen Sie ein Trekkingbike?«, wechselte er erneut das Thema, während Benz wieder Platz nahm.

»Ja, was dagegen?«

»Wo befindet sich das aktuell?«

»Das steht bei mir zu Hause im Keller.«

»Geben Sie mir Ihren Fahrradschlüssel«, sagte Lohmann.

Olaf kramte in seiner Hosentasche nach seinem Schlüsselbund, löste den Fahrradschlüssel vom Schlüsselring und legte ihn gespreizt zwischen sich und Lohmann, als handelte es sich um ein wertvolles Schmuckstück.

Mit einem Kopfnicken gab Lohmann seinem Kollegen zu verstehen, Benz abzuführen. Der Tierrechtler machte beim Verlassen des Verhörraums über die Schulter hinweg ein Victoryzeichen.

»Mistkerl!«, fluchte Lohmann, sobald sich die Tür hinter ihm geschlossen hatte, und steckte den Schlüssel ein. Er starrte in seine halb leere Kaffeetasse, deren Inhalt inzwischen lauwarm geworden war. Das viele Koffein (wenn er richtig mitgezählt hatte, hatte er seit heute früh um sieben bereits sechs Tassen Kaffee getrunken) und das Verhör mit diesem Spinner hatten ihn reizbar gemacht. Er stand auf, um sich in der Gemeinschaftsküche eine Flasche Wasser zu holen. Auf dem Weg dorthin ließ er sich noch einmal durch den Kopf gehen, was sie inzwischen wussten.

Hinsichtlich des Ausbruchs der Elefantenkuh waren sie noch nicht wirklich weitergekommen. Hinweise auf eine gezielte Befreiungsaktion durch wen auch immer gab es nicht. Der Zirkusdirektor stritt weiterhin vehement ab, seine Aufsichtspflicht verletzt zu haben, auch wenn es daran keinen Zweifel gab.

Hatte es Mauscheleien zwischen von Clausen, Häuser und diesem Professor – Lohmann kniff die Augen zusammen, weil ihm der Name kurzfristig entfallen war … ach ja, Birkenfeld – gegeben? Wenn die Kommune dem Zirkus trotz tierschutzrechtlicher Verstöße das Gastspiel erlaubt hatte, hatte sie sich eindeutig mitschuldig am Tod des Joggers gemacht. Aber natürlich wollten sich der Landrat und Häuser nichts anhängen lassen und weigerten sich auf Anraten ihrer Anwälte beharrlich, sich zu den Vorwürfen zu äußern.

Es wurde Zeit, dass sie den Wildtierbiologen befragten. Vielleicht konnten sie dem mehr entlocken. Nach Aussage seiner Sekretärin befand er sich auf Dienstreise in der Schweiz. Aber die konnte ja nicht ewig dauern. Doch wer hatte den Brand auf dem Zirkusplatz gelegt? Lohmann hielt es für unwahrscheinlich, dass die Untersuchung des Trekkingbikes von Benz etwas ergeben würde. Welches Motiv sollte Benz für den Brand gehabt haben? Der Bursche mochte zwar ein überhebliches und selbstgerechtes Arschloch sein, aber dumm war er nicht. Lohmann glaubte, dass der Student bei allem, was er tat, sehr planmäßig vorging, sonst hätte er nicht versucht, seine Spuren zu verwischen, indem er sich zum Verschicken der Mitteilung an von Clausen einer Verschlüsselungssoftware bedient hatte. Lohmann ging fest davon aus, dass Benz selbst der Absender gewesen war, auch wenn er das jetzt dem großen Unbekannten in die Schuhe schieben wollte. Warum sollte er dann so blöd gewesen sein, am Bad Schwalbacher Festplatz Fußabdrücke und Reifenspuren seines Trekkingbikes zu hinterlassen? Das ergab für ihn genauso wenig Sinn wie die Tatsache, dass ein Tierrechtsaktivist bei einem Zirkus, der Tiere mit sich führte, ein Feuer legte, ohne die Tiere vorher zu befreien.

Lohmann goss den lauwarmen Rest Kaffee in den Ausguss und räumte seine Tasse in die Spülmaschine, während er weiterhin versuchte, die einzelnen Fäden zusammenzubringen.

Die Begegnung am Berggasthof hatte Benz für Lohmann ganz nach oben auf Hellas Liste der für den Angriff auf sie in Frage kommenden Täter katapultiert. Aber was, wenn Benz' Alibi stimmte und er tatsächlich am zweiundzwanzigsten Oktober morgens friedlich schlummernd in seinem Bett gelegen hatte?

Verflucht! Der Fall war verdammt verzwickt und vielschichtig. Aber er wäre nicht Kriminalhauptkommissar und Leiter einer Sonderkommission geworden, wenn er mit dieser Herausforderung nicht klarkäme.

Plötzlich kam ihm eine Idee. Er zog sein Handy aus der Hosentasche und wählte Hellas Nummer.

»Ohlsen«, kam es schleppend vom anderen Ende der Leitung.

»Hallo, Frau Ohlsen, Bernd Lohmann am Apparat ...« Er zögerte. »Ist alles in Ordnung bei Ihnen?«

»Ja ... Das heißt ... nein. Mein Vater hatte vor einigen Tagen einen schweren Schlaganfall.«

»Oh, das tut mir leid.« Lohmann überlegte kurz. »Soll ich lieber später noch mal anrufen?«

»Nein, ist schon in Ordnung. Ich sitze im Auto, da ich gleich einen Termin bei Gericht habe.«

»Okay. Können Sie morgen Mittag bei mir im Präsidium vorbeikommen –« Wieder unterbrach sich Lohmann, da er aus dem Augenwinkel Gerd, einen seiner Kollegen von der Soko Carina, auf dem Flur vorbeilaufen sah. »Moment, warten Sie bitte eine Sekunde ... Gerd!«

»Ja?« Gerd machte eine Vollbremsung und drehte sich auf den Fußspitzen mit einem eleganten Schwung zu Bernd um.

»Kannst du dir mal das Trekkingbike eines gewissen Olaf Benz näher ansehen – schnapp dir jemanden von der KTU und lass dir von Claudia die Adresse geben – und mit den Spuren vom Brand auf dem Zirkusplatz in Bad Schwalbach abgleichen?« Mit diesen Worten überreichte Lohmann Gerd den Fahrradschlüssel.

»Aye, aye, Sir!«, sagte der und schlug salutierend die Hacken zusammen.

»Entschuldigung, Frau Ohlsen, da bin ich wieder«, sagte Lohmann.

»Haben Sie den Brandstifter gefasst?« Hella stand an einer roten Ampel und spürte förmlich, wie die Erschöpfung nach ihr schnappte wie ein hungriges Tier.

»Dazu kann ich am Telefon nichts sagen.« Im Hintergrund hörte Lohmann lautes Hupen. »Frau Ohlsen?«

»Ja! Alles in Ordnung. Ich habe nur nicht mitbekommen, dass die Ampel, an der ich stehe, auf Grün umgesprungen ist, und der Typ hinter mir scheint ziemlich ungeduldig zu sein. Wo waren wir stehen geblieben?«

»Ich hatte Sie gefragt, ob Sie morgen ins Präsidium kommen können. Es geht noch einmal um den Überfall auf Sie.«

»Um wie viel Uhr soll ich da sein?«

»Passt vierzehn Uhr?«

»Ja, das passt!«

»Und bringen Sie bitte Jagger mit!«

»Jagger?«, fragte Hella verblüfft.

»Ich möchte, dass Detective Chief Inspector Jagger uns bei den Ermittlungen behilflich ist«, sagte Lohmann.

Hella konnte hören, wie er schmunzelte. »Okay, wenn Sie meinen.« Trotz der erdrückenden Sorge um ihren Vater, die wie dichter Nebel auf ihrem Gemüt lag, huschte die Andeutung eines Lächelns über Hellas Gesicht.

20

Hella sah kurz zum Angeklagten hinüber, der seinen Blick stur auf die Tischplatte gerichtet hielt. Er hieß Christian Evers und war die Nummer vier auf der Liste, die sie Lohmann gegeben hatte. Doch als sie ihn sich jetzt noch einmal genau betrachtete, war sie sich sicher, dass er unmöglich der Täter sein konnte. Der Mann war höchstens ein Meter fünfundsechzig groß und schmächtig – Typ Jockey. Den konnten sie als Verdächtigen streichen. Beruhigt wandte sie sich dem Richter zu.

»Der gesundheitliche Zustand der Tiere lässt sich leider nur mit dem Wort ›katastrophal‹ beschreiben. Vor allem die beiden betagten Ponys, die später von ihrem Leiden erlöst werden mussten, waren, als ich sie kurz vor ihrem Tod begutachtet habe, bis auf die Knochen abgemagert, was auf eine über einen längeren Zeitraum erfolgte Mangel- und Fehlernährung schließen lässt. Darüber hinaus litten sie unter äußerst schmerzhaften Hufgeschwüren, die bei beiden Tieren zu einer dauerhaften Lahmheit geführt haben, unbehandelten eitrigen Augenentzündungen und schweren Gebissfehlern.« Sie stand auf und legte dem Richter einige Fotos vor, die das Leid der Pferde dokumentierten. »Bei einer von mir durchgeführten Ortsbegehung auf dem Pferdehof ist mir ferner aufgefallen, dass es auf den Weiden keine Unterstände gab, unter denen die Ponys Schutz vor Hitze, Wind, Starkregen oder lästigen Insekten suchen konnten. Alles in allem lässt sich die Haltung der Ponys daher aus meiner Sicht nur als Tierquälerei einstufen«, führte sie aus, nachdem sie sich wieder auf ihren Platz begeben hatte.

»Das heißt, Sie würden die Vernachlässigungen als so gravierend einschätzen, dass sie tierschutzrelevant sind?«, hakte der Richter des Frankfurter Amtsgerichts nach.

»Eindeutig ja! Das Tierschutzgesetz und die Tierschutzleitlinien zur Pferdehaltung des Bundeslandwirtschaftsministeriums schreiben eine den Bedürfnissen entsprechende angemessene

Ernährung, Pflege und verhaltensgerechte Unterbringung vor, gegen die aus meiner Sicht in vorsätzlicher und eklatanter Art und Weise verstoßen wurde. Allerdings möchte ich an dieser Stelle nicht unerwähnt lassen, dass den Tieren bei rechtzeitigen und engmaschigen Kontrollen viel Leid erspart geblieben wäre.«

Der Richter blickte verwundert auf. Auf seiner Stirn bildete sich eine strenge Falte. »Wie meinen Sie das?«

»Ich weiß, dass ein Engagement im Tierschutz einer Karriere in der Veterinärverwaltung nicht immer förderlich ist. Aber hätte die Behörde, wie vorgeschrieben, frühzeitiger reagiert, statt die Hände in den Schoß zu legen – es gab schließlich bereits im Vorfeld mehrere Beschwerden über die schlechte Haltung der Pferde –, hätten die beiden Tiere gerettet werden können. Das beste Gesetz taugt nichts, wenn es nicht konsequent angewendet wird«, sagte Hella mit Nachdruck und registrierte aus dem Augenwinkel, wie der junge Amtsveterinär, den sie mit ihrem Seitenhieb öffentlich vorgeführt hatte, zwischen zusammengebissenen Zähnen die Luft einsog und sie wütend anfunkelte.

Sie hatte sich soeben einen neuen Feind gemacht. Doch sie war es leid, untätige Veterinäre zu decken, die dem Elend der Tiere erst etwas entgegensetzten, wenn es zu spät war. Und davon gab es einige. Bitterkeit stieg in ihr auf.

»Das ist ein sehr schwerer Vorwurf, den Sie da erheben, Frau Dr. Ohlsen. Ich hoffe, das ist Ihnen klar?«, entgegnete der Richter.

Hella nickte und enthielt sich eines weiteren Kommentars.

Nach der Urteilsverkündung eilte sie, ohne nach rechts oder links zu gucken, an allen Beteiligten des Verfahrens vorbei ins Freie und fuhr zurück nach Wiesbaden. Unterwegs hielt sie kurz an einer Tankstelle an, um sich ein belegtes Brötchen, einen Liter H-Milch und eine Tüte Chips zu kaufen.

Es war kurz nach drei, als sie zu Hause eintraf. Sie packte die wenigen Einkäufe aus und aß ihr Brötchen im Stehen, obwohl sie keinen allzu großen Hunger verspürte. Anschließend suchte sie eine Ladung Buntwäsche zusammen und stopfte sie in die Waschmaschine. Zum Staubsaugen konnte sie sich nicht mehr aufraffen, obwohl sich überall in den Ecken die Wollmäuse tummelten. Sie musste dringend einen klaren Kopf bekommen. Kurz entschlossen angelte sie sich die Hundeleine, die über einer Stuhllehne im Esszimmer hing, und fuhr mit Jagger ins Goldsteintal.

Ein dichter Laubteppich raschelte unter ihren Schuhen, als sie den Wanderweg erklomm, der durch das malerische Waldwiesental mit seinem Mosaik aus Grünflächen, Feuchtgebieten, bewaldeten Hängen und Auenwaldrelikten entlang des Goldsteinbachs führte. Die schwache Herbstsonne tauchte die Landschaft in ein mildes Licht. Hella vergrub die Hände tief in den Taschen ihres Anoraks und sog den Duft nach feuchtem Holz, Laub, Eicheln und Pilzen ein.

Als sie nach einem kleinen Abstecher zu den drei kleinen, etwas abseits gelegenen Fischteichen, deren Oberfläche mit einer grünen, schmierig wirkenden Schicht überzogen war, zurück auf den Wanderweg kam, erfüllte plötzlich lautes Trompeten die Luft.

Sie beschleunigte ihre Schritte und lief hinauf bis zu der Stelle, wo die Bäume und Hecken einer großen Wiese Platz machten. Intensiv suchte sie mit ihren Augen den Himmel ab, um den Kranichschwarm zu orten, der auf seinem Weg zu seinen südlichen Winterquartieren das Tal überquerte. Ein Strahlen ging über ihr Gesicht, als die großen Zugvögel, deren wehmütige Rufe weithin zu hören waren, in der für sie typischen keilförmigen Formation geradewegs über sie hinweg Richtung Süden flogen. Hella schätzte, dass der Schwarm mehrere hundert, wenn nicht gar tausend Tiere umfasste, die sich mit ihren weiten Schwingen und den langen Hälsen wie riesige dunkle Schatten gegen den milchig weißen Himmel abhoben. Das großartige Schauspiel erfüllte sie mit Ehrfurcht und ließ sie an ein Gedicht von Theodor Fontane denken, bei dem ein Kranich zum Gespött der Hühner dazu verdammt war, am Boden zu bleiben, während seine Artgenossen in luftiger Höhe in wärmere Gefilde zogen. Mühsam durchforstete sie ihr Gedächtnis nach den Versen, bis sie ihr schließlich wieder einfielen.

Rauh ging der Wind, der Regen troff,
Schon war ich naß und kalt,
Ich macht' auf einem Bauernhof
Im Schutz des Zaunes Halt.

Mit abgestutzten Flügeln schritt
Ein Kranich drin umher,
Nur seine Sehnsucht trug ihn mit
Den Brüdern über's Meer,

Mit seinen Brüdern, deren Zug
Jetzt hoch in Lüften stockt,
Und deren Schrei auch ihn zum Flug
In fernen Süden lockt.

Und sieh, er hat sich aufgerafft,
Es gilt erneutes Glück,
Umsonst, der Schwinge fehlt die Kraft
Und ach, er sinkt zurück.

Und Huhn und Hahn und Hühnchen auch
Umgackern ihn voll Freud', –
Das ist so alter Hühner-Brauch
Bei eines Kranichs Leid.

Seit ihrer Schulzeit hatte sie nicht mehr an dieses Gedicht gedacht. Seltsam, dass es ihr gerade jetzt wieder einfiel. Vielleicht lag es daran, dass sie momentan am liebsten ihre Koffer packen und auf unbestimmte Zeit verreisen würde, um wieder Kraft zu tanken für all die Aufgaben, die auf sie warteten. Doch sich aus der Verantwortung zu stehlen, war nicht ihr Ding.

Sie sah den Kranichen noch eine Weile hinterher, bis sie gänzlich aus ihrem Blickfeld verschwunden waren, und setzte dann ihren Gang fort. Die klare Herbstluft tat ihr gut und half ihr, ihre Gedanken zu ordnen. Sie nahm sich vor, nachher als Erstes ihre Mutter anzurufen, um ihr schonend beizubringen, dass es wahrscheinlich das Beste wäre, wenn ihr Vater in ein Pflegeheim komme, wo man ihn rund um die Uhr gut versorgen würde. Sie wusste, dass das kein leichtes Gespräch werden würde, und auch ihr graute es bei der Vorstellung, aber eine andere Lösung sah sie nicht. Allein wäre ihre Mutter mit der Pflege vollkommen überfordert. Und ihr fehlte die Zeit, ihr unter die Arme zu greifen. Punkt zwei ihrer To-do-Liste betraf Rudolf Häuser. Der Gerichtstermin in Frankfurt hatte sie auf eine Idee gebracht, wie sie die Kriminalpolizei dabei unterstützen konnte herauszufinden, inwieweit der Amtsveterinär im Fall Leila drinhing.

Die abendliche Dämmerung verwischte die Konturen der Büsche und Bäume, als Hella, wieder mit sich im Reinen, gegen siebzehn Uhr mit Jagger ihren Geländewagen bestieg und den inzwischen völlig verwaisten Parkplatz verließ.

21

Friederike streifte sich ein Paar weiße Einmalhandschuhe über und wetzte das Messer am Schleifstab. Ein Windhauch fuhr durch die Bäume, deren zusehends spärlicher belaubte Kronen seinen Atem mit einem leisen Rascheln beantworteten.

Der Keiler, den Friederike gestern Nacht geschossen hatte, baumelte kopfüber an zwei Fleischerhaken von der Decke der Kammer hinter der Jagdhütte im Revier, in der Arne und sie ihr Wild versorgten, bevor sie es zur weiteren Verarbeitung zum Metzger brachten.

Mit geübten Schnitten trennte Friederike die Vorderläufe des Wildschweins am Gelenk ab und warf sie in den großen Müllsack. Anschließend schärfte sie das mächtige Haupt auf Höhe des obersten Halswirbels rundherum ab, knickte es im Genick nach hinten und löste es mit einer Drehbewegung von der Wirbelsäule. Sie schätzte, dass die scharfen, gebogenen, spitz zulaufenden Enden der Eckzähne, die beidseits aus dem Unterkiefer des Schweins ragten, gut und gern an die zwanzig Zentimeter lang waren.

Glücklich über ihren Jagderfolg, machte sie sich daran, die Schwarte behutsam mit dem Messer vom Fleisch zu trennen, indem sie sich, beginnend an den Hinterläufen, Zentimeter für Zentimeter am Rumpf entlang Richtung Nacken vorarbeitete.

Nach gut zehn Minuten hing das Wildschwein nackt vor ihr. Friederike zerlegte den Keiler in grobe Einzelteile und packte die Fleischstücke in eine Wildwanne.

Als sie fertig war, verriegelte sie die Jagdhütte sorgfältig, verstaute die Wanne mit dem Wildbret im Kofferraum ihres Wagens und brach zu Fuß zu ihrem Revierrundgang auf, um die Kirrungen zu kontrollieren, mit denen Arne und sie die Sauen an die Hochsitze lockten, um ihrer habhaft zu werden.

Das Kreischen der Motorsägen der Forstarbeiter, die in einiger Entfernung Holz schlugen, drang an ihr Ohr. Die dicken

Reifen der tonnenschweren Forstmaschinen hatten auf zahlreichen Wanderwegen tiefe, matschige Furchen auf den Wegen hinterlassen. Friederike balancierte, so gut es ging, um die Furchen herum, um nicht knöcheltief im morastigen Waldboden zu versinken. Nach knapp zweihundert Metern verließ sie den Weg und schob die dünnen Zweige der Buchen, die am Wegesrand im Wettstreit miteinander wuchsen, vorsichtig beiseite. Sie schlängelte sich zwischen den jungen Stämmen hindurch und stand plötzlich auf einem Pirschpfad, der zu einem niedrigen Hochstand führte, den sie mit Arne vor einigen Tagen neu aufgestellt hatte. Ein Reh, das sich zu einem Verdauungsschlaf ins Laub gebettet hatte, sprang erschrocken auf und hüpfte mit großen Sprüngen davon.

Friederike lief etwa zwanzig Meter in den Bestand hinein und hielt nach dem Sitz Ausschau. Irritiert blieb sie stehen. »Das gibt's doch nicht. Wo ist er denn?«, murmelte sie. Sie war sich ganz sicher, dass sie den Holzbock an dem mittelalten Eichbaum, vor dem sie jetzt stand, aufgestellt hatten. Und richtig! Als sie die Eiche umrundete, entdeckte sie die beiden Keile, die Arne in den Boden getrieben hatte, um den Stand an seiner Hinterseite zu fixieren. Vom Sitz selbst fehlte jedoch jede Spur.

Friederike schlug suchend einen großen Kreis um den Baum herum, als ihr Blick plötzlich an einem dichten Buschwerk zehn Meter hinter der Eiche hängen blieb. Aus dem Gestrüpp ragten zwei dunkle eckige Holzbalken heraus.

Sie näherte sich der Stelle und bückte sich, um die Holzbalken aus dem Geäst zu ziehen. Es dauerte eine Weile, bis sie sie aus dem Gesträuch befreien konnte, da sie sich immer wieder mit den diagonalen Verstrebungen, die sie zusammenhielten, in den zahllosen Ästen verkeilten. Als sie das hölzerne Gestell, das sie als die beiden hinteren Standbeine des Hochsitzes wiedererkannte, endlich ans Tageslicht befördert hatte, stellte sie entsetzt fest, dass der Sitz zu Kleinholz verarbeitet worden war. Die Balken waren nicht nur vom Rest des Sitzes abgesägt, sondern auch an mehreren Stellen mit roher Gewalt, wahrscheinlich mittels kräftiger Fußtritte, durchbrochen worden. Sie zwängte sich ein zweites Mal durchs Gestrüpp, um zu erkunden, ob sie noch weitere Teile finden würde. Und tatsächlich: Auch die beiden anderen Standbeine mitsamt ihren hölzernen Verstrebungen, die dreisprossige Leiter sowie der Aufbau und die Sitzfläche des Hochstands waren zersplittert und zerborsten achtlos im Geäst entsorgt worden.

Sie kochte vor Wut. Diese idiotischen Jagdgegner! Was bildeten die sich eigentlich ein, fremdes Eigentum zu zertrümmern?

Laut vor sich hin fluchend begann sie, die kaputten Einzelteile des Hochstands übereinanderzustapeln. Als sie die hölzerne Sitzfläche mit einem kräftigen Schwung auf den wie zu einem Scheiterhaufen aufgeschichteten Stapel beförderte, bemerkte sie, dass auf ihrer Oberseite mehrere Buchstaben in schwarzer Farbe aufgemalt waren. Sie zog das Teil noch einmal vom Stapel herunter, neigte den Kopf und betrachtete die Schriftzeichen.

A T H

Wofür mochte das stehen? Ihr klappte die Kinnlade herunter, als sich ihr das Kürzel erschloss. Logisch! A, T und H waren die Initialen des Aktionsbündnisses Tierrechte Hessen. Das konnte doch nicht wahr sein! In ihr Erstaunen darüber, dass die Jagdgegner aus den Reihen der Aktivisten kamen und auch noch die Chuzpe besaßen, ihre Signatur wie einen Bekennerbrief auf dem Werk ihrer Zerstörung zu hinterlassen, mischte sich ein ungutes Gefühl. War ihre kleine Scharade, die sie mit Hella Ohlsen ausgeheckt hatte, aufgeflogen, sodass Benz Erkundigungen über sie eingezogen hatte und sich auf diese Weise an ihr rächen wollte? Das wäre schlecht.

Was sollte sie tun? Auf sich beruhen lassen wollte sie den Vandalismus nicht. Sie musste ihn zur Anzeige bringen. Da sie wusste, dass Arne in solchen Dingen zu gutmütig war, würde sie die Sache lieber selbst in die Hand nehmen und gleich morgen Kommissar Lohmann aufsuchen.

22

Der Mann am Empfang fragte sich, was die Frau mit den kupferroten Haaren, die soeben den gläsernen Vorraum betrat, in der Polizeidirektion Wiesbaden mit einem Hund zu suchen hatte. Die Mitnahme von Vierbeinern ins Präsidium war strikt untersagt. Er betrachtete den Terrier äußerst missbilligend, als Hella sich seinem Schalter näherte.

»Guten Tag. Ich soll mich um vierzehn Uhr bei Kriminalhauptkommissar Lohmann melden«, wiederholte Hella, was sie bereits vor dem Betreten der Sicherheitsschleuse in die Sprechanlage gesagt hatte, »und zwar mit meinem Hund«, fügte sie schnell hinzu, bevor der Pförtner irgendwelche Einwände erheben konnte, da ihr sein Blick nicht entgangen war.

Der Mann zog die Augenbrauen zusammen und unterzog die Tierschutzbeauftragte wortlos einer eingehenden Musterung.

»Bitte, fragen Sie Herrn Lohmann. Es war sein ausdrücklicher Wunsch, dass ich meinen Hund mitbringe«, bekräftigte Hella, während sie ihren Personalausweis in die Durchreiche legte.

Der Pförtner sah sich den Ausweis mit demselben skeptischen Blick an, mit dem er zuvor Jagger und Hella bedacht hatte, und griff dann zum Telefonhörer. »Einen kleinen Moment bitte …«, er richtete seine Augen erneut auf das kleine Plastikkärtchen, »… Frau Dr. Ohlsen.«

Hella nickte und trat einen Schritt zurück. Sie überbrückte die Wartezeit, indem sie ihre Blicke durch die Halle schweifen ließ. Als sie das erste Mal hier gewesen war, um Lohmann Fragen zu Leila und dem Zirkus zu beantworten und ihn über den Überfall vor ihrer Haustür in Kenntnis zu setzen, hatte sie keine Zeit gehabt, sich in Ruhe umzuschauen, da der Kommissar sie direkt in sein Büro geführt hatte. Im hinteren Teil des Foyers entdeckte sie nun eine Meet-and-greet-Zone, eine kleine Sitzecke, eine Popcornmaschine sowie neonbunte Cubes und einen

Tisch mit Flyern. Sie erinnerte sich, in der Zeitung gelesen zu haben, dass das Polizeipräsidium vor zwei Tagen einen Informationsabend veranstaltet hatte, um jungen Menschen Einblicke in den Beruf und die Karrierechancen als Polizist zu gewähren.

Wenige Augenblicke später hörte sie, wie der Pförtner erneut ihren Namen nannte.

»Kriminalhauptkommissar Lohmann kommt gleich herunter und holt sie ab«, gab der aufmerksame Türhüter ihr durch den ovalen Durchsprecher hindurch zu verstehen. Seine Miene hatte sich merklich aufgehellt. Lohmann schien ihn überzeugt zu haben, dass Hella Jagger auf seinen ausdrücklichen Wunsch hin mitgebracht hatte. »Sie können so lange dort Platz nehmen«, setzte er hinzu und deutete auf die Sitzgruppe, als er Hella ihren Ausweis zurückgab.

Sie lächelte ihn dankbar an und ging mit Jagger zu einem der schwarzen Ledersessel. Sie hatte noch gar nicht richtig Platz genommen, da kam Lohmann bereits mit schnellen Schritten die Treppe heruntergeeilt.

Jagger war hocherfreut, ihn wiederzusehen. Er winselte begeistert und versuchte an dem Kriminalbeamten hochzuspringen.

»Jagger, unten bleiben«, tadelte Hella ihn.

»Ist schon in Ordnung. Diese Art der Sympathiekundgebung ist mir offen gestanden allemal lieber, als wenn er mir wieder ans Bein pinkeln würde«, sagte Lohmann mit einem breiten Grinsen.

Hella lachte auf und dachte an ihre erste Begegnung zurück.

»Übrigens schön, dass Sie kommen konnten«, setzte Lohmann ernst hinzu und drückte sanft Hellas Schulter, nachdem sich beim Terrier die Wiedersehensfreude gelegt hatte.

Hella registrierte, wie der Mann vom Empfang sie aufmerksam beobachtete.

»Gehen wir.« Lohmann geleitete Hella und Jagger zur Treppe. Er wollte gerade nachfragen, wie es Hellas Vater ging, als sie den Pförtner plötzlich ausrufen hörten.

»Hallo, junge Frau, so geht das aber nicht! Sie können hier nicht einfach so durchlaufen.«

Hella und Lohmann fuhren herum, um zu sehen, wem die Ermahnung galt. Es war Friederike, die ihnen durch die Eingangshalle hinterhereilte.

»Hallo, Herr Lohmann, hallo, Frau Ohlsen!«, rief die Journalistin freudestrahlend und winkte ihnen zu.

Der Pförtner erhob sich von seinem Sitz. Er schien unsicher, ob er einschreiten sollte, und blickte fragend zu Lohmann. Als der ihm signalisierte, dass alles in Ordnung war, setzte er sich mit einem ergebenen Achselzucken wieder hin und widmete sich weiter der Lektüre der Sportzeitschrift, die aufgeschlagen vor ihm lag.

»Das ist aber ein schöner Zufall, dass ich Sie beide hier antreffe«, sagte Friederike und schüttelte der Landestierschutzbeauftragten und dem Kriminalbeamten die Hand.

»Was führt Sie zu uns?«, fragte Lohmann.

»Ich wollte Anzeige erstatten. Bei uns im Revier hat es einen Anschlag auf eine Jagdeinrichtung gegeben. Und halten Sie sich fest: Der oder die Täter gehören dem Aktionsbündnis Tierrechte Hessen an.«

Lohmann horchte auf. »Woher wissen Sie das? Haben Sie jemanden auf frischer Tat ertappt?«

»Nein. Aber auf dem Sitzbrett des zerstörten Hochstands wurden mit schwarzer Farbe die Buchstaben A, T und H – die Initialen der Organisation – aufgemalt.«

»Das ist in der Tat interessant«, sagte Lohmann. »Kommen Sie direkt mit in mein Büro. Ich muss erst etwas mit Frau Ohlsen besprechen, und dann nehme ich Ihre Anzeige auf.«

✳✳✳

»Und weswegen sind Sie hier?«, fragte Friederike Hella, nachdem Lohmann die beiden Frauen kurz allein gelassen hatte, um, wie er sagte, schnell noch etwas zu erledigen.

»Wenn ich das mal so genau wüsste«, gestand Hella, der die Müdigkeit wie Blei in den Knochen steckte. Sie hatte auch die letzte Nacht wieder entschieden zu wenig geschlafen. »Sie haben einen Verdächtigen geschnappt, der für den Überfall auf mich in Frage kommen könnte. Herr Lohmann hatte am Telefon etwas in der Richtung angedeutet und mich darum gebeten, vorbeizukommen und Jagger mitzubringen. Ich glaube, er hofft, dass der Hund den Mann wiedererkennt«, mutmaßte Hella.

»Warum nicht? Einen Versuch ist es bestimmt wert. Wissen Sie, um wen es sich bei dem Verdächtigen handelt?« Friederike kraulte Jagger, der sich an sie schmiegte wie eine Katze, den Nacken.

»Nein, das hat er mir nicht gesagt. So wie ich es verstanden habe, gibt es aber Spuren, die darauf hindeuten, dass der Mann auch für den Brandanschlag auf den Zirkus verantwortlich sein könnte und –«

Bevor sie den Satz beenden konnte, klopfte es, und eine Polizistin mit einem offenen, fröhlichen Gesicht und einem blonden Pferdeschwanz betrat das Büro und nahm Hella und Jagger mit hinaus. Lohmann erwartete die beiden bereits ein Stück weiter den Flur hinunter.

»Alles okay?«, fragte er. Er fand, dass Hella sehr blass und angespannt aussah.

»Ja, alles in bester Ordnung.«

»Also gut. Passen Sie auf. Ich möchte, dass Sie sich zunächst einmal diese beiden Fotos hier ansehen«, er reichte Hella zwei Farbabzüge, »und mir sagen, ob Sie eins der Tattoos wiedererkennen.«

Hella sah sich die Bilder aufmerksam an. »Das hier, das könnte es gewesen sein«, sagte sie und gab Lohmann das Foto zurück, auf dem ein Oberarm mit einem tätowierten Affenkopf zu sehen war. Kritisch nahm sie noch einmal das andere Bild unter die Lupe, bevor sie ihm auch das wieder in die Hand drückte. »Nein, das hier, das passt nicht.« Sie schüttelte entschieden den Kopf.

»Okay. Ich werde jetzt mit Jagger in den Vernehmungsraum gehen, vor dem wir stehen. Sie können gerne so lange hier draußen warten. Im Raum befindet sich unser Verdächtiger, von dem wir annehmen, dass er Sie niedergeschlagen hat, und bei dem es sich womöglich um den Radfahrer handelt, den Sie am vergangenen Samstag oben am Berggasthof vom Kellerskopf gesehen haben. Ich garantiere Ihnen, dass Ihrem Hund nichts passieren wird. Ich setze lediglich auf seine Instinkte. Denn falls es sich bei dem Mann tatsächlich um den Täter handelt, bin ich fest davon überzeugt, dass unser vierbeiniger Chief Inspector ihn wiedererkennen und entsprechend reagieren wird. Sind Sie einverstanden?«

»Ja, das ist eine gute Idee! Jagger ist zuverlässiger als jeder Lügendetektor«, stimmte Hella freudig zu. Sie reichte ihm die Leine. »Na, dann viel Erfolg!«

»Auf geht's, mein kleiner Freund«, wandte Lohmann sich an Jagger und schnalzte aufmunternd mit der Zunge.

Olaf Benz saß mit ausdrucksloser Miene hinter dem Vernehmungstisch und kippelte gelangweilt mit dem Stuhl hin und her. Als er Lohmann mit dem Hund eintreten sah, hielt er inne, stützte sich mit den Ellenbogen auf der Tischplatte ab und fixierte interessiert den Terrier.

Eine angespannte Stille erfüllte den Raum. Keiner der beiden Männer sagte etwas.

Auch Jagger gab keinen Laut von sich, sondern folgte zögerlich dem Kriminalbeamten, der sich dem Tierrechtsaktivisten langsam näherte.

Der Hund blieb regungslos stehen, wobei er die Ohren leicht nach hinten anlegte, während er seine dunklen wachsamen Augen nicht von dem fremden Mann abwandte.

»Na, wen haben wir denn da? Bist du der neue Mitarbeiter vom Oberkommissar?«, sagte Benz und drehte sich leicht nach vorn gebeugt zur Seite, die Unterarme auf seinen Oberschenkeln ruhend. Er scherte sich nicht darum, dass Lohmann Kriminalhaupt- und nicht Oberkommissar war. Für ihn waren alle Polizisten nur willfährige Vollstrecker der Staatsgewalt, unabhängig von ihrem Dienstgrad.

Der Hund wich einen Schritt zurück.

Mit einem spöttischen Grinsen richtete sich der Tierrechtsaktivist an Lohmann. »Scheint etwas schüchtern zu sein, der Kleine. Wollen Sie ihn mir nicht vorstellen?«

Doch Lohmann betrachtete nur Jagger, der sich langmachte und seinen Kopf nach vorn streckte. Seine Nasenflügel vibrierten, als würden seine sensiblen Riechzellen versuchen, einzuordnen, ob er den Fremden von irgendwoher kannte. In dieser Position verharrte er einige Sekunden, zog seinen Kopf wieder zurück und machte einen Schritt auf Benz zu, bevor er erneut stehen blieb. Mit einem Mal ging ein Ruck durch seinen Körper, und er fing an, mit der Rute zu wedeln. Er war wohl zu dem Schluss gekommen, dass von Benz keine Gefahr ausging.

»So ist es fein, komm mal her zu mir«, sagte Benz und streckte dem Terrier seine Hand entgegen.

Jagger machte ein paar Schritte auf den Aktivisten zu und ließ sich ohne irgendein Anzeichen von Scheu oder Aggression zärtlich über Kopf und Rücken streicheln.

Fehlanzeige, dachte Lohmann. Benz war offensichtlich nicht ihr Mann. Eine Gegenüberstellung mit Hella konnte er sich für den Moment sparen. Er ließ Benz und den Terrier noch eine Zeit lang gewähren, bevor er sich mit Jagger wieder zum Gehen wandte.

»Tja, damit bin ich ja wohl raus aus der Nummer, was?«, frohlockte Benz mit hämischer Stimme.

Lohmann konnte förmlich spüren, wie Benz' überhebliches Grinsen sich in seinen Rücken bohrte wie eine Messerklinge. Unwillkürlich krampften sich die Finger seiner rechten Hand fester um den Türgriff. Scheißkerl, dachte er und verließ, ohne sich umzudrehen, den Vernehmungsraum.

Ihm gefiel die ganze Sache immer weniger. Wenn sie denjenigen, der für die heimtückischen Taten verantwortlich war, nicht bald kriegten, würde demnächst vielleicht ein weiteres Unglück geschehen. Das galt es unter allen Umständen zu vermeiden.

Hella saß in der Mitte des Flurs mit geschlossenen Augen, den Kopf an die Wand gelehnt, auf einem Stuhl. Als sie Jaggers feuchte Hundenase an ihrer Hand spürte, riss sie die Augen auf. »Ich muss kurz eingenickt sein«, sagte sie entschuldigend und fuhr sich mit den Handflächen über die bleichen Wangen. Sie sah aus wie ein kleines Mädchen, das man aus dem Mittagsschlaf gerissen hatte, mit leicht zerzausten Haaren und einem vom tiefen Schlummer noch etwas verschwommenen Blick.

Lohmann rührte ihr Anblick.

»Und?«, fragte sie und hielt sich die Hand vor den Mund, um ein Gähnen zu unterdrücken.

Lohmann schüttelte den Kopf.

»Schade!« Hella zog enttäuscht die Mundwinkel nach unten.

»Das muss aber nichts bedeuten«, versuchte Lohmann sie zu trösten. »Auch wenn der Mann nicht mehr unser Hauptverdächtiger ist, heißt das noch lange nicht, dass er nicht seine Finger im Spiel hat.«

»Und was nun?«, fragte Hella und nahm die Leine wieder entgegen. Kam es ihr nur so vor, oder verweilten Lohmanns Finger länger als notwendig auf ihrer Hand? Doch da war der Moment auch schon wieder vorbei.

»Lassen Sie uns zurück in mein Büro gehen. Dort mache ich uns einen starken Kaffee, und wir besprechen alles Weitere, nachdem ich die Anzeige von Frau Roth aufgenommen habe. Vielleicht ergeben sich daraus weitere nützliche Hinweise für unsere Ermittlungen.«

Während die Kaffeemaschine mit lautem Zischen und Blubbern tröpfchenweise ein tiefschwarzes Gebräu in die gläserne Kanne auf der kleinen Heizplatte filterte, ließ Lohmann sich von Friederike in allen Einzelheiten berichten, welche Beobachtungen sie im Jagdrevier ihres Lebensgefährten gemacht hatte.

»Es ist gut, dass Sie zu uns gekommen sind«, sagte Lohmann, nachdem die Journalistin ihre Schilderungen beendet und sie sich alle drei einen großen Schluck Kaffee gegönnt hatten.

Hella japste. Mit dem Kaffee konnte man Tote aufwecken.

»Ich kann Ihnen nur dringend raten«, meinte Lohmann zu Friederike, »sich unverzüglich an die Polizei zu wenden, wenn sie erneut beschädigte oder zerstörte Hochsitze in Ihrem Revier vorfinden, auch um zu verhindern, dass Sie wichtige Spuren verwischen. Das gilt ebenso für den Fall, dass Sie jemand Verdächtigen beobachten. Sie sollten sich auf keinen Fall selbst mit diesen Leuten anlegen.«

»Ich werde Ihren Rat beherzigen«, versprach sie. Allerdings wollte sie lieber nicht die Hand dafür ins Feuer legen, dass ihr nicht die Sicherungen durchbrannten, wenn sie einen der Jagdgegner in flagranti dabei erwischte, wie er sich an ihren Jagdeinrichtungen zu schaffen machte. »Vielleicht bin ich ja auch selbst schuld«, räumte sie nach kurzem Zögern ein.

Erstaunt sah Lohmann sie an. »Wie kommen Sie darauf? Hatten Sie im Vorfeld Streit mit Mitgliedern des ATH?«

»Nein, aber –«

Hella versuchte Friederike mit einer versteckten Geste zum Schweigen zu bringen. Doch leider entging auch Lohmann Hellas Handzeichen nicht.

»Gibt es irgendetwas, das ich wissen sollte?« Eine gewisse Schärfe lag in seinem Ton.

Friederike schwieg verlegen.

Hella winkte beschwichtigend ab. »Ist schon okay. Erzählen Sie es ihm ruhig.«

Lohmann sah erwartungsvoll von einer zur anderen. »Ich höre.«

»Ich … also ich bin vor einigen Tagen bei einer Veranstaltung des Aktionsbündnisses in Wiesbaden-Dotzheim gewesen, um mich ein wenig umzuhören … wegen der Geschichte, die ich für meine Zeitung über Leila und den Toten schreibe. Sie wissen ja«, begann Friederike stockend.

»Ja, das ist mir bekannt. Und weiter?«

»Nun, ich habe mich den Aktivisten gegenüber nicht als Journalistin zu erkennen gegeben.«

»Mit anderen Worten: Sie haben undercover recherchiert?« Lohmann tippte ungeduldig seine Fingerspitzen gegeneinander.

»Genau. Ich habe so getan, als wäre ich eine Tierschützerin, um mich als neues Mitglied des ATH werben zu lassen.«

»Es war ganz allein meine Idee«, warf Hella ein.

»Hm«, machte Lohmann und sah Hella bedeutungsvoll an. Dass die Ohlsen das ausgeheckt hatte, wunderte ihn gar nicht.

»Sie sind der Polizei wohl gerne eine Nasenspitze voraus, wie mir scheint«, sagte er mit einem leicht süffisanten Unterton.

Hella grinste.

»Was genau wollten die Damen denn mit ihrer geheimen Mission herausbekommen?«, wandte Lohmann sich wieder an Friederike.

»Wir wollten wissen, ob die Aktivisten Leila befreit haben. Wenn ich sie das als Journalistin gefragt hätte, hätten die mir bestimmt keine ehrliche Antwort gegeben.«

»Und … haben Sie eine ehrliche Antwort bekommen?«

Friederike schüttelte bedauernd den Kopf. »Nö, leider nicht.«

»Und jetzt glauben Sie, die Aktivisten hätten herausgefunden, dass Sie sie getäuscht haben und dass Sie nicht nur eine Journalistin sind, sondern noch dazu eine Jägerin, die Tiere tötet, und dass sie deswegen hingegangen sind und den Hochsitz bei Ihnen im Revier zerstört haben.«

»Ja, wäre doch gut möglich«, ereiferte sich Friederike. »Ich an deren Stelle wäre jedenfalls stinksauer, wenn ich das erfahren würde.«

Lohmann seufzte. Er hieß es keineswegs gut, dass Hella Ohlsen ihm fortlaufend in seine Ermittlungen reinpfuschte und nun auch noch die Journalistin mit hineinzog, indem sie sie als Privatdetektivin auf die Tierrechtsaktivisten ansetzte. Aber erstens konnte er Frau Roth nicht vorschreiben, wie sie ihre Recherchen gestaltete. Und zweitens hatte er begriffen, dass Hella sich nicht darum scherte, was andere über sie dachten oder ob sie guthießen, was sie tat. »Wann genau haben Sie sich mit den Aktivisten getroffen, und mit wem haben Sie gesprochen?«, bohrte er weiter nach.

»Das war am Donnerstagabend. Wir sind nach der Veranstaltung zu fünft noch in ein Bistro gegangen, um uns zu unterhalten. Geredet habe ich aber eigentlich nur mit dem Vorsitzenden des Vereins.«

»Mit Olaf Benz?«

Friederike nickte.

Lohmann dachte nach und stand auf, um die Deckenbeleuchtung einzuschalten. Obwohl es noch recht früh am Nachmittag war, war es bereits dämmerig. Kompakte dunkle Regenwolken überzogen den herbstlichen Himmel und kündigten neue kräftige Schauer an. »Ging es bei Ihrem Gespräch nur um Leila?«, fragte er, während er das Licht anmachte.

Hella zwinkerte Friederike hinter Lohmanns Rücken zu. Er schien die Kröte geschluckt zu haben.

Friederike stierte in ihre Tasse mit dem mittlerweile kalt gewordenen Kaffee und ließ das Treffen mit den Aktivisten im Geiste noch einmal Revue passieren.

»Nein, nicht nur. Benz hat sich furchtbar wichtiggemacht mit seinem Verein. Für ihn scheint es ein absolutes Muss zu sein, Tiere zu retten, selbst wenn er dadurch mit dem Gesetz in Konflikt gerät.« Sie blickte aus dem Fenster und dachte daran, wie schnodderig der Aktivist den Tod des Joggers abgetan hatte, als wäre das Leben eines Tieres mehr wert als ein Menschenleben. »Ich glaube, er hält sich für einen Messias, der mit seinen Jüngern, die er um sich schart und die ihn grenzenlos zu bewundern scheinen, die Welt retten will«, setzte sie hinzu, als ihr wieder in den Sinn kam, wie kritiklos Simon seinen Freund angehimmelt hatte.

Lohmann saß mit vor dem Gesicht gefalteten Händen da und hörte Friederike aufmerksam zu. Ihre Worte hatten plötzlich etwas in ihm ausgelöst, als hätte er den entscheidenden Zipfel gesehen, den es zu packen galt. Er konnte ihn nur auf Anhieb nicht richtig greifen. »Reden Sie ruhig weiter«, ermunterte er sie.

»Vom behördlichen Tierschutz, wie ihn Frau Ohlsen betreibt, hält er jedenfalls nichts.«

Friederike suchte erneut den Blickkontakt zu Hella, die es aber vorzog, sich mit weiteren Bemerkungen zurückzuhalten.

»Hat er Ihnen das so direkt gesagt?«

»Ja, das hat er unumwunden zugegeben. Für ihn zählt nur organisierter Widerstand aus der Mitte der Gesellschaft, nach dem Motto, je mehr Krawall, desto mehr öffentliche Aufmerksamkeit kann man erreichen –«

»Stopp!«, fiel ihr Lohmann mit erhobenen Händen ins Wort. Da war es wieder, dieses Gefühl, das fehlende Puzzleteil unmittelbar vor Augen zu haben. Doch diesmal war es greifbarer. Er fasste sich an die Schläfen und wiederholte in Gedanken, was Friederike soeben gesagt hatte.

Er hatte es.

Benz' Jünger.

Öffentliche Aufmerksamkeit erreichen.

Das war es.

Er hatte sich viel zu sehr auf den Vorsitzenden des Aktionsbündnisses konzentriert. Aber was, wenn der Schlüssel zur Lösung des Falls nicht unmittelbar bei Olaf Benz läge, sondern bei jemandem aus seinem Umfeld; jemandem, der mit seinen Taten auf *sich* aufmerksam machen wollte, aus welchen Gründen auch immer? Lohmann lächelte. »Danke, Frau Roth. Es könnte sein, dass Ihr Undercovereinsatz unter dem Strich doch etwas erbracht hat.«

23

»Okay, Leute, das wäre es von meiner Seite. Wir sollten unseren Radius auf Personen aus dem Dunstkreis von Benz ausweiten. Aber vorher will ich wissen, was ihr zu berichten habt.«

Es war acht Uhr morgens. Lohmann saß mit den drei Kollegen zusammen, die die Soko Carina bildeten und eigens für die Ermittlungen zum Fall vom üblichen Tagesgeschäft abgezogen worden waren. Er hatte die Besprechung damit begonnen, seinen Kollegen darzulegen, welche Schlüsse er aus dem Gespräch mit Friederike Roth gezogen hatte. Nachdem er gestern noch einmal gründlich über die Worte der Journalistin nachgedacht hatte, war er inzwischen fest davon überzeugt, dass der, den sie suchten, entweder einer von Benz' Mitstreitern oder jemand anders aus seinem näheren Bekannten- oder Freundeskreis war.

»Gerd, willst du beginnen?«

Gerd legte sein Wurstbrötchen beiseite und wischte sich seine fettigen Finger an der Hose ab. Seine Kollegen grinsten. Gerd kam nie länger als zwei Stunden ohne etwas zu essen aus, auch wenn man ihm seinen unstillbaren Hunger nicht ansah. Er hatte die Figur eines Zehnkämpfers, groß, breitschultrig, schlank und durch und durch muskulös. Er trieb zwar regelmäßig Sport, offensichtlich verfügte er aber auch über beneidenswerte Gene, die alles, was er in sich hineinstopfte, sofort verstoffwechselten.

»Ich kann's kurz machen«, sagte er, nachdem er sich mit dem Handrücken die Krümel vom Mund abgewischt hatte. »Die Reifenspuren, die wir in Bad Schwalbach gefunden haben, stammen nicht von Benz' Trekkingbike. Es handelt sich um ein Herrenfahrrad mit Reifen der Marke Schwalbe Road Cruiser Reflex, HS 484. Das Besondere an den Reifen ist, dass das Gummi, aus denen sie gefertigt werden, ausschließlich aus nachwachsenden und recycelten Rohstoffen besteht. Aller Voraussicht nach haben wir es also mit jemandem zu tun, der Wert darauf legt, seinen ökologischen Fußabdruck so klein wie möglich zu halten.

Apropos Fußabdruck«, Gerd biss erneut von seinem Brötchen ab, kaute kurz und sprach dann mit halb vollem Mund weiter, »die Fußabdrücke, die die Kollegen von der Spurensicherung gefunden haben, stammen naheliegenderweise von Schuhen, die speziell für den Trekkingbereich angefertigt werden. Der Träger lebt auf ziemlich großem Fuß. Er hat Schuhgröße siebenundvierzig.«

»Danke, Gerd«, sagte Lohmann, »lass es dir schmecken.« Allgemeines Gelächter erfüllte den Besprechungsraum.

»Claudia, hast du inzwischen Rückmeldung vom Grafologen?« Lohmann machte eine Geste in Richtung der jungen Kriminalkommissarin mit den schulterlangen blonden Haaren, die, wie bei jeder ihrer Besprechungen, mit dem Druckknopf ihres Kugelschreibers herumspielte. Diese leidige Angewohnheit machte Lohmann immer ganz nervös, auch wenn er die Siebenundzwanzigjährige sehr schätzte, da sie ihren männlichen Kollegen in puncto physischer und psychischer Belastbarkeit in nichts nachstand.

»Ja, er hat mir heute früh um sieben sein Gutachten per Mail zugeleitet. Er ist sich sicher, dass der Verfasser des Drohschreibens, das an Frau Dr. Ohlsen gerichtet war, männlich und Linkshänder ist.«

»Linkshänder?«, wiederholte Lohmann.

»Ja, und zwar begründet er das unter anderem mit der … wartet, ich muss gerade schauen, wie der Fachbegriff dafür heißt …«, Claudia blätterte in dem Ausdruck, den sie sich von dem Gutachten für die Besprechung angefertigt hatte, während sie mehrfach auf ihren Kuli klickte, »… mit der sogenannten Konter-Horizontal-Bewegung, die ausschließlich bei Linkshändern vorkommt. Das sind von rechts nach links geschriebene Querstriche wie die t-Striche bei dem Wort ›Miststück‹. Als weiteres Indiz führt er die Bewegungsrichtung im Uhrzeigersinn beim i-Punkt beziehungsweise den Punkten über dem ü auf, die, wie er sagt, auch typisch für Linkshänder ist und in dem Drohschreiben ebenfalls im Wort ›Miststück‹ vorkommt.«

»Großartig. Das engt den Kreis der Verdächtigen ein.«

»Ich habe den Text auch einem unserer linguistischen Analytiker gezeigt«, fuhr Claudia fort. »Er geht – unter dem Vorbehalt, da es sich nur um einen einzelnen Satz handelt – davon aus, dass der Schreiber eine gute Schulbildung genossen hat, wahrscheinlich sogar über Abitur verfügt, da Text und Interpunktion fehlerfrei sind. Da ideologische Versatzstücke fehlen, lässt sich dem Linguisten zufolge allerdings nicht sagen, ob der Verfasser möglicherweise der Tierrechtsaktivistenszene zuzuordnen ist oder ob er aus einer völlig anderen Ecke kommt und vielleicht noch eine alte Rechnung mit Frau Ohlsen offen hat.«

»Okay. Wie sieht es mit Fingerabdrücken aus?«

»Die Kriminaltechnik hat welche auf dem Schreiben gefunden. Allerdings gibt es dazu in unserem System keine Entsprechung.«

»Sehr gut, Claudia.« Das bestätigte Lohmann in seiner Annahme, dass Benz nicht der Verfasser sein konnte, denn sie hatten seine Fingerabdrücke genommen und im System gespeichert. Außerdem war er Rechtshänder. Er schaute in die Runde. »Gibt es sonst noch etwas Erhellendes zu der Brandstiftung beziehungsweise zum Angriff auf Frau Dr. Ohlsen beizusteuern? … Nichts, so wie es aussieht«, sagte er, nachdem sich niemand zu Wort meldete. »Dann kommen wir zu von Clausen und Häuser. Wie weit seid ihr mit der Auswertung der beschlagnahmten Unterlagen, Hans?«

Hans Specht, ein Mittvierziger von mittelgroßer Statur mit einem kleinen grauen Bärtchen, das sein kantiges Kinn senkrecht in zwei Hälften teilte, holte Luft, während seine Kollegen sich bereits innerlich darauf vorbereiteten, dass jetzt wieder einer der langatmigen Vorträge folgte, zu denen Hans neigte.

»Okay, wo soll ich anfangen?«

»Bitte nicht bei Adam und Eva«, warf Gerd ein und stupste die neben ihm sitzende Claudia, die leise kichernd durch die Nase schnaubte, dezent mit dem Ellenbogen an.

»Also gut, Gerd, dir zuliebe fasse ich mich kurz«, begann Hans. »Von Clausen pflegt einen äußerst luxuriösen Lebensstil.

Die Villa in Heidenrod, die er und seine Frau bewohnen, hat einen Marktwert von über einer Million Euro und ist mit allem ausgestattet, was das Herz begehrt, Sauna, Whirlpool, einem gut vierhundert Quadratmeter großen Gartengrundstück, das vor Kurzem komplett neu gestaltet wurde, einschließlich künstlicher Bewässerung, aufwendiger Beleuchtungsinstallationen und ähnlich modernem Schnickschnack. Dazu kommen eine Dienstlimousine und ein Porsche Panamera sowie eine Ferienwohnung im Tessin.«

»Landrat müsste man sein«, warf Gerd ein und packte einen Schokoriegel aus.

»Habt ihr irgendwelche Unregelmäßigkeiten entdeckt?«, fragte Lohmann.

»Nein, das sieht alles sauber aus. Auf seinem Konto haben wir keine Auffälligkeiten finden können, und Steuern hat er, soweit wir das ermitteln konnten, auch keine hinterzogen.« Hans fuhr sich mit dem Daumen über sein Bärtchen. »Vor vier Jahren hat er zudem eine Erbschaft gemacht, nachdem sein Vater verstorben ist. Der hat ihm eine recht erkleckliche Summe hinterlassen, die zu einem Großteil in die Renovierung der Villa der von Clausens geflossen ist.«

Lohmann warf einen Blick auf die Wanduhr. Es war Viertel vor neun. Um neun sollte der Landrat im Präsidium zu einer erneuten Vernehmung erscheinen. Lohmann wollte ihn wegen der Erpressung zur Rede stellen, in der Hoffnung, dass von Clausen ihm nähere Anhaltspunkte über den Absender liefern könnte. Doch das hatte keine Eile. Der Landrat konnte ruhig ein wenig schmoren.

»Was konntet ihr über Verbindungen zwischen dem Landratsamt und dem Bad Schwalbacher Veterinäramt in Erfahrung bringen?«

»Es stimmt, was dir Frau Ohlsen gesagt hat, Bernd. Vor sieben Jahren hat sich dieser Hauser –«

»Häuser«, korrigierte ihn Claudia.

»Wie? … Na meinetwegen auch Häuser … hat sich Häuser Ärger wegen einer schlampigen Kontrolle eines Schlachthofs eingehandelt. Zu seinen Aufgaben gehörte damals die amtstierärztliche Lebensmittelüberwachung.«

»Wodurch ist das aufgeflogen?«, fragte Lohmann.

»Ein findiger Journalist muss über eine gut unterrichtete Quelle Wind davon gekriegt haben, dass in dem besagten Schlachtbetrieb katastrophale hygienische Zustände herrschten, ohne dass etwas passierte. Denn statt auf die Einhaltung der Hygienevorschriften zu drängen und eine Ordnungsstrafe zu verhängen, hat Häuser, wie aus den Presseberichten hervorgeht, über Monate beide Augen zugedrückt und die Sauereien unbeanstandet durchgehen lassen. Das hat für mächtig Wirbel gesorgt. Und obwohl Häuser seinen Kopf nur mit Ach und Krach aus der Schlinge ziehen konnte, weil man ihn nie zweifelsfrei wegen Amtsmissbrauch drankriegen konnte, ist er zwei Jahre später – schwuppdiwupp – die Karriereleiter hinaufgestolpert und wurde zum Leiter des Bad Schwalbacher Veterinäramts ernannt.«

»Und du meinst, von Clausen hatte da seine Finger im Spiel?«

»Ganz sicher. In den Zeitungen stand, dass sich von Clausen damals schützend vor seinen Parteifreund gestellt und alles dafür getan hat, einen Skandal zu vermeiden. Der Schlachthof ist schließlich ein wichtiger wirtschaftlicher Faktor für die Region. Wenn der hätte schließen müssen, hätte das für von Clausen schlecht ausgesehen …«

»… und als Gegenleistung dafür, dass er Häuser aus der Patsche geholfen und ihn auf den leitenden Posten im Veterinäramt gehievt hat, hat der ein geschöntes Gutachten über Leila beschafft, damit der Landrat sich im Wahlendspurt keinen Ärger mit dem Zirkus einhandelt«, vollendete Bernd den Satz.

»Für mich liegt das auf der Hand«, sagte Hans mit einer bedeutungsvollen Geste. »Das Problem ist nur, dass wir das schwer beweisen können … Hat sich der anonyme Hinweisgeber eigentlich noch einmal bei dir gemeldet?«

»Nein, leider nicht.« Lohmann schüttelte bedauernd den Kopf. Nachdenklich sah er in die Runde. »Claudia, du knöpfst dir bitte noch mal Häuser vor. Appelliere ruhig an sein männliches Ego. Der Typ hat ein Faible für schöne Frauen, wahrscheinlich kriegst du ihn so am besten ans Reden.«

»Ich werde meinen ganzen Charme spielen lassen«, versprach Claudia mit einem gespielten Augenaufschlag.

»Ich wusste gar nicht, dass du welchen hast«, frotzelte Gerd und kassierte prompt einen Fausthieb auf seinen linken Oberarm. »So kenne ich dich schon eher«, sagte er lachend und duckte sich weg, um einem zweiten Schlag auszuweichen.

»Gerd, könntest du jetzt bitte mal ernst bleiben«, fuhr ihn Lohmann gereizt an. Ihm war die Lust auf Späße vergangen. Die Vorstellung, dass von Clausen und Häuser unter Umständen nur um ihrer Karrieren willen gewissenlos das Leben eines Menschen aufs Spiel gesetzt hatten, brachte ihn auf die Palme. »Ich möchte, dass du nach Frankfurt fährst und Birkenfeld, diesen Verhaltensbiologen, der das Gutachten angefertigt hat, in die Mangel nimmst. Der dürfte von seiner Dienstreise ja wohl endlich zurück sein. Wenn nicht, sag seiner Sekretärin, dass wir ihn vorladen, falls er uns nicht umgehend Rede und Antwort steht.«

Damit beendete Lohmann die Sitzung und ging in den Vernehmungsraum, um von Clausen ins Gebet zu nehmen, und er schwor sich, den Landrat so lange weichzukochen, bis er geständig war.

24

Mit einem lauten Klirren landete die Teetasse auf dem Unterteller. Sichtlich um Fassung bemüht, klemmte Charlotte Lippert die Hände zwischen ihre Oberschenkel und drückte ihren Rücken durch, als Scham und Wut sie übermannten.

Hella saß im Wohnzimmer des kleinen Reihenhauses, das die Amtstierärztin seit zwölf Jahren ihr Eigen nannte, und betrachtete die Frau mit den aschblonden, von vereinzelten grauen Fäden durchzogenen Haaren und dem verhärmten Gesicht, das so wenig einprägsam war, dass man es gleich wieder vergaß, kaum dass man es wahrgenommen hatte.

Die Wohnungseinrichtung, die sich auf das Nötigste beschränkte (keine Pflanzen, keine Bücherregale, nur schmucklose Wände und blanke Böden) und ausschließlich in den Farben Weiß, Schwarz und Grau gehalten war, erschien Hella wie ein Spiegel von Lipperts Persönlichkeit – kühl, geradlinig und durchdacht – und unterstrich die unterschwellige Tristesse, die von der Fünfzigjährigen ausging. Es gab nichts, woran sich das Auge festhalten konnte, abgesehen von dem großen Kratzbaum neben dem Fenster.

Nach ihrem Gerichtstermin in Frankfurt war Hella eingefallen, dass Lippert vor fünf Jahren mit Häuser um die Leitung des Bad Schwalbacher Veterinäramts konkurriert hatte. Hella war Lippert bislang nur einmal begegnet, schätzte sie aber als eine Frau ein, die ihre Pflichten äußerst ernst nahm und die es deshalb sehr schmerzen musste, dass Häuser ihr den Rang abgelaufen hatte und sie weiterhin unter ihm arbeiten musste. Wenn jemand den Amtstierarzt auf dem Kieker hatte, dann sie.

»Frau Lippert, ich bin Ihnen sehr dankbar, dass Sie eingewilligt haben, sich mit mir zu treffen. Glauben Sie mir, wenn es nicht so wichtig wäre, würde ich Sie mit meinem Anliegen nicht behelligen«, begann Hella.

»Sie brauchen sich nicht vor mir zu rechtfertigen. Sie tun

mir sogar einen Gefallen. Ich hätte schon viel früher den Mund aufmachen sollen. Fragen Sie mich daher alles, was Sie wissen wollen. Ich helfe Ihnen gerne.« Lippert schien sich wieder völlig unter Kontrolle zu haben und schenkte sich Tee nach.

»Das ist sehr nett von Ihnen. Ich will nur, dass Sie wissen, dass ich Ihnen nicht schaden will«, sagte Hella, die mit einer derartigen Offenherzigkeit nicht gerechnet hatte.

»Ich kriege nachts kein Auge mehr zu, seitdem dieser junge Mann von dem Elefanten getötet wurde. Es ist auch meine Schuld. Ich hätte das verhindern können, wenn ich nicht so feige gewesen wäre.« Lippert sah mit versteinerter Miene an Hella vorbei in den Garten. Ihr schwarzer Kater strich um ihre Beine und schnurrte leise.

Hella schwieg. Sie spürte, wie schwer Lippert die Beichte fiel.

Als die Amtstierärztin wieder anfing zu sprechen, fixierten ihre Augen den Horizont, als stünde dort geschrieben, was sie sagen wollte. Am Himmel trieben schiefergraue Regenwolken vorbei. Der Herbst hatte sich endgültig gegen den Sommer durchgesetzt. »Eines Tages kam von Clausen wie so oft bei uns im Amt vorbei. Er hängt ja ständig bei seinem Duzfreund Rudolf rum. Das war an dem Tag, als der Zirkus seine Zelte in Bad Schwalbach aufgeschlagen hat. Es war während der Mittagspause. Das weiß ich noch so genau, weil alle anderen zum Mittagessen gegangen waren. Mir ging es jedoch nicht gut. Deshalb bin ich im Büro geblieben. Von Clausen und Häuser dachten aber wohl, dass ich mit den anderen weg wäre. Die beiden haben sich in Häusers Büro zurückgezogen, aber die Tür nicht zugemacht, obwohl Häuser ja ein so unangenehm lautes Organ hat, dass man ihn selbst durch geschlossene Wände hört.« Ihre Abneigung gegenüber ihrem Vorgesetzten war nicht zu übersehen. Der Kater sprang auf ihren Schoß. Mechanisch kraulte Lippert sein glänzend schwarzes Fell.

»Jedenfalls habe ich klar und deutlich gehört, wie Häuser zunächst von Clausen erklärt hat, dass die Haltungsbedingungen der Tiere beim Zirkus Carina nicht den tierschutzrechtlichen

Standards entsprächen und die Elefantenkuh Leila bereits mehrfach Menschen angegriffen habe und dass es daher unverantwortlich wäre, wenn der Elefant vor Publikum aufträte. Der Landrat hat nur gelacht und erwidert, das sei ihm egal, dann müsse er – Häuser – halt dafür sorgen, dass irgendjemand dem Zirkus das Gegenteil bescheinige. Er habe keine Lust, sich so kurz vor den Landratswahlen mit – ich zitiere – ›einem unterbelichteten Haufen von Schaustellern Ärger einzuhandeln‹«, sie knetete verlegen ihre Hände, als schäme sie sich für diese Äußerung, »und sich mit diesen Leuten unter Umständen vor Gericht herumzustreiten, weil sie ihr Recht auf freie Berufsausübung verletzt sähen, wenn er ihnen verweigere, in Bad Schwalbach aufzutreten.« Lippert brach ab. Ihr Mund war nur noch ein schmaler weißer Strich.

»Und Häuser ist daraufhin eingeknickt?«

»Natürlich! Ohne von Clausen wäre er doch nie dahin gekommen, wo er jetzt ist. Es ist schließlich ein offenes Geheimnis, dass der Landrat seinerzeit den Gleichstellungsbeauftragten des Landkreises bestochen hat, damit Häuser die Amtsleitung bekommt – trotz des Hygieneskandals – und nicht ich.« Lippert schnaubte verächtlich. »Kaum war von Clausen aus der Tür, hat Häuser sich ans Telefon gehängt und Professor Birkenfeld angerufen.« Ihre Augen waren jetzt so dunkel, dass Hella glaubte, bis auf den Grund ihrer Seele blicken zu können, auf dem sich ihr jahrelang gehegter Groll angesammelt hatte.

Der Kater glitt vom Schoß der Amtstierärztin und machte es sich auf der Fensterbank bequem, wo er anfing, sich ausgiebig zu putzen.

»Als dann aber die Sache mit Leila und dem Jogger passiert ist, hat er getobt und von Clausen verflucht. Nur konnte er ja schlecht hingehen und in alle Welt hinausposaunen, dass der Landrat ihn gezwungen hatte, dem Zirkus wider besseres Wissen einen Persilschein auszustellen. Also hat er gleich am Morgen nach dem Unglück den Zirkusdirektor in aller Frühe zu sich zitiert und seinen Ärger an ihm ausgelassen.«

Nach oben buckeln und nach unten treten, dachte Hella

abfällig und trank einen Schluck von ihrem Tee, auf dessen Oberfläche sich ein öliger Film gebildet hatte. Er schmeckte bitter. Wie ihr Menschen ohne Rückgrat wie Häuser zuwider waren.

»Die beiden haben gestritten wie die Kesselflicker. So wütend habe ich Häuser noch nie erlebt. Die Wände haben gewackelt, so laut hat er gebrüllt. Ich glaube, er hatte Angst, dass es ihn diesmal wirklich den Hals kosten würde, wenn die Kungelei auffliegt.«

Hella hatte den Eindruck, dass es Lippert nicht nur guttat, ihr Gewissen zu erleichtern, sondern es Häuser zugleich auch endlich heimzahlen zu können. »Das wird es auch, darauf können Sie Gift nehmen«, bedeutete sie ihr.

Über Lipperts Gesicht huschte ein schwaches Lächeln, das ihren verhärmten Ausdruck jedoch nur noch mehr unterstrich. »Na ja, jedenfalls hat der Zirkusdirektor gemeint, dass er davon ausgehe, dass Tierrechtsaktivisten den Elefanten befreit hätten. Häuser hat ihm daraufhin gesagt, dass ihnen das, sollte das tatsächlich so gewesen sein, auch nicht mehr viel nütze, und hat den Zirkusdirektor rausgeschmissen.«

Hella fuhr sich durchs Haar und nickte. Für das, was Charlotte Lippert ihr soeben erzählt hatte, fiel ihr nur ein Wort ein: schäbig. Von Clausen und Häuser hatten nicht eine Minute darüber nachgedacht, welche Konsequenzen ihr verantwortungsloses Handeln haben könnte, weil ihnen ihr eigenes Hemd näher war als ihre Hose. Aber sie würde dafür sorgen, dass sie ihrer gerechten Strafe zugeführt würden. »Was ich nur nicht verstehe«, wandte sie ein, »hat denn niemand außer Ihnen den Streit zwischen Häuser und dem Zirkusdirektor mitbekommen, wo es doch so lautstark zuging?«

Lippert sah Hella mit einem gequälten Ausdruck an. »Und ob … alle … alle haben es mitbekommen.«

Hella zog verblüfft die Augenbrauen hoch. »Wie, alle? Und keiner hat etwas gesagt?«

Lippert seufzte. »Nein, keiner von uns hat sich getraut.«

»Aber warum?« Der Tee hatte einen pelzigen Geschmack

auf Hellas Zunge hinterlassen. Sie hätte gern ein Glas Wasser getrunken, wagte aber nicht, Lipperts Beichte zu unterbrechen.

»Weil Häuser uns samt und sonders zu Stillschweigen verdonnert und uns damit gedroht hat, uns fertigzumachen, wenn auch nur einer von uns es wagen würden, sich an die Polizei zu wenden. Sie glauben gar nicht, was für ein widerlicher Tyrann er sein kann. Der kann einem das Leben zur Hölle machen.«

Das wiederum wunderte Hella nicht. Sie sann eine Weile über ihre nächsten Worte nach und holte dann tief Luft. »Frau Lippert. Ihnen ist klar, dass ich das nicht für mich behalten kann. Ich muss das der Polizei melden.« Sie machte eine Geste, die ihr Bedauern darüber ausdrückte, Lippert unter Druck setzen zu müssen.

Die Amtstierärztin nickte schwach. Hella erkannte, dass sich Lippert darüber längst im Klaren gewesen war. In ihren Augen schimmerten Tränen. »Ich weiß. Tun Sie das … Ich gebe das der Kriminalpolizei gerne zu Protokoll, auch wenn es das schreckliche Unglück nicht mehr ungeschehen und den armen Mann nicht wieder lebendig machen kann. Aber vielleicht hilft die Wahrheit seiner Lebensgefährtin dabei, seinen Tod zu überwinden.«

**

Hella war müde und sie fror. Ein leichter Sprühregen fiel vom Himmel, von der Sorte, die sich wie ein dünner, feuchter Vorhang auf die Erde senkte. Mit hochgezogenen Schultern strebte sie zwischen den Gräbern hindurch, auf denen vereinzelt zum Gedenken an die Verstorbenen Grabkerzen brannten. Die Familiengruft der Ohlsens lag im hinteren Teil des Friedhofs in dem kleinen östlichen Wiesbadener Vorort Kloppenheim. Eingebettet zwischen kleinen Schrebergärten, Getreidefeldern, Rübenackern und Pferdekoppeln, fanden die Toten hier ihre letzte Ruhe.

Die Beichte von Charlotte Lippert hatte Hella aufgewühlt. Ein Mensch war völlig sinnlos gestorben, nur weil andere Menschen ihr Ego über ihre Pflichten gestellt hatten. Alte Schuldgefühle kamen in ihr hoch, und sie hatte das starke Bedürfnis, das Grab ihrer Schwester zu besuchen.

»Ach, Carla, du glaubst nicht, wie sehr ich mir wünsche, du wärest noch am Leben und ich könnte von Angesicht zu Angesicht mit dir reden, statt an dieser verdammten Gruft stumme Zwiesprache mit dir halten zu müssen. Ich werde mir nie verzeihen, dass du wegen meiner Unachtsamkeit ums Leben gekommen bist«, seufzte sie. »Ich stelle mir oft vor, wie du heute wohl aussähst. Bestimmt wärest du eine bildhübsche Frau mit deinem Engelsgesicht und deiner zarten, makellosen Haut, um die ich dich als Kind immer beneidet habe, und hättest selbst eine Tochter ... Ach was, wahrscheinlich hättest du mindestens drei Sprösslinge, vom pubertierenden Teenager, der dich in die Verzweiflung treibt, bis hin zu einer süßen kleinen Prinzessin oder einem frechen kleinen Lausbuben. Und ich wäre die nervige Tante, die sich ab und an bei euch zum Essen einlädt, den Kindern Blödsinn erzählt und sich dann wieder vom Acker macht.« Hella lächelte still in sich hinein bei der Vorstellung, wie sie mit ihren imaginären Nichten und Neffen Schabernack trieb, während sie sich bückte, um ein paar Blätter aufzuheben, die der Wind auf das Grab geweht hatte. Ihre Gedanken kehrten zu dem toten Mann aus Bad Schwalbach zurück, und ihr Lächeln erlosch. »Ich denke, es ist das Klügste, wenn ich Lohmann gleich heute Abend berichte, was ich von Charlotte Lippert erfahren habe. Er wird bestimmt nicht begeistert sein, dass ich wieder hinter seinem Rücken herumgeschnüffelt habe. Aber damit kann ich leben. Und je eher er es weiß, umso besser ... Ja, so werde ich es machen«, sagte sie nach einigem Nachdenken.

Sie sah auf ihre Armbanduhr. Es war Viertel nach sechs. Wann machte ein Kriminalhauptkommissar Feierabend? Bestimmt nicht so früh. Sie wählte die Nummer von Lohmanns Diensthandy, landete aber nur auf der Mailbox.

Da fiel ihr ein, dass Lohmann ihr am Kellerskopf seine private Adresse aufgeschrieben hatte für den Fall, dass es etwas Dringendes gäbe und sie ihn telefonisch nicht erreichen könnte. Das hier war dringend, befand Hella, während sie schnellen Schrittes an der kleinen Aussegnungshalle vorbei zurück zum Ausgang lief und dabei ihren Rucksack durchwühlte, bis sie schließlich die Rechnung vom Berggasthof fand, auf deren Rückseite Lohmann seine Anschrift notiert hatte. Er wohnte gleich im nächsten Vorort.

Sie sprang ins Auto und verzichtete darauf, das Navi einzuschalten, da sie den Weg gut kannte. Den Rundwanderweg, der in der Nähe von Lohmanns Haus verlief und der durch ein romantisches Tal inmitten eines dichten Hochwalds und entlang von Streuobstwiesen führte, war sie schon oft mit Jagger gegangen.

Am Ende des kleinen kopfsteingepflasterten Verbindungswegs bog sie links auf eine schmale Straße, die sich zwischen alten Fachwerkbauten und verwinkelten, windschiefen Häusern hindurchwand und die so typisch war für die einstmals beschaulichen Winzer- und Bauerndörfer Hessens, lange bevor Autos die Straßen erobert hatten. Manchmal jedoch blitzte der Charme alter Zeiten, den Hella selbst nur aus Büchern und von Postkarten kannte, wieder auf, nämlich dann, wenn das Klappern der Hufe der Pferde erklang, die durch die engen Gassen auf ihre Koppeln oder zu ihren Reiterhöfen geführt wurden.

An der Einmündung mit Blick auf die alte Hofreite setzte Hella den rechten Blinker und folgte der steil bergan steigenden Straße, die zwischen Feldern, weitläufigen Streuobstwiesen und bewaldeten Abschnitten hindurch geradewegs nach Auringen führte.

Nach einer knappen Viertelstunde stand sie vor dem kleinen Einfamilienhaus mit der Nummer 13, in dem Lohmann wohnte. Sie hatte bereits den Griff ihrer Autotür in der Hand, als sie sah, wie eine große, schlanke Frau mit kastanienbraunen Haaren, die ihr bis weit hinab über ihre Schulterblätter fielen, sich dem Haus näherte und die Haustür aufschloss. Sie trug einen modischen langen dunklen Daunenmantel mit einem Kunstpelzkragen (jedenfalls nahm Hella das zu ihren Gunsten an), eine enge schwarze Hose und knöchelhohe Stiefeletten.

Kurz drehte sich die Frau um. Alle Achtung. Da hatte Lohmann sich aber einen verdammt heißen Feger angelacht, dachte Hella, als sie die mannequinähnlichen Züge der Frau studierte. Mit ihren hohen Wangenknochen, dem kirschroten Kussmund und den weit auseinanderstehenden hellen Augen konnte sie es glatt mit jedem Fotomodell aufnehmen.

Sie kam sich auf einmal ziemlich abgerissen vor in ihrer alten, verblichenen Jeans, dem ausgeleierten Pullover und dem herausgewachsenen Bob, der dringend einen frischen Schnitt benötigte. Schlagartig war ihr die Lust vergangen, unangemeldet bei Lohmann hereinzuplatzen, um ihn mit ihren neuesten Erkenntnissen zu behelligen. Kurz entschlossen legte sie den Sicherheitsgurt wieder an, drehte den Zündschlüssel herum und wendete den Wagen.

25

Dick eingemummelt hockten die Aktivisten vor dem Eingang des Zirkuszelts auf dem Bad Schwalbacher Festplatz und trotzten dem ungemütlichen Wetter. Manche von ihnen hatten sich Klappstühle mitgebracht, während die übrigen im Schneidersitz auf Yogamatten oder unmittelbar auf der feuchten Erde saßen.

Seit dem frühen Morgen hielt sich der Bodennebel hartnäckig und verstärkte die Schwärze des Waldes, der wie eine düstere Kulisse den Hintergrund der Szenerie bildete. Obwohl es nicht regnete, hatte die Witterung im Handumdrehen Kleidung, Rucksäcke und Decken der Widerständler benetzt.

Der Heuwagen, von dem aus sich das Feuer in der Brandnacht ausgebreitet hatte und von dem nur noch ein verkohltes Gerüst übrig war, stand wie ein mahnendes Monument zwischen den Wohnwagen. Von den Zirkusartisten war niemand zu sehen. Nur einige Passanten überquerten den Platz oder blieben neugierig stehen und beäugten die Gruppe.

»Hey, Leute, danke, dass ihr so zahlreich erschienen seid. Wie ihr alle wisst, haben die Bullen Olaf vernommen, um an ihm und unserem Verein ein Exempel zu statuieren. Ihr wisst ja, wie das läuft. Ich aber bin der Meinung, dass wir diese Ungerechtigkeit nicht auf uns sitzen lassen können«, sagte Simon, sobald sich alle einigermaßen eingerichtet hatten.

Warum genau Olaf von der Polizei festgehalten wurde, wusste Simon nicht, da Olaf sich seit ihrem Streit auf dem Heimweg vom Kellerskopf nicht mehr bei ihm gemeldet hatte. Aber letztlich spielte das keine Rolle. Mit ihren Aktionen bewegten sie sich häufig am Rande der Legalität. Mehrere von ihnen hatten deshalb schon kurzfristig in U-Haft gesessen, und diesmal hatte es eben wieder Olaf erwischt. Im Grunde war Simon sogar froh darüber, weil es ihm die Möglichkeit gab, sich zu profilieren und sich Olaf gegenüber als treuer Freund zu erweisen. Und so hatte er in den letzten beiden Tagen den harten Kern des

Aktionsbündnisses zusammengetrommelt und zu einem Sitz-streik als Solidaritätskundgebung für ihren inhaftierten Kumpel aufgerufen. Und wo hätte eine solche Aktion besser stattfinden können als vor dem Zirkus, den er als einen wesentlichen Quell allen Übels, das ihm in der jüngsten Zeit widerfahren war, be-trachtete?

»Freiheit für Mensch und Tier!«, brüllte er mit erhobener Faust, nachdem der Applaus der Gruppe verebbt war, und ließ sich dann ebenfalls auf der nasskalten Erde nieder.

»Freiheit für Mensch und Tier!«, echoten seine Mitstreiter, während sie ihre Fäuste in die Höhe reckten.

Eine Teenagerin in einer anthrazitfarbenen Outdoorhose und einer pinken Jacke, die einen mittelgroßen Mischling an der Leine führte, löste sich aus der Gruppe der Schaulustigen und steuerte auf die Aktivisten zu. Die Hündin, die wohl nicht so recht wusste, wie sie die Situation einschätzen sollte, fing an zu bellen und stellte ihre Nackenhaare auf.

»Hallo ... äh ... seid ihr vom Zirkus?«, wandte sich das Mäd-chen zaghaft an Simon. »Kira, sei doch mal ruhig!«, schimpfte sie und ruckte unwillig an der Leine.

Die Hündin duckte sich und winselte leise.

»Hm?« Simon verstand nicht.

»Ob ihr vom Zirkus seid ... Ich wollte die Spende abgeben.«

»Was für eine Spende?«, fragte Simon verdattert, während er dem Mädchen, das nur einen Meter vor ihm stand, geradewegs in die Nasenlöcher stierte. Dass sie nicht zum Zirkus gehörten, war ja wohl kaum zu übersehen.

»Für die Tiere«, antwortete sie. »Im Fernsehen haben sie gestern Abend berichtet, dass der Zirkus wegen des Unfalls mit dem Elefanten zurzeit keine Aufführungen anbieten und auch nicht weiterziehen darf und daher keine Einnahmen hat. Und da bei dem Feuer neulich alle Heuvorräte verbrannt sind, haben wir uns überlegt, Geld zu spenden, damit die Zirkustiere nicht hungern müssen.«

Da Simon keinen Fernseher besaß, hatte er keine Ahnung, von welcher Sendung die Rede war. Aber das spielte auch keine

Rolle. Er fand es schlicht und ergreifend unerhört, dass dieses verbrecherische Zirkusvolk sich nach allem, was passiert war, auch noch erdreistete, bei der Bevölkerung auf die Tränendrüse zu drücken, um den Leuten Geld aus der Tasche zu leiern. Ein galliger Geschmack breitete sich in seinem Mund aus, so sehr widerte ihn dieses Pack an. Zu allem Übel fing sein Nacken an zu schmerzen, da er fortgesetzt in einem steilen Winkel nach oben schauen musste. Aber er dachte nicht daran, sich zu erheben – das wäre ihm wie Verrat vorgekommen. »Und wer ist *wir*?«, erkundigte er sich.

»Wir sind der Verein für Tierfreunde Rheingau. Wir haben insgesamt über zweihundert Euro zusammenbekommen«, erklärte das Mädchen stolz.

Simon fasste es nicht. Wie konnten die sich Tierfreunde nennen und so dämlich sein, auf eine so billige Masche hereinzufallen? Er fühlte sich augenblicklich berufen, dieses irregeleitete Geschöpf eines Besseren zu belehren. »Also wenn ihr wirklich Tierfreunde sein wollt, dann solltet ihr euer Geld lieber behalten und euch dafür engagieren, dass es keine Wildtiere im Zirkus mehr gibt.«

»Wieso?«, fragte das Mädchen, dessen Verständnis von Tierliebe sich bislang auf die Rettung von im Tierheim gestrandeten Hunden und das Versorgen streunender oder verletzter tierischer Lebewesen erstreckte.

»Weil Tiere im Zirkus grundsätzlich nichts verloren haben. Sie sind genauso freie Geschöpfe wie –«

»Was soll das denn hier werden, wenn es fertig ist?«

Unter den Zirkusmitgliedern, die sich mittlerweile vor dem Zelt eingefunden hatten, befand sich auch Johann, genannt Jojo, der Pferdetrainer der Truppe. Breitbeinig baute er sich vor den Tierrechtlern auf.

»Wonach sieht es denn aus?«, konterte Aurel, ein Aktivist, der seine Kapuze bis tief über die Augen gezogen hatte, ehe Simon antworten konnte. Durch den Schal, den Aurel sich um den Mund geschlungen hatte, klangen seine Worte gedämpft. »Dachtest du etwa, wir trinken hier gemütlich Kaffee?«

Das Mädchen, das ahnte, dass Ärger in der Luft lag, trat, ihre Hündin hinter sich her zerrend, schnell den Rückzug an.

»Verpisst euch oder ich rufe die Polizei«, drohte Jojo. Seine Gesichtszüge hatten sich zu einer furchteinflößenden Grimasse verzerrt.

»Tu, was du nicht lassen kannst«, erwiderte Aurel mit einem lakonischen Schulterzucken. »Wir bleiben trotzdem so lange hier sitzen, bis die Polizei unseren Kumpel wieder laufen lässt.«

»Wenn dein Kumpel das Arschloch ist, das meinen Bruder umgebracht hat, dann schmort er hoffentlich für den Rest seines Lebens hinter Gittern.«

Jojos Atem ging stoßweise. Er bebte vor Zorn.

»Das würde euch Tierschändern nur so passen, was? Andere Leute für euer Unglück verantwortlich machen. Dein Bruder ist doch selbst schuld, dass er abgekratzt ist. Mörder haben nichts Besseres als den Tod verdient«, beschied ihm Aurel herablassend.

»Was hast du da gerade gesagt?« Johann war kurz davor, die Beherrschung zu verlieren. Er trat noch einen Schritt näher an die Sitzenden heran und ballte die Fäuste.

Simon rückte langsam auf seinem Hintern rutschend an den Rand der Gruppe. Das sah gewaltig nach Stunk aus. Über seine Schultern hinweg hielt er nach einem Fluchtweg Ausschau, denn er legte keinen gesteigerten Wert darauf, sich von einem dieser Asozialen verdreschen zu lassen.

»Jojo, lass gut sein«, bemühte sich Marlon, ein Artist der Truppe, den Pferdedompteur zu besänftigen. »Der will dich doch nur provozieren.« Er packte Johann am Oberarm und versuchte, ihn von der Gruppe fortzuziehen. Doch Jojo, der einen Kopf größer und mindestens fünfzehn Kilo schwerer war als Marlon, riss sich mit einem Ruck los. »Lass mich!« Er hatte die Schnauze gestrichen voll. Sein Bruder war tot, Leila, der Publikumsmagnet, war weg, und sein Onkel, der Zirkusdirektor, musste sich in Kürze wegen fahrlässiger Tötung vor Gericht verantworten, während er und die anderen in diesem miefigen, spießigen Scheißkaff mitten im Taunus festsaßen. Er hatte nichts mehr zu verlieren. Er brannte für den Zirkus und konnte sich nicht vorstellen, jemals etwas anderes zu tun, als mit der Truppe durch die Lande zu ziehen, auch wenn das Leben auf Wanderschaft manchmal entbehrungsreich und strapaziös war. Aber er liebte die Ungebundenheit, das Unkonventionelle der Zirkuswelt, und er liebte seine Pferde. Die Gemeinschaft mit den anderen Zirkusmitgliedern gab ihm außerdem ein Gefühl von Zugehörigkeit. Was sollte aus ihm werden, wenn es das alles nicht mehr gäbe? Seine Zukunft wäre ruiniert. Er würde sich mit irgendwelchen beschissenen Gelegenheitsjobs durchschlagen müssen, und allein der Gedanke daran machte ihn rasend.

»Mörder ... Mörder!«, hob Aurel plötzlich an und streckte rhythmisch beide Arme in die Luft, woraufhin die anderen Tierrechtler im Chor einstimmten. »Mörder ... Mörder!«

Jojo spürte förmlich, wie ihm die Sicherungen rausflogen. »Halt die Fresse, Mann, sonst –«

»Was sonst? ... Sonst haust du mir eine rein, oder was? ... Uuuh, ich mache mir gleich vor Angst in die Hosen.« Aurel lachte und sah sich beifallheischend um.

Jojo nutzte die Gelegenheit, stürzte überraschend nach vorn und packte den Tierrechtler brutal am Kragen. »Du blödes Arschloch ... Ich mach dich fertig!«, zischte er zwischen zusammengebissenen Zähnen hervor und zog Aurel auf die Füße. Speichel blitzte in seinen Mundwinkeln auf. »Wag es ja nicht, den Ruf meines toten Bruders noch einmal in den Dreck zu ziehen, du elendes Großmaul!«, knurrte er und schüttelte den Aktivisten, dessen hochmütiges Lächeln schlagartig erloschen war, hin und her, als wöge er nicht mehr als ein Federkissen.

»Jojo, nicht!« Marlon warf sich zwischen die beiden Streithähne und versuchte sie mit aller Kraft zu trennen. Doch Jojo hielt Aurel, der wild mit den Armen um sich schlug, eisern fest. Plötzlich traf Marlon ein Fausthieb, und er ging zu Boden. Benommen hob er den Kopf und befühlte sein Jochbein. Noch immer leicht benebelt, sah er, wie Johann Aurel auf den Boden stieß und anfing, blind vor Wut auf ihn einzudreschen. »Jojo, hör auf, du bringst ihn noch um!«, schrie er entsetzt und stemmte sich hoch. Doch kaum dass er stand, sprang ihn jemand von hinten an und schlang seine Arme und Beine um seinen Oberkörper.

Marlon war völlig überrumpelt. »Hey, lass den Scheiß!«, stieß er hervor. Doch der andere ließ nicht los und krallte sich wie ein Klammeraffe an ihm fest. Als Artist besaß Marlon nicht nur ein begnadetes Körpergefühl, sondern war auch in der Lage, eine Situation extrem schnell einzuschätzen und zu reagieren. Um seinen menschlichen Rucksack abzuschütteln, machte er sich ganz klein, spannte seine gesamte Muskulatur an und schoss plötzlich in die Höhe, während er seine im Klammergriff gefangenen Arme ruckartig zur Seite riss. Er spürte einen dumpfen Schlag gegen seinen Schädel, als er mit dem Kopf seines Kontrahenten zusammenstieß, der im selben Moment mit einem unterdrückten Schrei von ihm abließ. Marlon ignorierte den Schmerz und wirbelte herum. Zu seiner Überraschung sah er sich einer Frau gegenüber. Gekrümmt stand sie vor ihm und hielt ihre linke Hand schützend vor ihren Mund. Blut triefte zwischen ihren Fingern hindurch und bildete eine kleine Lache vor ihren Füßen. Offensichtlich hatte sie sich beim Zusammenprall auf die Zunge gebissen.

Geschieht dir nur recht, dachte Marlon und wandte sich wieder Johann zu, der Aurel, der stark aus der Nase blutete, noch immer mit Schlägen traktierte. Erschrocken stellte Marlon fest, dass der Tierrechtler sich nicht mehr rührte. Seine Arme lagen schlaff neben seinem Oberkörper. Im selben Moment registrierte er aus dem Augenwinkel, dass eine Aktivistin die Szene auf ihrem Handy festhielt.

»Ihr miesen Drecksäcke, ihr habt uns reingelegt!«, schrie er und stürzte sich erneut auf den Pferdedompteur, um ihn von Aurel wegzuzerren, diesmal zeitgleich mit drei Aktivisten, denen inzwischen aufgegangen war, in welch dramatischer Lage sich ihr Kumpel befand. Es entstand ein wildes Gerangel, aber schließlich gelang es zweien von ihnen, Jojo zu packen und von Aurel herunterzureißen.

Plötzlich ertönten Polizeisirenen.

Simon kauerte noch immer auf dem Boden, hin- und hergerissen zwischen dem Erstaunen über die Brutalität des Pferdetrainers und der Genugtuung, dass sich der Zirkus damit noch weiter in die Scheiße ritt. Er kratzte sich am Hals, wie er es immer tat, wenn er aufgeregt war. Er musste zusehen, dass er Land gewann. Er hatte die Aktion angezettelt, was bedeutete, dass ihn die Bullen mit aufs Revier nehmen würden. Darauf hatte er aber absolut keinen Bock. Und außerdem: Warum musste Aurel sein Maul auch wieder so weit aufreißen? Immer spielte er sich in den Vordergrund. Simon empfand wenig Mitleid dafür, dass sein Mitstreiter mal so richtig eins auf die Fresse bekam. Sollte Aurel doch sehen, wie er wieder aus dem Schlamassel herauskam, sofern er dazu überhaupt noch imstande war. Die Verletzungen sahen ganz schön übel aus, und soweit er das beurteilen konnte, hatte Aurel das Bewusstsein verloren, kaum dass er zu Boden gegangen war. Entweder war er unglücklich mit dem Schädel aufgeschlagen, oder aber dieses Untier von einem Zirkusmenschen hatte ihm im Handumdrehen das Hirn zu Brei geschlagen. Egal. Für ihn zählte jetzt nur, dass er seine eigene Haut rettete.

Das allgemeine Durcheinander, das durch das Anrücken der Polizei entstanden war, kam ihm zupass. Er wartete einen günstigen Augenblick ab, in dem er sich unbeobachtet fühlte, und robbte dann so unauffällig wie möglich noch ein Stück weiter nach hinten, bis er den Rand des Zirkuszelts erreicht hatte. In Windeseile krabbelte er auf allen vieren um das Zelt herum, sprang dann auf die Füße und rannte zu seinem Fahrrad, das nur wenige Meter entfernt an einem Pfosten lehnte. Sein Herz schlug ihm bis zum Hals, als er mit zitternden Fingern das Schloss öffnete und sich, ohne sich noch einmal umzudrehen, aus dem Staub machte.

***

Simon bremste so scharf, dass es ihn fast aus dem Sattel hob. Blindlings ließ er sich zur Seite kippen und riss die Hände vom

Lenker. Das Trekkingbike rutschte noch einen Meter weiter und fiel zeitgleich mit ihm zu Boden.

Ein rasender Schmerz durchzuckte seinen Oberkörper, als er auf einer Bodenerhebung aufschlug, und raubte ihm für einige Sekunden den Atem. Instinktiv krümmte er sich zusammen und hielt sich japsend den linken Rippenbogen.

Es dauerte eine gefühlte Ewigkeit, bis die Sterne, die er bei dem Aufprall vor seinen Augen hatte tanzen sehen, verblassten. Hoffentlich hatte er sich nichts gebrochen. Behutsam rollte er sich auf den Rücken und versuchte, seine Extremitäten auszustrecken, was sogleich einen neuerlichen stechenden Schmerz hervorrief. Er winkelte die Beine wieder an und kam sich plötzlich so hilflos vor wie ein auf dem Rücken liegender Maikäfer. Jedes Mal wenn sich sein Brustkorb hob und senkte, entrang sich seiner Kehle ein leises Stöhnen.

Während er darauf wartete, dass der Schmerz langsam nachließe, betrachtete er die weißgraue Wolkendecke, hinter der sich die kraftlose Novembersonne versteckte wie hinter einer Milchglasscheibe. Am Boden hüllte der Nebel die Landschaft ein wie in eine Rauchwolke und ließ alle Farben blass erscheinen. Ein Schweißtropfen brannte auf seiner Hornhaut, und er kniff unwillkürlich die Augen zu.

Eine Zeit lang lag er einfach nur so da und pumpte mühsam Sauerstoff in seine Lungen. Als er spürte, wie die Kälte in seine Knochen kroch, rappelte er sich vorsichtig auf. Gebeugten Schrittes schlich er zu seinem Fahrrad, hob es auf und lehnte es an die Wand der ehemaligen Pfadfinderhütte.

Das aus Brettern gezimmerte Häuschen lag, vor neugierigen Blicken gut versteckt, tief im Waldesinnern. Seit der Pfadfinderverband vor einigen Jahren eine neue Unterkunft errichtet hatte, die bedeutend größer war und mehreren Gruppen gleichzeitig Platz bot, kümmerte sich niemand mehr um die alte Hütte.

Simon war schon ewig nicht mehr hier gewesen. Dennoch kannte er jeden Baum und jeden Winkel in dieser Gegend in- und auswendig. Als er den alten, reichlich morsch wirkenden Holzbau inspizierte, dessen braune Fensterläden zum Teil schief in den Angeln hingen und auf dessen Dach sich eine dicke Moosschicht gebildet hatte, verlor er sich kurz in Erinnerungen. Fast jedes Wochenende hatte er von seinem zehnten bis zu seinem fünfzehnten Lebensjahr bei der Pfadfinderjugend verbracht. Die Rituale und Handgriffe, mit denen er und die anderen Jungen und Mädchen Feuer gemacht, Zelte aufgebaut, Knoten eingeübt oder eine provisorische Kochstelle errichtet hatten, waren ihm derart in Fleisch und Blut übergegangen, dass er sie noch heute im Schlaf herunterbeten konnte. Doch mehr noch als auf die wöchentlichen Treffen hatte er sich auf das alljährlich in den Herbstferien stattfindende Stammeslager gefreut, zu dem sich sein Verein mit den Stämmen befreundeter Organisationen unweit des alten Quarzitsteinbruchs versammelte. Schon Tage zuvor fieberte er dem Ereignis entgegen, das für ihn pures Abenteuer verhieß. Nach dem Aufbau der Zelte hatten sich die Kinder und Jugendlichen die Zeit mit Geländespielen, Wettkämpfen und Kundschafteraufgaben vertrieben und saßen anschließend am Lagerfeuer bis tief in die Nacht zusammen. Höhepunkt der alljährlichen Lagerfreizeit war die Nachtwanderung am Ende der Woche gewesen, bei der die Pfadfinder mit Fackeln ausgestattet ihre Umgebung mit all ihren Sinnen erkunden mussten. Gruselgeschichten hatten dabei die Runde gemacht, mit denen die Älteren unter ihnen die Nerven der Jüngeren und der Neuzugänge auf die Probe stellten. Auch Simon hatten die Schauermärchen von Hexen, bösen Geistern, Kobolden und deren geheimnisvollen Riten als Kind so manchen Alptraum beschert, über den er heute nur noch müde lächeln konnte.

Vorsichtig lugte er, eine Hand über seine Augen haltend, durch eins der Fenster am rückwärtigen Teil der Hütte. Beruhigt stellte er fest, dass die fünf Etagenbetten in dem großen Schlafraum allesamt unberührt aussahen. Nirgends lagen ein Schlafsack oder Decken herum, die Rückschlüsse auf die Anwesenheit eines Menschen zuließen. Simon wusste, dass nicht selten Wohnungslose leer stehende Hütten als Obdach nutzten. Um ganz sicherzugehen, dass niemand da war, ging er einmal um die gesamte Unterkunft herum und begutachtete dann die außen liegenden Toiletten samt Waschstellen, die wenig einladend, dafür aber gleichfalls verwaist aussahen.

Erleichtert trat er an die Eingangstür und rüttelte mehrmals kräftig an der Klinke. Wie zu erwarten, war die Tür verschlossen. Das Schloss sah ziemlich rostig aus. Es zu knacken, würde ohne Werkzeug nicht ganz einfach, wenn nicht gar unmöglich sein, aber darum könnte er sich später kümmern. Notfalls würde er eine Scheibe einschlagen, um in die Hütte zu gelangen.

Erschöpft ließ er sich auf einem der Baumstümpfe nieder, die rund um die Feuerstelle vor der Hütte angeordnet waren, um seine Gedanken zu ordnen und sich einen Plan zurechtzulegen. Der Schweiß rann ihm immer noch in Strömen vom Gesicht, da er in einem halsbrecherischen Tempo vom Festplatz geflohen war in der Angst, dass ihm eine Polizeistreife auf den Fersen sein könnte. Selbst als er die Hauptstraße verlassen hatte und quer durch den Wald gerast war, hatte er sein Tempo nicht gedrosselt und sich an seinen Lenker gekrallt, als ginge es um sein Leben. Einmal wäre er beinahe gestürzt, als er einer dicken Wurzel ausweichen musste. Erst im allerletzten Moment gelang es ihm, sein Rad wieder unter Kontrolle zu bringen. Er mochte sich nicht ausmalen, was hätte passieren können, wenn er ungebremst in den nächstbesten Baum gekracht wäre.

Fast bereute er schon, so Hals über Kopf getürmt zu sein. Mit seiner Flucht hatte er alles nur noch schlimmer gemacht. Aber es gab keinen anderen Ausweg. »Verdammter Mist!«, fluchte er und raufte sich die Haare. Was sollte er nur tun? Verdrossen starrte er in das verkohlte schwarze, von dicken Steinen umgebene Loch. Er hatte keine Vorstellung davon, ob und wie lange die Polizei nach ihm suchen würde. Ewig konnte er sich hier nicht verkriechen. Bis auf drei viertel Liter Wasser, ein belegtes Brötchen, zwei Müsliriegel und einen Apfel, die er als Proviant für den Sitzstreik in seiner Satteltasche mitgenommen hatte, hatte er nichts, womit er sich versorgen konnte, und das wenige würde höchstens für zwei Tage reichen. Um seinen Arsch zu retten, brauchte er Hilfe. Er kratzte sich am rechten Unterarm und dachte angestrengt darüber nach, wen er anrufen könnte.

Nach reiflicher Überlegung kam er zu dem Schluss, dass letztlich nur einer in Frage kam. Einige Minuten lang rang er mit sich, ob er es riskieren konnte, denjenigen, der ihm in den Sinn gekommen war, ins Vertrauen zu ziehen.

Zögerlich holte er schließlich sein Mobiltelefon hervor und wählte die Nummer. Er wollte schon wieder auflegen, als sein Anruf endlich entgegengenommen wurde. »Hi, ich bin's, Simon«, sagte er. »Du musst mir helfen. Ich sitze in der Klemme.«

26

Das war nun also das Ende seiner Ehe. Wie nüchtern doch so eine Scheidung abläuft, dachte Lohmann, als er vor der lang gestreckten Fassade des Wiesbadener Amtsgerichts stand und Sybille hinterherblickte, nachdem sie sich mit einem flüchtigen Kuss voneinander verabschiedet hatten. Wenige Worte hatten ausgereicht, um aus einem *wir* auch offiziell ein *ich* zu machen. Und obwohl er es so gewollt hatte, mischte sich in das Gefühl von Erleichterung auch ein Quäntchen Wehmut. Dennoch war er froh, dass Sybille nach anfänglich heftigem Widerstand zu guter Letzt einer einvernehmlichen Lösung zugestimmt und es ihnen beiden dadurch erheblich leichter gemacht hatte, die Trennung zu vollziehen. Seit Wochen schon hatte es keine bösen Worte mehr zwischen ihnen gegeben, als hätte sie das Kriegsbeil endlich begraben. Bei ihrem letzten Treffen, bei dem sie noch einige abschließende Dinge zu klären hatten, hatte sie sogar richtig glücklich gewirkt. Lohmann hatte nicht gewagt zu fragen, aber er vermutete, dass es jemand Neuen in ihrem Leben gab, und gönnte es ihr von Herzen. Sie war jung genug, um noch einmal ganz von vorn anzufangen, und er wünschte ihr, dass ein neuer Partner ihr all das bieten könnte, was sie bei ihm vermisst hatte.

Es war kurz vor halb zehn. Auf der Mainzer Straße herrschte reger Verkehr in beide Richtungen. Er überlegte kurz, ob er ebenfalls direkt zum Parkhaus gehen sollte. Da er aber noch einen Moment ungestört sein wollte und auch keine Lust verspürte, später mit seinen Kollegen zu Mittag zu essen, lief er hoch zum Real-Markt, um sich dort eine Kleinigkeit zu besorgen. Sorgfältig achtete er darauf, ausreichend Abstand zur Fahrbahn zu halten, um dem Spritzwasser auszuweichen, das von den Reifen der Autos und den Zweirädern wie kleine Fontänen auf den Gehweg spritzte.

Nachdem es die ganze Nacht und in den frühen Morgen geregnet hatte, durchmischt mit den ersten Schneeflocken des Jahres, war die Wolkendecke vor einer halben Stunde aufgerissen, und die Sonne stahl sich durch das blaue Loch. Dennoch hielten sich die Temperaturen nur knapp über dem Gefrierpunkt. Ihn fröstelte, und er zog den Kragen seiner Jacke enger um den Hals.

An der Salattheke mischte er sich einen bunten Salat zum Mitnehmen zusammen und kaufte sich ein Fleischkäsebrötchen dazu. Just als er das Wechselgeld in das Münzfach seines Portemonnaies fallen ließ, klingelte sein Handy. Zügig entfernte er sich von der Kasse und nahm den Anruf an. »Hallo, Gerd, was gibt's?«, fragte er, das Mobiltelefon zwischen Schulter und Ohr geklemmt, während er das Portemonnaie in seiner Gesäßtasche versenkte.

»Birkenfeld ist wie vom Erdboden verschluckt«, kam Gerd ohne Umschweife zur Sache.

»Was soll das heißen, wie vom Erdboden verschluckt?« Lohmann blieb im verglasten Vorbau des Supermarkts stehen. Leise Fahrgeräusche verrieten ihm, dass Gerd über die Freisprechanlage seines Wagens mit ihm telefonierte.

»Ich bin gerade auf dem Rückweg von Frankfurt, wo ich um Viertel nach neun mit ihm verabredet war, aber von Birkenfeld fehlt jede Spur.«

Einen Moment herrschte Stille in der Leitung, während Bernd versuchte, die Information zu verarbeiten. »Seit wann ist er verschwunden?«

»Seine Sekretärin meinte, er sei gestern bis siebzehn Uhr im Büro gewesen. Bevor er zu einem Abendvortrag nach Alsfeld aufgebrochen ist, hat sie ihn extra noch mal an unseren Termin erinnert. Als ich heute Morgen um kurz nach neun in Frankfurt ankam, war er jedoch noch nicht da, und seine Sekretärin konnte ihn auch nicht erreichen.«

Lohmann merkte, wie ihm diese wenig erquickliche Neuigkeit übel aufstieß. Er legte den Salat und die Brötchentüte auf dem kleinen weißen Tisch im Vorraum ab und nahm das Mobiltelefon in die andere Hand. »Wann fängt er für gewöhnlich an zu arbeiten?«

»Zwischen acht und neun.«

»Ist es schon häufiger vorgekommen, dass er Termine vergessen hat?«

»Nein. Angeblich sieht es Birkenfeld gar nicht ähnlich, auch nicht, dass er ihr nicht rechtzeitig Bescheid gibt, wenn er sich verspätet.«

»Wie lange arbeitet seine Sekretärin schon für ihn?«

»Über fünfundzwanzig Jahre.«

»Hm. Dann kennt sie ihn sicher gut genug, um seine Routinen einschätzen zu können.«

»Sie schien sich wirklich ernsthaft Sorgen zu machen.«

»Ja, das klingt in der Tat seltsam … Hat es im Vorfeld Anzeichen dafür gegeben, dass irgendetwas anders war als sonst?« Lohmann vernahm das typische Klickgeräusch, das ein gesetzter Blinker verursachte.

»Ja und nein. Als ich sie das gefragt habe, wollte sie zunächst nicht so recht mit der Sprache herausrücken. Ich glaube, sie hat Angst, ihr Chef könnte es ihr als Illoyalität auslegen, wenn er davon erfährt. Sie hat schließlich aber eingeräumt, dass Birkenfeld auf sie in letzter Zeit fahrig und unkonzentriert gewirkt habe und, wie sie es ausdrückte, für seine Verhältnisse ungewöhnlich schlecht gelaunt gewesen sei. Sie hat es darauf geschoben, dass er derzeit sehr viel Arbeit hat.«

»Hast du sie auf das Gutachten angesprochen?«

Eine Frau mit einem Kleinkind an der Hand, das wie am Spieß schrie und krebsrot im Gesicht war, kam auf Lohmann zu. Die junge Mutter versuchte verzweifelt, mit der einen Hand den Einkaufswagen, dessen Räder den Drang hatten, sich quer zu stellen, Richtung Ausgang zu bugsieren, während sie an der anderen Hand ihren trotzig brüllenden Sprössling hinter sich her schleifte. Das nervtötende Geplärr ging Lohmann durch Mark und Bein. Er hielt sich seine freie Ohrmuschel zu, um Gerd verstehen zu können.

»Ja, aber sie hat nur bestätigt, dass der Auftrag vom Veterinäramt kam. Sie meinte, es stehe ihr nicht zu, die Integrität ihres Chefs in Frage zu stellen. Sie wirkte ganz schön eingeschnappt, weil sie wohl dachte, ich würde von ihr erwarten, dass sie Birkenfeld in die Pfanne haut.«

»Jetzt hör endlich auf mit dem Theater. Es gibt keine Gummibärchen. Wenn du so weitermachst, lass ich dich hier zurück und fahre allein nach Hause«, schnauzte die überforderte Mutter, als sie mit dem kleinen Wüterich an Lohmann vorbei ins Freie stolperte. Die Drohung stachelte den Jähzorn des Jungen allerdings nur noch mehr an. Sein Gebrüll nahm beachtliche Ausmaße an, während er gleichzeitig versuchte, sich auf den Boden zu werfen, womit er seine Mutter beinahe zu Fall brachte.

»Wo bist du?«, erkundigte sich Gerd.

»Ich stehe vor einem Supermarkt«, stöhnte Lohmann genervt. »So ein kleiner Trotzkopf hat einen Tobsuchtsanfall, weil er seinen Willen nicht durchsetzen kann … Was denkst du? Glaubst du, Birkenfelds Sekretärin weiß mehr, als sie zugibt?«, kam er auf den eigentlichen Anlass ihres Gesprächs zurück und ließ die Hand wieder sinken, mit der er seinen Gehörgang gegen das lautstarke Geheul abgedichtet hatte, das sich zu seiner grenzenlosen Erleichterung langsam entfernte.

»Nein, den Eindruck hatte ich nicht. Ich halte sie für eine sehr ergebene Mitarbeiterin, die ihrem Vorgesetzten jeden Wunsch von den Augen abliest, sich aber nicht herausnimmt, Dinge zu hinterfragen, die sie nichts angehen. Ich glaube ihr auch, dass sie ernsthaft fürchtet, ihm könnte etwas zugestoßen sein.«

»Konnte sie dir jemanden nennen, der mehr über seinen Verbleib wissen könnte – eine Ehefrau, Verwandte, Freunde, Kollegen?«

»Leider nein. Birkenfeld ist alleinstehend und ihren Worten nach ein ziemlicher Eigenbrötler, der sich ganz der Wissenschaft verschrieben hat. Es gibt wohl nur einen Neffen zweiten Grades, der Sohn eines Cousins. Von dem hat er ihr mal erzählt, weil dessen Eltern berufsbedingt seit einiger Zeit im Ausland leben und er dem Jungen vor ein oder zwei Jahren dabei geholfen hat, in der Nähe von Wiesbaden eine Studentenbude zu finden, als der an der Fachhochschule mit seinem Studium anfing. Aber soviel sie wusste, hat Birkenfeld keinen Kontakt mehr zu seinem Neffen.«

»Tja, das hilft uns alles nicht wirklich weiter.« Lohmann dachte einen Moment nach. »Lass sein Handy orten und klappert alle Krankenhäuser in der Umgebung ab, falls er einen Unfall gehabt haben sollte und nicht in der Lage ist, sich zu melden.«

»Alles klar. Ich kümmere mich darum, sobald ich im Präsidium bin.«

Lohmann legte auf und beobachtete gedankenverloren eine gebückte Gestalt, die ihr Fahrrad an den Fahrradständern vor dem Supermarkt anschloss. Als sich die Person aufrichtete, erkannte er Hellas kupferroten Schopf. »Frau Ohlsen!«, rief er erfreut aus.

Hella fuhr ruckartig herum. Der Tragriemen ihres Rucksacks, den sie in der Hand hielt, um den Schlüssel zu verstauen, verfing sich im Sattel.

»Hallo, Herr Lohmann«, entgegnete sie, wandte sich aber gleich wieder ab und fummelte an dem Riemen herum, der sich um eine Metallschraube gewickelt hatte. Sie wunderte sich, dass sie spontan an die Frau denken musste, die sie in Lohmanns Haus hatte gehen sehen.

»Kann ich Ihnen behilflich sein?«, fragte Lohmann ihren Hinterkopf.

»Es geht schon«, brummelte sie und zerrte weiter an dem Riemen. Nach zwei Minuten hatte sie ihren Rucksack endlich befreit und zog ihn schützend wie einen Panzer vor ihre Brust. Mit einem breiten Grinsen drehte sie sich um. Warum passierten ihr ständig so blöde Dinge, wenn sie und Lohmann aufeinandertrafen?

»Wie geht es Ihnen?«, fragte der Kommissar.

»Gut, danke. Ich wollte Sie später eh noch anrufen. Oder haben Sie gerade einen Moment Zeit?«

»Ja, natürlich«, erwiderte Lohmann.

Hella fasste für Lohmann in wenigen Sätzen ihr Gespräch mit Charlotte Lippert zusammen. Als sie geendet hatte, schwieg er.

»Sie weiß übrigens, dass ich mit Ihnen sprechen wollte«, fügte Hella hinzu, »und hat mir versichert, dass sie das alles Ihnen gegenüber gerne wiederholen wird, wenn Sie ihre Aussage benötigen.«

»So, hat sie das? Wie beruhigend, dass die Dame auch mit der Polizei sprechen möchte und nicht nur mit Ihnen.« Lohmann sah Hella mit seinen blauen Augen durchdringend an. Es entstand eine kleine Pause.

Hella unterdrückte ein Grinsen und wappnete sich für das, was unter Garantie gleich kam.

»Sie hätten das Zeug zu einer richtig guten Privatdetektivin«, sagte Lohmann, um einen neutralen Tonfall bemüht. »Trotzdem würde ich es sehr begrüßen, wenn Sie fortan keine weiteren Alleingänge mehr starteten.«

Volltreffer.

Hella setzte ein schiefes Lächeln auf, das ihre Grübchen aufblitzen ließ. »Jawohl. Botschaft angekommen.«

»Dann bin ich ja froh, dass wir uns einig sind.« Charmante Lachfältchen bildeten sich in Lohmanns Augenwinkeln. Mit einer kleinen angedeuteten ironischen Verbeugung ließ er Hella vorbei in den Supermarkt.

27

Als Simon am selben Morgen erwachte, fühlte er sich, als wäre ein Lkw über ihn hinweggerollt. Er war erst weit nach Mitternacht in einen unruhigen, leichten Schlaf gefallen, aus dem er bei jedem leisesten Geräusch hochgeschreckt war. In der Hütte war es unerträglich kalt, und er hatte außer den verschwitzten Klamotten, die er am Leib trug, nichts gehabt, womit er sich hätte zudecken können.

Auf dem Holzboden unter der zerborstenen Fensterscheibe, durch die er eingestiegen war, nachdem er eine geschlagene Viertelstunde vergeblich versucht hatte, das Schloss zu knacken, bevor er entnervt aufgegeben hatte, hatte sich von den Schneeflocken, die der Wind nachts hineingeweht hatte, eine kleine Pfütze gebildet. Erst später war es ihm gelungen, die Tür mit einer alten Eisenstange, die er unter der Sitzbank im Aufenthaltsraum gefunden hatte, von innen aufzuhebeln.

Behutsam zog Simon seinen Fleecepulli hoch. Beißender Schweißgeruch stieg ihm in die Nase. Auf der linken Seite, die noch immer höllisch schmerzte, hatte sich ein tiefblaues Hämatom gebildet. Zischend sog er die Luft ein, während er vorsichtig seine Rippen betastete. Sein Brustkorb fühlte sich leicht geschwollen an, und das Atmen fiel ihm schwer. Er hätte die Prellung sofort kühlen müssen, um ein Anschwellen des Gewebes zu verhindern. Er fluchte leise, als er den Pulli langsam wieder herunterrollte.

Da er einen nagenden Hunger verspürte, öffnete er seine Satteltasche und holte einen Müsliriegel und den Apfel heraus. Bis auf den zweiten Müsliriegel und einen knappen Viertelliter Wasser hatte er dann nichts mehr. Doch er machte sich keine Sorgen. Sein Helfershelfer hatte versprochen, noch vor dem Morgengrauen vorbeizukommen, um ihn mit Vorräten, Decken und frischer Kleidung zu versorgen.

Nachdem er sein karges Frühstück vertilgt hatte, ging er nach draußen, um zu pinkeln. Es war noch stockdunkel. Angespannt lauschte er in den tiefschwarzen Wald hinein, während er seine Blase an einem Busch hinter der Hütte erleichterte. Der Uhu, der die ganze Nacht über seinen Balzruf hatte erklingen lassen, war verstummt. Jetzt war nur das leise Rauschen des Windes zu hören, der durch die Tannenwipfel strich.

Er entschied, ein Feuer zu machen, um sich aufzuwärmen. In der Hütte hatte glücklicherweise ein Armvoll trockenes Holz gelegen, das er in der Feuerstelle aufschichtete. Dank des Feuerzeugs, das er bei sich trug, dauerte es nur kurze Zeit, bis die ersten Scheite brannten. Mit ausgestreckten Händen hockte er sich so nah wie möglich an die Kuhle, um seine steif gefrorenen Glieder zu wärmen. Gebannt schaute er den knisternden Flammen dabei zu, wie sie nach und nach den ganzen Haufen in Brand setzten.

So saß er, vor sich hin sinnierend, eine gute Stunde da, als er plötzlich zwischen den Baumstämmen hindurch das Licht von Scheinwerfern bemerkte. Schnell löschte er die Flammen und versteckte sich neben der Hütte.

Nach einigen Minuten hörte er Schritte. Da er in der heraufziehenden Dämmerung nur eine undeutliche Silhouette erkennen konnte, blieb er reglos stehen und wartete ab.

»Hallo … Simon … bist du da?«, erklang eine männliche Stimme.

Simon kam aus der Deckung und trat auf den Mann zu. »Ja, ich bin hier.«

Der Mann, der an der Feuerstelle stehen geblieben war, da er die Glut gesehen und den Rauch gerochen hatte, zuckte zusammen. »Mein Gott, musst du mich so erschrecken?«

»Ich musste erst sichergehen, dass du es bist.«

»Hier, ich habe dir die Sachen mitgebracht, um die du mich gebeten hast.« Der Mann überreichte Simon eine große Sporttasche und einen Sechserpack Mineralwasser.

»Danke. Wollen wir kurz reingehen? Ich möchte nicht, dass uns hier draußen jemand sieht.«

»Meinetwegen. Aber ich habe nicht viel Zeit«, knurrte der Ankömmling wenig begeistert.

Drinnen öffnete Simon die Tasche und besah sich den Inhalt, nachdem er eine Stuhllehne unter die Türklinke geklemmt hatte, damit der Wind die Tür nicht aufdrücken konnte. Anschließend nahm er eine der Mineralwasserflaschen aus der Folie und trank sie gierig in einem Zug leer. Ein paar Tropfen rannen über sein stoppeliges Kinn. »Und die Decken?«, fragte er, nachdem er seinen Durst gelöscht und das Kinn mit dem Handrücken trocken gewischt hatte.

»Liegen noch im Auto. Ich konnte nicht alles auf einmal tragen«, bekam er schroff zur Antwort. »Ich bin froh, dass ich überhaupt in diese gottverlassene Gegend gefunden habe. Willst du mir nicht sagen, was das Ganze soll? Warum versteckst du dich im Wald wie ein Schwerverbrecher? Wenn ich dir helfen soll, muss ich mehr wissen als nur, dass du Mist gebaut hast.«

»Also gut, setz dich«, forderte Simon seinen Besucher auf.

Er hatte gestern am Telefon lediglich durchblicken lassen, dass er sich Ärger mit einem Freund eingehandelt habe und für ein paar Tage abtauchen wolle, bis Gras über die Sache gewachsen sei, und seinem Gesprächspartner die Koordinaten seines Standortes mitgeteilt. Nicht im Traum dachte er daran, ihm jetzt die Wahrheit zu sagen.

Die beiden Männer nahmen Platz, und Simon zog die Tasche, die er auf dem Boden abgestellt hatte, zwischen seine Füße. Er angelte sich den frischen Laib Brot und das große Brotmesser heraus und schnitt sich eine dicke Scheibe ab.

»Nun mach schon den Mund auf, Junge. Ich sagte dir doch, ich habe nicht ewig Zeit«, forderte der Mann Simon ungeduldig auf.

Doch Simon ließ sich nicht drängen, sondern kaute in aller Ruhe zu Ende. Als er fertig war, rülpste er leise, bevor er zum Sprechen ansetzte. »Wie viel hat dir von Clausen bezahlt?«

Die Frage schwebte einige Sekunden im Raum wie eine Seifenblase, die jeden Moment zu zerplatzen drohte.

»Was … was redest du da?«, brachte der Mann, der Simon allem Anschein nach nicht folgen konnte, hervor.

»Das Gutachten, das du über die Elefantenkuh Leila geschrieben hast, wie viel Kohle hast du dafür gekriegt?«

Der Verhaltensbiologe starrte Simon an, als sähe er ein Gespenst. »Wie kommst du darauf?«

»Beantworte gefälligst meine Frage«, insistierte Simon.

Birkenfeld sprang empört auf. Er hatte nicht vor, sich von einem Vierundzwanzigjährigen herumkommandieren zu lassen. »Das reicht. Ich verbitte mir diesen Ton!«

»Du bleibst sitzen!« Simon, der ebenfalls aufgestanden war, packte den Verhaltensbiologen an beiden Schultern und drückte ihn unsanft zurück auf den Stuhl.

Birkenfeld protestierte lautstark, verstummte aber, als sein Blick zur Tür fiel und er realisierte, dass er in der Falle saß. Simon hatte offensichtlich geplant, ihn hier festzuhalten. Aber warum, verdammt noch mal, hatte Simon ihm diese Falle gestellt? »Was soll das? Warum zitierst du mich mitten in der Nacht hierher, nur um –«

»Weil du ein korruptes Schwein bist, das sich kaufen lässt wie eine billige Hure«, unterbrach ihn Simon scharf.

»Was fällt dir ein –«, entgegnete Birkenfeld. Seine Pupillen weiteten sich, als Simon das Messer auf ihn richtete, während sich der blanke Hass in seinen Augen spiegelte.

»Ist dir eigentlich klar, dass du dazu beiträgst, unseren Planeten und unsere Zukunft zu zerstören … *meine* Zukunft?«

»Was redest du da? Wieso *deine* Zukunft? … Ich …«, stotterte Birkenfeld. Das Messer näherte sich gefährlich seiner Kehle. Seine Augen wanderten hinter seiner randlosen Brille hektisch hin und her. Der Junge war ja vollkommen verrückt! Warum sollte *er* für Simons Zukunft verantwortlich sein? Und was hatte das mit seinem Gutachten zu tun? Hätte er sich doch nur nicht breitschlagen lassen, Simon zu helfen. Doch er hatte sich verpflichtet gefühlt. Simon war immerhin mit ihm verwandt, der Sohn seines Cousins Rainer. Außerdem hatte er, als er Simon vor zwei Jahren dabei unterstützt hatte, eine bezahlbare Bleibe für sein Studium zu finden, keinen Grund gehabt, daran zu zweifeln, dass sein Neffe ein netter, wohlerzogener junger Mann war, auch wenn der Kontakt bald danach wieder abgebrochen war. Woher in Gottes Namen rührte plötzlich Simons abgrundtiefe Abneigung gegen ihn? Gehörte er vielleicht einer Sekte an, die krude Verschwörungstheorien verbreitete und die Wissenschaft für das Schicksal der Menschheit verantwortlich machte? Er musste versuchen, einen Zugang zu dem Jungen zu finden.

»Also gut, hör mir zu, ja?«, sagte er und machte eine beschwichtigende Geste. »Ich will versuchen, dir alles zu erklären.«

»Da bin ich aber gespannt.« Simon lehnte sich zurück, hielt das Messer aber weiter fest umklammert. Er genoss es, vollkommen Herr der Lage zu sein. Fast sein ganzes Leben lang war er das Opfer gewesen, der mit der Neurodermitis, die ihn seit seiner frühen Kindheit plagte und ihn daran hinderte, wie andere unbeschwert ins Freibad zu gehen oder Sport zu treiben, weil er sich dafür schämte, seine blutig gekratzte Haut der Öffentlichkeit zu präsentieren. Als er dann als Teenager festgestellt hatte, dass er schwul war, hatte er sich endgültig wie ein Paria gefühlt, wie jemand, auf den man mit dem Finger zeigen konnte. Er hatte sich so sehr dafür gehasst, anders zu sein. Er hatte gewollt, dass seine Mitmenschen mehr in ihm sahen als nur die »arme schwule Sau« mit der schuppigen, entzündeten Haut.

Und dann war Olaf gekommen. Er hatte anfangs nicht glauben können, dass ein Mann wie er sich für einen wie ihn überhaupt interessieren könnte. Olaf, der Motor der hessischen Tierrechtsbewegung, unerschrocken, gut aussehend, von allen bewundert und voller Energie. Olaf hatte ihn mitgerissen mit seinem Tatendrang. Tag und Nacht hatten sie zusammengehockt und sich Aktionen und Projekte ausgedacht. Simon hatte sich das erste Mal in seinem Leben gebraucht und geliebt gefühlt. Doch als der Zirkus in Bad Schwalbach aufgetaucht war und das Unglück mit dem Elefanten geschehen war, hatte Olaf plötzlich kaum noch Zeit für ihn gehabt. Für Simon war eine Welt zusammengebrochen. Bis heute wusste er nicht, was der Grund dafür war, dass Olaf sich nach und nach von ihm abgewandt hatte, und das machte ihn fertig. Er fühlte sich einsamer denn je. Er würde alles dafür tun, dass es so wurde wie früher. Er wollte doch nur, dass Olaf ihn wieder liebte.

Birkenfelds Adamsapfel hüpfte nervös auf und ab. »Ich beschäftige mich nun schon seit über fünfundzwanzig Jahren mit dem Verhalten von Wildtieren und ihrer Beziehung zu Menschen. Dank meiner Forschungen weiß ich, dass Wildtiere anpassungsfähiger sind, als man glaubt. Wir haben zum Beispiel bei Löwen, Tigern und Elefanten, die im Zirkus leben, Messungen des Stresshormons Cortisol vorgenommen und die Ergebnisse mit denen frei lebender Artgenossen verglichen und konnten belegen, dass die Arbeit in der Manege und der Transport von einem Ort zum anderen mitnichten Stress für die Tiere bedeuten. Unsere Untersuchungen haben das mehrmals eindrücklich bestätigt. Anhand des Oxytocinspiegels konnten wir nachweisen, dass die Tiere in der Lage sind, enge Beziehungen zu Menschen einzugehen. Es wird oft unterschätzt, wie intelligent und flexibel im Zirkus lebende Wildtiere auf ihr Lebensumfeld reagieren und dass ihr Glück nicht allein von der Quadratmeterzahl –«

»Bla, bla, bla. Hör auf, so eine Scheiße zu labern. Oder hast du gedacht, du könntest mich mit deinem wissenschaftlichen Gequatsche einlullen? Du willst mir doch nicht ernsthaft weismachen, Leila und all die anderen Zirkustiere könnten sich nichts Schöneres vorstellen, als in der Manege aufzutreten. Das glaubst du doch selbst nicht!« In Simons Augen blitzte erneut Feindseligkeit auf.

»Wenn ich es selbst nicht glauben würde, Simon, welchen Sinn hätte dann meine Arbeit?« Birkenfeld bemühte sich, so überzeugend wie möglich zu klingen.

»Keine Ahnung. Vielleicht solltest du *das* mal lieber erforschen.« Simon lachte dreckig und schnitt sich zwei weitere Scheiben Brot ab.

Birkenfeld schwieg resigniert. Simon schien nicht das geringste Interesse an einem vernünftigen Gespräch zu haben. Das

Verhalten seines Neffen gab ihm Rätsel auf und beunruhigte ihn. Er hoffte, dass sie jemand fände, bevor der Junge völlig durchdrehte. Wie spät war es wohl? Er hatte völlig das Zeitgefühl verloren. »Was hast du jetzt vor?«, wagte er irgendwann zu fragen.

»Was soll ich schon vorhaben? Ich esse, wie du siehst.« Tatsächlich hatte Simon keinen Plan, was er als Nächstes tun wollte. Er hatte ursprünglich nur vorgehabt, seinen Onkel ein wenig einzuschüchtern, damit der niemandem erzählte, wo er sich aufhielte. Aber warum die Situation nicht noch ein wenig auskosten? Es machte ihm Spaß. Außerdem hatte er eh nichts Besseres vor. Plötzlich hatte er eine Idee. Mit einem breiten Grinsen im Gesicht stellte er sich vor Birkenfeld. »Steh auf!«, befahl er und stupste den Biologen mit dem Messer vor den Brustkorb, der sich daraufhin zögerlich erhob. »Zieh dich aus!«

Birkenfeld sah seinen Neffen schockiert an. »Was …? Ich würde meine Sachen lieber anbehalten. Mir ist kalt.«

»Nun mach schon. Tu, was ich dir sage!«

Birkenfeld fügte sich, während Panik sich seiner bemächtigte. Seine Beine fingen an zu zittern, als Simon ihn Richtung Schlafraum drängte.

»So, und jetzt machst du einen Kopfstand, und zwar hier«, sagte Simon und deutete auf die Wand.

»Einen Kopfstand?« Der Verhaltensbiologe spürte, wie ihm die Angst die Kehle zuschnürte. »Aber Simon, ich bin ein alter Mann. Ich … ich kann das nicht.«

Simon schnellte nach vorn, packte ihn am Hinterkopf und hielt ihm das Messer an den Hals. »Hör auf zu schwafeln und mach!«

»Simon, bitte«, flehte Birkenfeld, als er spürte, wie die Klinge in seinen Hals schnitt.

28

Bad Schwalbach – Bei einer Protestkundgebung auf dem Festplatz von Bad Schwalbach kam es gestern Vormittag zu einer handfesten Auseinandersetzung zwischen Mitgliedern des Aktionsbündnisses Tierrechte Hessen und Mitarbeitern des kleinen Wanderzirkus Carina, der seit über zwei Wochen in der Kurstadt gastiert. Die Attraktion des Unternehmens, die Elefantenkuh Leila, war am frühen Morgen des 20. Oktober aus bislang ungeklärter Ursache aus dem Zirkus ausgebrochen und hatte einen fünfunddreißigjährigen Jogger getötet (wir berichteten). Bei dem Aufeinandertreffen der Aktivisten mit Angehörigen des Zirkus wurden ein junger Mann schwer sowie mehrere Personen leicht verletzt. Bei dem Schwerverletzten handelt es sich um ein Mitglied des Aktionsbündnisses, einen vierundzwanzigjährigen Biologiestudenten aus Mainz. Er liegt zurzeit im Koma. Wie es zu der handgreiflichen Auseinandersetzung kam, ist unklar. (fr)

Hella schob den Zeitungsausschnitt, den Tobias ihr auf den Schreibtisch gelegt hatte, beiseite und seufzte. Erst der tote Jogger, dann der Artist, der seiner Rauchvergiftung erlegen war, und nun auch noch ein krankenhausreif geschlagener Tierrechtsaktivist. Es wurde immer fürchterlicher. Sie fasste sich an ihre Kniescheibe. Die Prellung bereitete ihr noch immer Probleme. Natürlich kein Vergleich mit den anderen Opfern.

Sie stand auf, ging ins Vorzimmer, um sich einen Kaffee zu holen, und dachte an ihr Gespräch mit Lohmann vor dem Supermarkt zurück. Irgendwie schade, dass er bereits vergeben war.

»Erde an Dr. Ohlsen!«, erklang Tobias' Stimme hinter ihr. Er hatte die Hände zu einem Trichter geformt und hielt sie sich vor den Mund.

Irritiert drehte Hella sich um. »Hm?«

»Bohrst du nach Öl, oder was? Du rührst seit einer geschlagenen Minute mit dem Löffel in deinem Kaffee herum, und das, obwohl du weder Zucker noch Milch hineingetan hast«, klärte Tobias sie auf und deutete auf die weiße Keramiktasse in ihrer Hand mit der Aufschrift »Vorsicht vor dem Frauchen. Der Hund ist harmlos!«.

»Tatsächlich?« Erstaunt betrachtete Hella ihren Kaffeelöffel, als führte er ein Eigenleben.

»Jaahaaa.« Tobias grunzte vergnügt. So zerstreut kannte er Hella gar nicht.

In derselben Sekunde klingelte das Telefon.

Hella blieb stehen und wartete, um zu erfahren, wer in der Leitung war.

»… Ja, die steht direkt neben mir. Moment bitte«, sagte Tobias in den Hörer und zu Hella gewandt, »Frau Roth möchte dich sprechen.«

»Prima, stell sie bitte zu mir durch.«

»Hallo, Frau Roth«, begrüßte Hella die Journalistin freudig, nachdem sie sich auf ihren Schreibtischstuhl gesetzt hatte, der darauf wie immer mit einem Quietschen reagierte. »Ich habe gerade Ihren Beitrag in den Wiesbadener Nachrichten gelesen. Sehr unerfreuliche Geschichte.«

»Das kann man wohl sagen«, pflichtete ihr Friederike bei. »Ich habe vorhin mit einer Vertreterin vom Aktionsbündnis gesprochen. Sie sagte mir, dass es ihrem Bekannten, der im Krankenhaus liegt, sehr schlecht gehe. Allem Anschein nach hat er schwere Kopfverletzungen erlitten, und es ist ungewiss, ob er, wenn er überhaupt wieder zu Bewusstsein kommt, dauerhafte Schäden davontragen wird.«

»Oh mein Gott!«, stöhnte Hella, die sich sofort ungut daran erinnert fühlte, wie es um ihren Vater stand. »Hat sie Ihnen auch erzählt, wie es zu den Handgreiflichkeiten gekommen ist?«

»Sie meinte, die Situation sei eskaliert, weil einer der Zirkusmitarbeiter die Gruppe bedroht habe. Sie tat so, als sei die Aggression von dem Mann ausgegangen, und hat mich bei der

Gelegenheit auf ein Video aufmerksam gemacht, das der Verein heute früh ins Netz gestellt hat.«

»Was für ein Video?«

»Das ist eine Aufnahme von dem Vorfall, die ein Mitglied der Gruppe gemacht hat.«

Hella war entsetzt. »Wie, die haben gefilmt, wie einer ihrer Leute halb tot geprügelt wird, und das dann auch noch veröffentlicht?«

»Ja, kaum zu glauben, nicht? Auf dem Video ist zu sehen, wie einer von den Zirkusleuten wie ein Wahnsinniger auf den am Boden liegenden Aktivisten eindrischt. Als Beleg für die Behauptung der Tierrechtlerin taugt es meiner Meinung nach allerdings wenig. Wenn Sie mich fragen, halte ich es sogar für möglich, dass die Aktivisten die Schlägerei gezielt provoziert haben, um den Zirkus in ein noch schlechteres Licht zu rücken.«

»Wie kommen Sie darauf?«

»Auf dem Video hört man im Hintergrund plötzlich einen Mann schreien: ›Ihr miesen Drecksäcke, ihr habt uns reingelegt.‹ Die Stimme geht zwar in dem allgemeinen Krach etwas unter. Aber wenn man die Lautstärke hochregelt, ist es ganz gut zu verstehen. Ich denke, derjenige, der da schreit, hat mitbekommen, wie jemand die Szene filmt, und daraufhin eins und eins zusammengezählt. Außerdem finde ich seltsam, dass es so lange dauert, bis die Aktivisten ihrem Freund zu Hilfe kommen, obwohl unübersehbar ist, dass er schwer verletzt ist und sich nicht mehr wehren kann. Für mich sieht das so aus, als wollten sie unbedingt dokumentieren, um was für brutale Schläger es sich bei den Zirkusleuten handelt.«

»Herrje! Wenn dem so ist, wäre das eine echt miese Nummer.« Hella schnaubte missbilligend. »Und was sagen die vom Zirkus dazu?«

»Ich bin gestern Mittag gleich nach Bad Schwalbach gefahren, um mich vor Ort umzuhören. Aber die Zirkusleute mauern total. Die trauen niemandem mehr über den Weg.«

»Hm. Das kann ich ihnen fast nicht verdenken. Weiß die Polizei von dem Video?«

»Ja, ich habe eben mit Kommissar Lohmann gesprochen. Er kannte die Aufnahmen bereits und geht der Sache nach.«

»Gut. Danke, dass Sie auch mich informiert haben.«

»Gerne. Aber, wo ich Sie schon mal dranhabe …«

»Ja?«

»Wie geht es Leila?«

»Oh, der geht es recht gut. Sie kommt allmählich zur Ruhe und hat die anderen Elefanten bereits von ihrer Einzelbox im Kronberger Zoo aus kennengelernt. Gestern durfte sie sogar erstmals über den Zaun, der ihren Bereich von dem Elefantengehege trennt, Kontakt mit der Herde aufnehmen, was wohl ohne größere Aufregung über die Bühne gegangen ist. Das ist ein wirklich gutes Zeichen. Herr Nissen sagte mir, dass er bald einen ersten Versuch wagen will, Leila mit den anderen drei Elefantenkühen zusammenzubringen. Wenn unsere Freundin die anderen Elefanten nicht angreift und die sie ebenfalls nicht attackieren, stehen die Chancen gut, dass sie dauerhaft zu ihren Artgenossinnen kann.«

»Das wäre ja super!«, rief Friederike erfreut aus.

»Ich bin auch sehr erleichtert, dass es sich so gut anlässt. Ich hatte mit mehr Schwierigkeiten gerechnet. Erwachsene Elefanten miteinander zu vergesellschaften, ist immer ein großes Risiko, denn jedes Tier hat seinen eigenen Charakter, und Leila ist, wie wir ja nun wissen, ein ganz besonderer Fall. Es wird ihr sicherlich nicht leichtfallen, sich unterzuordnen. Doch die Leitkuh ist ein erfahrenes, älteres Weibchen. Bislang hat noch kein anderes Herdenmitglied gewagt, sich ihr zu widersetzen. Der Zoodirektor ist daher zuversichtlich, dass sie Leila schnell und unmissverständlich in ihre Schranken weisen wird, um unnötige Kämpfe zu vermeiden.«

»Hoffen wir das Beste. Ich drücke Ihnen fest die Daumen.«

»Danke. Ich melde mich bei Ihnen, sobald es etwas Neues gibt.« Hella legte auf. Nachdem sie einen großen Schluck Kaffee getrunken hatte, klickte sie sich auf die Seite des ATH.

Das Video war wirklich grauenerregend. Obwohl die Aufnahmen aus einigen Metern Entfernung gemacht worden waren, war deutlich zu sehen, wie ein stattlicher, kräftiger Mann immer und immer wieder mit voller Wucht auf den Aktivisten einschlug, untermalt von dem grässlichen Geräusch, das entstand, wenn Knöchel auf Knochen krachten. Er war dermaßen in Rage, dass er die Außenwelt völlig ausgeblendet zu haben schien. Kopf und Oberkörper des Opfers waren blutverschmiert, und Hella hatte Mühe, ihr Entsetzen und ihren Ekel zu unterdrücken.

Sie spulte das Video vor. Das Handy war ein wenig nach links geschwenkt worden. Im Hintergrund war lautes Sirenengeheul zu vernehmen. Hella vermutete, dass das der Moment war, als die Polizei anrückte, um dem Ganzen ein Ende zu bereiten. Am äußeren Bildrand entdeckte sie einen Mann mit einer schwarzen Hose und einer dicken Fleecejacke samt Schirmmütze, der sich langsam im Rückwärtsgang krabbelnd von dem Geschehen entfernte. Sie sah sich die Sequenz genauer an. ·

Wie vom Donner gerührt, starrte sie den Bildschirm an. »Das gibt's doch nicht … Das ist er«, murmelte sie verblüfft. Sie fuhr mit dem Cursor zurück und sah sich den Filmausschnitt ein zweites Mal an. Als sie an der Stelle angekommen war, an der die Kamera genau auf den Mann gerichtet war, stoppte sie den Film und kroch fast mit der Nasenspitze in den Bildschirm. Jeder Zweifel war ausgeschlossen. Das war der Mann, der sie vor ihrer Haustür niedergeschlagen hatte. Der blutig gekratzte Hals, das war es, was ihr an dem Morgen neben der Tätowierung auf seinem Oberarm spontan ins Auge gesprungen war, ohne dass sie sich später daran hätte erinnern können. Der Mann litt unter einer schweren Neurodermitis, die einen unerträglichen Juckreiz auslöste, vor allem in Stresssituationen. Und in genau einer solchen befand er sich auf dem Video gerade, denn er kratzte sich wie wild über seinen Kehlkopf. Spontan fiel Hella ein, wo sie ihn darüber hinaus schon einmal gesehen hatte: und zwar während der Demo auf dem Dern'schen Gelände, am Morgen nach dem Tod des Joggers. Er hatte geholfen, Broschüren des Aktionsbündnisses zu verteilen, und sie dabei so seltsam angestarrt. Vor lauter Aufregung hätte sie beinahe ihre Kaffeetasse umgeworfen, die neben der Tastatur stand.

Sie ließ das Video weiterlaufen und hoffte zu erfahren, ob es dem Mann gelungen war zu fliehen oder ob die Polizei ihn festgenommen hatte. Doch leider endeten die Aufnahmen unmittelbar nach der Szene.

Sie griff zum Telefonhörer und rief Kriminalhauptkommissar Lohmann an.

***

Lohmann trat aufs Gaspedal. Hella hatte ihnen den entscheidenden Hinweis gegeben. Alles deutete darauf hin, dass Simon Haas der Mann war, den sie suchten; der Mann, der sowohl für die Brandstiftung in Bad Schwalbach als auch für den Überfall auf Hella verantwortlich war.

Doch weder Olaf Benz noch einer der anderen Aktivisten, die sie spontan kontaktiert hatten, konnte ihnen sagen, wo Simon sich aufhielt. Sein Handy war zum letzten Mal gestern gegen frühen Nachmittag in der Nähe von Bad Schwalbach eingebucht gewesen.

Lohmann wollte gerade die Fahndung rausgeben, als Gerd zufällig auffiel, dass vom Mobiltelefon des Verhaltensbiologen aus an derselben Stelle, wo sie Haas' Handy zuletzt geortet hatten, ein Funksignal ausging.

Das war gegen Viertel nach elf gewesen.

Als sie dann noch herausfanden, dass Simon Haas der Neffe von Manfred Birkenfeld war und jener sich noch immer nicht bei seiner Sekretärin gemeldet hatte, schrillten bei Lohmann sämtliche Alarmglocken.

»Wie weit ist es noch?«, fragte er Claudia, die neben ihm saß, während sie mit Blaulicht durch die Kurven Richtung Bad Schwalbach rasten. Die Bäume und Büsche flogen nur so an ihnen vorbei.

Claudia schaute auf das Tablet auf ihren Knien. »Rund zwei Kilometer. Fahr ein bisschen langsamer. Du musst gleich rechts abbiegen und dann sofort wieder rechts den nächsten Feldweg rein ... Da ... da vorne.« Sie zeigte mit dem Finger auf die Abzweigung vor ihnen.

Lohmann zog den Wagen nach rechts, gefolgt von zwei Streifenwagen, in denen Gerd, Hans und zwei weitere Beamte saßen, darunter eine Polizeipsychologin, die er zur Verstärkung mitgenommen hatte. Simon stand sicher unter einem enormen psychischen Druck und hatte Birkenfeld womöglich als Geisel genommen. In einem solchen Zustand war ihm alles zuzutrauen.

Claudia lotste ihn immer tiefer in den Wald hinein, bis das Blinkzeichen auf dem Tablet ihnen signalisierte, dass ihr Ziel unmittelbar vor ihnen lag. »Langsam! Hier ganz in der Nähe muss es sein«, sagte sie.

Lohmann drosselte das Tempo und folgte einer Biegung. Zwischen zwei großen Tannen auf der linken Seite parkte ein metallicblauer Opel Zafira. Lohmann hielt an und signalisierte seinen Kollegen, in ihren Autos sitzen zu bleiben.

»Das ist das Auto von Birkenfeld«, sagte Claudia nach einem Blick auf das Kennzeichen.

Sie stiegen aus und schauten ins Innere des Wagens. Auf dem Beifahrersitz entdeckte Lohmann ein Handy. »Und das sein Mobiltelefon«, erklärte er. »Aber wo ist er?« Er schaute sich um. »Sag den anderen Bescheid. Wir suchen ab hier zu Fuß weiter«, befahl er Claudia.

»Warte mal.« Sie hielt ihm das Tablet unter die Nase. »Hier ist eine Hütte eingezeichnet.« Sie wies mit dem Finger auf die Stelle, nicht weit entfernt von ihrem Standort.

Lohmann nickte. »Okay, dann sehen wir uns dort als Erstes um.«

Gemeinsam folgten die sechs Beamten einer zugewachsenen Rückeschneise, bis nach etwa hundertfünfzig Metern hinter hohen Bäumen die Pfadfinderhütte vor ihnen auftauchte. Ein Eichhörnchen mit einer Walnuss im Fang flüchtete sich auf einen Baum und beäugte die Störenfriede aus sicherer Distanz. Die Beamten blieben in einiger Entfernung im Schutz der Bäume stehen und nahmen ihr Umfeld in Augenschein.

Lohmann wies stumm auf das Trekkingbike, das neben der Eingangstür lehnte. Auf sein Zeichen hin pirschten sie näher an die Hütte heran. Lohmann gab zwei seiner Kollegen zu verstehen, hinter die Hütte zu laufen und dort Aufstellung zu nehmen. Er selbst und die anderen drei Beamten positionierten sich lautlos rechts und links des Eingangs.

Von drinnen vernahmen sie die Stimme eines Mannes. »Nicht umfallen, hörst du! So ist es brav. Dem Publikum gefällt so was. Nur an der Haltung müssen wir noch etwas arbeiten.« Ein schäbiges Lachen erklang.

»Simon, bitte, ich kann nicht mehr«, hörten sie einen zweiten Mann flehen.

Das war Birkenfeld. Sie mussten sich beeilen.

Lohmann nahm Blickkontakt mit seinen Kollegen auf und gab das Kommando zum Zugriff. Die Eingangstür flog krachend aus den Angeln, als sich zwei seiner Leute dagegenwarfen. Der Stuhl, der die Tür blockiert hatte, schlitterte quer durch den Raum und landete in einer Ecke.

Der Anblick, der sich den Beamten bot, als sie geballt ins Innere der Hütte vorstießen, war so absurd, dass Lohmann für den Bruchteil einer Sekunde glaubte, sein Gehirn spielte ihm einen Streich.

Birkenfeld lehnte mit hochrotem Gesicht, nur mit Unterhemd und Unterhose bekleidet, auf dem Kopf stehend, zwischen zwei Etagenbetten, während Simon rittlings auf einem Stuhl hinter ihm hockte und ein Messer in den Händen hielt.

Ehe Haas reagieren konnte, rissen ihn zwei Beamte vom Stuhl und warfen ihn zu Boden, während Lohmann und Claudia Birkenfeld auffingen, der halb bewusstlos in sich zusammensackte. An seinem Hals hatte er eine Schnittwunde, und auch sein Unterhemd wies zahlreiche kleinere Blutflecken auf.

»Herr Birkenfeld, können Sie mich hören?« Claudia kniete sich neben den Biologen und schlug ihm mehrmals sanft auf die Wange, bis er die Augen aufschlug. »Wir sind von der Kriminalpolizei. Sie sind jetzt in Sicherheit«, sagte sie und lächelte ihm aufmunternd zu.

»Gott sei Dank! Ich hätte keine Sekunde länger durchgehalten«, flüsterte Birkenfeld schwach. »Er wollte, dass ich einen Kopfstand mache wie ein Zirkuselefant.« In seinem Blick malte sich noch immer das Entsetzen ab, das ihn gepackt hatte, als Simon ihn mit dem Messer dazu gezwungen hatte, sich kopfüber an die Wand zu stellen. »Der Junge ist krank.«

»Schhht, ist gut. Das können Sie uns alles später erzählen. Wir bringen Sie jetzt erst einmal ins Krankenhaus«, besänftigte die Beamtin ihn, woraufhin Birkenfeld nickte und erschöpft wieder die Augen schloss.

29

Acht Tage später konnte Lohmann endlich die Akte Carina schließen, auch wenn er und seine Kollegen sich damit zufriedengeben mussten, dass sie die genauen Hintergründe, die zum Ausbruch der Elefantenkuh geführt hatten, aus Mangel an Beweisen nicht hatten klären können. Es würde wohl immer ein Geheimnis bleiben, ob Leila sich selbst befreien konnte oder ob sie einen Helfershelfer gehabt hatte. Dennoch stand zweifelsfrei fest, dass es nie zu dem Tod des Joggers gekommen wäre, hätte der Zirkus seine Aufsichtspflichten nicht vernachlässigt. Eine hohe Geldstrafe, wenn nicht sogar mehr, wäre dem Zirkusdirektor somit sicher. Und außerdem hatten sie Simon Haas der anderen Taten überführt. Erleichtert verließ er um siebzehn Uhr das Präsidium und fuhr durch den Schneeregen nach Hause.

Nachdem er sich ein saftiges Steak und einen großen grünen Salat einverleibt hatte, beschloss er, dass es an der Zeit war, Hella Ohlsen zu kontaktieren und sie über die einzelnen Ermittlungsergebnisse zu unterrichten. Er hatte seit ihrem letzten Telefonat nur einmal ganz kurz mit ihr gesprochen, um ihr mitzuteilen, dass sie Haas gefasst hatten.

Er machte es sich auf seiner Couch bequem und wählte ihre Nummer. Nach dem fünften Läuten nahm sie ab. Sie klang ein wenig atemlos.

»Guten Abend, Frau Ohlsen. Wo habe ich Sie hergeholt?«

»Hallo, Herr Lohmann … Ich war gerade auf dem Sprung zu meiner Mutter. Mein Vater kommt morgen früh in ein Pflegeheim, und wir haben noch einiges zu besprechen.«

»Geht es ihm besser?«

»Wie man es nimmt. Er ist inzwischen bei Bewusstsein. Aber er wird dauerhaft auf Pflege angewiesen sein und nie mehr der Alte werden.« In Hellas Stimme schwang Traurigkeit mit. Doch sie fasste sich gleich wieder. »Aber deswegen haben Sie bestimmt nicht angerufen, oder?«

»Nein. Ich dachte, wir könnten in Ruhe die Details unseres Ermittlungserfolgs durchgehen. Aber dann vertagen wir das.«

»Liebend gerne. Heute Abend ist es nur leider wirklich sehr ungünstig. Ich werde bestimmt nicht vor einundzwanzig Uhr zurück sein«, erwiderte Hella. Hatte er »*unseres* Ermittlungserfolgs« gesagt? Sie fühlte sich ein klein wenig geschmeichelt. »Wie wäre es mit Freitag am späteren Nachmittag?«, schlug sie vor.

»Da passt es bei mir nicht.«

Es entstand eine kleine verlegene Pause, die Hella seltsam lang vorkam und in der sie zu ihrem eigenen Erstaunen bemerkte, wie sehr sie es jetzt schon bedauerte, Lohmann, nun, wo der Fall abgeschlossen war, bald nicht mehr zu sehen.

»Ich habe eine bessere Idee«, sagte Lohmann plötzlich. »Ich hole Sie und Jagger Samstag um zehn zu einem Ausflug ab. Bei der Gelegenheit haben wir ausreichend Zeit, uns zu unterhalten. Einverstanden?«

»Einverstanden«, sagte Hella, und ein warmes Gefühl machte sich in ihrem Innern breit.

⁂

»Wohin fahren wir?«, fragte Hella, als Lohmann sich am Samstagmorgen mit ihr und Jagger auf den Weg machte.

»Lassen Sie sich überraschen«, antwortete er und bedachte sie mit einem verschmitzten Lächeln. Dann berichtete er ihr vom Ausgang des Falls.

Haas war in allen Punkten geständig gewesen und würde sich vor Gericht unter anderem wegen schwerer Brandstiftung mit Todesfolge, Körperverletzung in zwei Fällen und Freiheitsberaubung verantworten und aller Voraussicht nach eine lebenslange Freiheitsstrafe verbüßen müssen. Es war ganz so, wie Lohmann vermutet hatte. Der Vierundzwanzigjährige hatte ein sehr gering ausgeprägtes Selbstwertgefühl, hervorgerufen durch seine Neurodermitis, die ihn seit seiner frühen Kindheit quälte, und durch die Tatsache, dass er sich für seine homosexuelle Veranlagung schämte. Er hatte sich stets als Außenseiter gefühlt und hatte auch in seinen Eltern (der Vater arbeitete für eine große internationale Firma im Personalmanagement, die Mutter war studierte Chemikerin) keine große Hilfe gehabt, um mit seiner Unsicherheit und seinen Komplexen fertigzuwerden. Nach dem Abitur, das er in Großbritannien abgelegt hatte, war er allein in seine hessische Heimat zurückgekehrt.

»Durch sein labiles Selbstbewusstsein war er das perfekte Opfer für Benz, der sich in seinem übersteigerten Narzissmus nichts aus Haas gemacht und ihn nur für seine Zwecke benutzt hatte, indem er ihn von sich abhängig machte. Simon hat das leider nicht durchschaut, da er Benz bedingungslos ergeben war«, sagte Lohmann.

Hella dachte an Friederike Roths Schilderung von ihrem Treffen mit den Aktivisten, bei dem die Journalistin ebenfalls den Eindruck gehabt hatte, Simon wäre seinem Freund hörig. Wenn sie gewusst hätte, wie nah sie da bereits an der Lösung des Falls gewesen waren.

»Haas hat Benz derart vergöttert, dass er sich sogar das gleiche Tattoo hat stechen lassen, einen Affenkopf ...«, fuhr Lohmann mit einem Seitenblick zu Hella fort. »Ihre Erinnerung hat Sie also nicht getäuscht.«

»Und warum hat er mir eins übergebraten? Hat Benz ihn dazu angestiftet?«, fragte Hella. Sie schob sich eine ihrer geliebten Pfefferminzpastillen in den Mund.

»Nein, das war ganz allein seine Idee. Es hat ihm offensichtlich Genugtuung verschafft, Ihnen einen Denkzettel zu verpassen, weil er wusste, dass Benz Sie nicht mag und der Ansicht ist, dass Sie sich nicht vehement genug gegen ein Wildtierverbot im Zirkus einsetzen und somit das Leid der Tiere unnötig verlängern.«

»Tolle Therapie, um Minderwertigkeitskomplexe zu bekämpfen.« Hella lächelte dünn. »Dachte er etwa, wenn ich es mit der Angst zu tun bekäme, würde ich meinen Job an den Nagel hängen, oder was?« Sie schüttelte missbilligend den Kopf.

»Keine Ahnung. Er hat wohl eher gehofft, Benz imponieren zu können, wenn der erführe, dass er sie niedergeschlagen hat.«

»Hat er es Benz denn gesagt?«

»Nein. Nachdem es ihm nicht gelungen war, Sie einzuschüchtern, hat er sich nicht getraut, seinem Freund von seiner vermeintlichen Heldentat zu erzählen. Er hat befürchtet, dass Benz ihn nur wieder als Versager hinstellen würde, der es noch nicht einmal auf die Reihe kriegt, Ihnen richtig eins auszuwischen.«

»Der Arme«, sagte Hella süffisant. »Mein Mitleid hält sich in Grenzen.«

Lohmann lachte und drehte die Heizung im Auto höher. Kleine Eiskristalle wirbelten gegen die Frontscheibe. »Übrigens: Jagger hat auf dem Berggasthof seinetwegen geknurrt.«

»Ach?« Hella sah Lohmann erstaunt an.

»Simon Haas hat an dem Tag mit Benz und drei Freundinnen eine Radtour zum Kellerskopf gemacht. Als ich mir die Tische auf der Terrasse angeschaut habe, muss er auf Toilette gewesen sein. Deswegen habe ich nur die vier anderen gesehen und bin im Nachhinein nicht darauf gekommen, dass neben Benz noch eine weitere männliche Person zu der Gruppe gehört haben muss.«

Über Hellas Züge glitt ein Leuchten. »Ich wusste doch, dass ich mich auf Jaggers Spürsinn verlassen kann.«

Lohmann wendete den Blick von der Fahrbahn und musterte Hella amüsiert. »Sie zwei sind offensichtlich ein verdammt gutes Team.«

»Und das aus Ihrem Mund«, konterte Hella. »Wenn Sie unsere Dienste mal wieder benötigen sollten, wir stehen Ihnen jederzeit gerne zur Verfügung.«

Lohmann ging nicht darauf ein. Nur seine Lachfalten vertieften sich eine Spur. »Haas ist daraufhin auf die Idee gekommen, beim Zirkus ein Feuer zu legen, weil er dachte, damit endlich Olafs Achtung wieder erringen zu können«, setzte er seinen Bericht fort. »Er hat sich etwas von dem Brandbeschleuniger genommen, den er in seinem Keller gelagert hat, und ist damit nachts nach Bad Schwalbach gefahren, um den Brand in die Tat umzusetzen.«

»Die ganze Strecke mit dem Fahrrad?« Hella kam aus dem Staunen nicht mehr heraus.

»Ja. Er wohnt in der Nähe des Wiesbadener Nordfriedhofs. Von dort bis zum Festplatz sind es über die Lahnstraße rund siebzehn Kilometer –«

»Und immer schön steil bergauf ...«, fügte Hella hinzu.

»Ja. Aber er besitzt ein hochwertiges Rad und ist ein sehr trainierter Fahrer.«

»Trotzdem. Das ist eine ganz schön schräge Aktion, im wahrsten Sinne des Wortes. Aber ihm muss doch klar gewesen sein, dass er mit dem Brand das Leben von Menschen und das der Zirkustiere gefährdet.«

»Er hatte offensichtlich irgendwann so große Angst, dass Olaf sich endgültig von ihm abwenden würde, wenn es ihm nicht gelänge, ihn zu beeindrucken, dass er sich darüber keine großen Gedanken gemacht hat. Wie prekär seine Lage ist, ist ihm wohl erst wieder aufgegangen, als die Polizei wegen der Prügelei beim Sitzstreik angerückt ist. Deshalb ist er geflohen und hat sich im Wald versteckt. Von dort aus hat er dann seinen Onkel gebeten, ihn dabei zu unterstützen, für einige Zeit abzutauchen. Er wusste natürlich nicht, dass wir zu dem Zeitpunkt Birkenfeld gesucht haben und somit auch seinen Standort ermitteln konnten.«

»Aber warum hat er seinen Onkel festgehalten? Das hätte er sich doch wenigstens sparen können.«

»Das war eine ganz spontane Idee, wahrscheinlich aus seiner psychischen Notlage heraus geboren. Zunächst wollte er seinen Onkel nur erpressen, damit der ihn nicht verrät. Dann aber hat er sich angeblich wahnsinnig darüber geärgert, dass Birkenfeld seine Studien verteidigt hat und ihm weismachen wollte, dass es Wildtieren im Zirkus gut geht. Daraufhin ist er auf die hirnrissige Idee verfallen, seinen Onkel an einer Wand der Hütte so lange einen Kopfstand machen zu lassen, bis dem klar geworden wäre, was es heißt, gegen seinen Willen zu Kunststückchen gezwungen zu werden wie ein Zirkustier.«

Hella zischte verächtlich durch die Zähne.

»Von Birkenfeld stammte übrigens der anonyme Hinweis,

dass das Gutachten über Leila auf einer Absprache zwischen von Clausen und Häuser beruhte, um dem Zirkus das Gastspiel zu ermöglichen.«

»Schau einer an.«

»Ja, er hatte ein furchtbar schlechtes Gewissen deswegen und fühlte sich mitverantwortlich für den Tod des Joggers.«

Hella betrachtete den gelben Himmel. Schnee lag in der Luft. Noch einer, der sich zu spät auf sein schlechtes Gewissen besonnen hatte, dachte sie. »Und dieser Olaf Benz, was ist mit dem?«, fragte sie.

»Für seine narzisstische Persönlichkeit können wir ihn leider nicht belangen, obwohl ich das liebend gerne täte, das können Sie mir glauben. Aber ihm wird der Prozess wegen der Erpressung des Landrats gemacht, dessen Karriere ebenso beendet sein dürfte wie die von Häuser.«

»Abwarten. Unkraut vergeht bekanntlich nicht«, sagte Hella zweifelnd. »Wir können nur hoffen, dass Frau Roth mit ihrem Artikel mächtig Staub aufwirbelt und weitere Medien die Geschichte aufgreifen werden. Vielleicht hat das wenigstens kurzfristig eine abschreckende Wirkung auf andere. Apropos: Ging der Vandalismus in ihrem Jagdrevier eigentlich auch auf das Konto von Haas?«

»Nein.« Lohmann schüttelte den Kopf. »Das hat nichts mit dem Fall zu tun. Dafür zeichnen andere Mitglieder des Aktionsbündnisses verantwortlich.«

Inzwischen waren sie an ihrem Ziel angekommen. Hella war so mit Lohmann ins Gespräch vertieft gewesen, dass sie nicht auf die Strecke geachtet hatte. Erst jetzt erkannte sie, wo sie sich befanden. Ein Strahlen ging über ihr Gesicht.

»Ich habe Herrn Nissen gestern angerufen, und er hat mir zugesichert, dass er, wenn wir kommen, Leila mit den anderen Elefantenkühen zusammenbringen will«, sagte Lohmann, als sie vor dem Kronberger Opel-Zoo ausstiegen.

»Wie großartig!« Hella wäre Lohmann am liebsten um den Hals gefallen vor Freude über die gelungene Überraschung, konnte sich aber gerade noch zurückhalten.

»Ich muss zugeben, dass ich ein bisschen aufgeregt bin«, sagte sie, als sie wenig später mit Jagger zum Elefantengehege gingen. Sie hatte ihre dunkelgrüne Strickmütze bis tief über die Ohren gezogen, um sich gegen den eisigen Wind und die Schneeflocken, die zu fallen begonnen hatten, zu wappnen. Wegen des ungemütlichen Wetters waren nur sehr wenige andere Besucher in der weitläufigen Anlage unterwegs.

Als sie sich dem Elefantenhaus näherten, sahen sie, dass sich die drei Elefantendamen, die die kleine Herde des Zoos bildeten, im Außenbereich aufhielten. Die afrikanischen Dickhäuter machten sich genüsslich über Tannenzweige her, die ihr Pfleger ihnen zum Fressen ins Gehege warf, und schienen nicht zu ahnen, was ihnen bevorstand. Hella und Lohmann blieben hinter der Absperrung stehen und sahen ihnen zu.

»Dort links, das ist Cara, die Leitkuh«, sagte Hella und zeigte auf ein etwas abseits stehendes imposantes Weibchen, dem der linke Stoßzahn fehlte.

Wenige Augenblicke später öffnete sich das Tor des Elefantenhauses. Es dauerte nicht lange, und Leila wechselte zügig und ohne erkennbare Scheu in den Außenbereich. Sobald die anderen Tiere den Neuling bemerkten, stellten sie das Fressen ein. Unruhe kam in der Herde auf. Aufgeregt liefen die drei Elefantenkühe hin und her.

»Jetzt kommt es darauf an, ob Leila sich kampflos unterordnet«, raunte Hella Lohmann zu und hielt Sekunden später die Luft an. Denn die Elefantendame dachte gar nicht daran, sich an die Rangordnung zu halten, sondern lief schnurstracks auf Cara zu, um sie herauszufordern. Die erfahrene Leitkuh ließ sich durch das ungebührliche Verhalten jedoch nicht einschüchtern, sondern drängte Leila in die innerhalb der Absperrung verlaufenden Drahtseile, um ihr klarzumachen, wer das Sagen hatte. Leila war so verblüfft über die unerwartete Maßregelung, dass sie ihren Angriff abbrach und Cara auswich.

Hella atmete hörbar aus. »Das war knapp.«

»Leila hat offensichtlich nicht verlernt, welche Spielregeln unter Elefanten gelten«, sagte Lohmann.

»Ja, sieht ganz so aus.«

Schweigend verfolgten sie, wie nun auch die anderen Elefantenkühe auf Leila reagierten, während immer mehr dicke weiße Flocken vom Himmel segelten. Doch auch mit den anderen beiden Weibchen kam es zu keinen größeren Rangeleien, und schon bald legte sich die Aufregung in der Herde wieder.

»Schauen Sie, Leila scheint bereits zu akzeptieren, dass Cara die Chefin ist. Sie lässt sich von ihr sogar das Futter wegnehmen«, rief Hella plötzlich aus, und ihre Augen leuchteten. Eine Schneeflocke hatte sich auf ihre Nasenspitze gesetzt.

Lohmann sah sie zärtlich an. Als er kurz darauf den Arm um sie legte und sie an sich zog, ließ sie ihn gewähren.

30

Sechs Monate später

Simons Schicksal war besiegelt. Olaf dagegen war mit einer zweijährigen Bewährungsstrafe davongekommen. Mit einem Gefühl der Genugtuung lehnte er sich auf seinem Sitz zurück. Er schlug die Beine übereinander und taxierte seine Mitreisenden, zwei junge Mädchen, die sich kichernd über eins ihrer Handys beugten, und einen älteren Herrn mit Hut, der die Tageszeitung las.

Hinter der mit Dreckschlieren überzogenen Scheibe der Regionalbahn zeichnete sich der mächtige Strom des Rheins ab, der die Grenze zu Rheinland-Pfalz markierte. Zwei große Containerschiffe glitten stromabwärts dahin. Die Frühlingssonne hatte in den letzten zwei Wochen dafür gesorgt, dass die Bäume kräftig austrieben. Doch Olaf war viel zu sehr in Gedanken versunken, um seine Aufmerksamkeit auf die vorbeifliegende Landschaft zu richten.

Er hatte Simons flehentlichen Blick kaum ertragen können, als sie sich während des Prozesses gegen seinen Ex-Freund im Wiesbadener Landgericht wiedergesehen hatten. Aus seiner Sicht hatten sie sich nichts mehr zu sagen. Er konnte noch immer nicht verstehen, was um alles in der Welt Simon zu der Annahme verleitet hatte, dass er ihn mit dem Mist, den er verzapft hatte, auch nur ansatzweise hätte beeindrucken können: eine Beamtin niederschlagen und den Zirkus in Brand setzen, wie bescheuert war das denn? Hatte Simon gar nichts begriffen?

Aber das brauchte ihn jetzt nicht mehr zu interessieren. Simon würde seine gerechte Strafe absitzen, und das allein zählte. Ebenso wie die Tatsache, dass der Zirkus alle seine Wildtiere abgeben musste und neuerdings nur noch als reines Varieté-unternehmen unter neuem Namen auftrat.

Der Zug lief am nächsten Halt ein, und die drei anderen Fahrgäste stiegen aus. Als Olaf sich im leeren Waggon umblickte, bemerkte er, dass der ältere Herr die Zeitung auf seinem Sitz liegen gelassen hatte, und stand auf, um sie sich zu holen. Nachdem er den Hauptteil überflogen hatte, blieb er im Lokalteil an einer Meldung hängen, in der das Gastspiel eines kleinen Zirkus angekündigt wurde.

Olaf grinste. Es bereitete ihm noch immer eine geradezu diebische Freude, dass es der Polizei nicht gelungen war herauszufinden, wie Leila entkommen konnte. An dem Tag, als der Zirkus seine erste Gastvorstellung in Bad Schwalbach gegeben hatte, hatte er sich unter die wartenden Besucher gemischt und das allgemeine Gedränge vor dem Einlass genutzt, um in einem unbemerkten Augenblick den Akku des Elektrozauns zu manipulieren, indem er die Schrauben, die die Stromdrähte fixierten, ein wenig gelockert hatte; gerade so viel, dass die Stromzufuhr nicht dauerhaft unterbrochen wurde. Der dadurch entstandene Wackelkontakt hatte Leila den Weg in die Freiheit ermöglicht. Bei der Erinnerung daran lachte Olaf laut auf und schlug mit der rechten Faust mehrmals in seine linke Handinnenfläche. Er vermutete, dass Leilas Betreuer kurz nach dem Ausbruch der Elefantenkuh die Schrauben heimlich wieder angezogen hatte, aus Angst, der Fahrlässigkeit bezichtigt zu werden, und die Polizei seiner kleinen Sabotage somit nicht auf die Schliche gekommen war.

Als der Zug sein Tempo verlangsamte, wandte Olaf den Kopf. Sie liefen in den Rüsselsheimer Hauptbahnhof ein. Er legte die Zeitung beiseite und schnappte sich seinen Rucksack. Sobald die Bahn hielt, sprang er aus dem Waggon, zog sich die Kapuze über den Kopf und trat, kaum dass die Reifen seines Trekkingbikes die Erde berührten, kraftvoll in die Pedale, um die letzten Meter bis zum Campus zurückzulegen.

Nachwort

In Buchen, im Odenwald, kam es am 13. Juni 2015 zu einem tragischen Unglück. Ein frei laufender Zirkuselefant tötete einen fünfundsechzigjährigen Spaziergänger, der sich frühmorgens in der Nähe des Gastspielplatzes aufgehalten hatte, um Pfandflaschen zu sammeln. Der Mann hatte keine Chance, dem tonnenschweren Tier, das ihn mit seinen Stoßzähnen traktierte, zu entkommen.

Als ich von dieser tragischen Geschichte erfuhr, war ich zutiefst erschüttert, und das Schicksal des Mannes und seiner Angehörigen hat mich seither nicht mehr losgelassen. Somit begann ich, mich mit dem Thema Wildtiere im Zirkus und den damit zusammenhängenden tierschutzrelevanten Fragen und politischen Hintergründen näher zu beschäftigen. Ebenso wie die Tatsache, dass das Mitführen von Großsäugern und Primaten in Zirkusbetrieben immense gesundheitliche Risiken für diese selbst bergen kann, auch wenn heute nur noch wenige Zirkusse Wildtiere halten, schockierte mich die Erkenntnis, dass das Schicksal des Rentners im Odenwald bei Weitem kein Einzelfall ist. Nach einem im April 2021 erschienenen Bericht des europäischen Tierschutz-Dachverbands Eurogroup for Animals ereigneten sich allein im Zeitraum von 1995 bis 2019 EU-weit 478 gefährliche Zwischenfälle, an denen Zirkustiere, allen voran Tiger und Elefanten, beteiligt waren. Erstaunt hat mich dabei vor allem, dass Deutschland mit 202 Fällen Spitzenreiter dieser traurigen Statistik ist. Dies wirft, finde ich, kein gutes Licht auf die politisch Verantwortlichen, die es in der Hand hätten, diesen Zustand zu beenden. Dieses Buch ist daher all den Menschen und Tieren gewidmet, die Opfer dessen geworden sind, dass die Bundesregierung sich bislang nicht dazu durchringen konnte, einen mehrheitsfähigen Gesetzentwurf vorzulegen, der das Mitführen von Großsäugern und Primaten im Zirkus verbietet.

Mir ist bewusst, dass ich mit dem Thema polarisiere. Tierschutz ist immer eine heikle und emotionale Angelegenheit, erst recht, wenn es dabei auch um Existenzen geht. Ich habe daher zugegebenermaßen lange mit mir gerungen, wie das Buch aussehen könnte, das ich darüber schreiben möchte, und mich schließlich für einen Kriminalroman entschieden. Dies erschien mir der beste Weg, um die unterschiedlichen Blickwinkel auf das Thema anhand einer fiktiven Geschichte zu beleuchten.

Dass ich Bad Schwalbach als einen der zentralen Schauplätze gewählt habe, ist dem reinen Zufall geschuldet, da mir der kleine Festplatz am Ortseingang am Rande des Taunus ideal erschien, um dort meinen Wanderzirkus Carina gastieren zu lassen. Auch habe ich einige Details bewusst entfremdet oder der Realität hinzugedichtet. Die Pfadfinderhütte beispielsweise, in der sich Simon Haas nach seiner Flucht im Wald versteckt, existiert nicht, ebenso wenig wie die Bad Schwalbacher Ziegelei. Der Quarzit des Taunuskammes gilt dagegen als das wohl typischste aller Taunusgesteine und hatte daher meiner Meinung nach eine Erwähnung verdient. Da ich es liebe, mich in der Natur aufzuhalten, durfte natürlich auch die Beschreibung der traumhaft schönen Gegend, die ich seit einigen Jahren meine Heimat nennen darf, mit ihren charakteristischen Mischwäldern, Streuobstwiesen, malerischen Weinbergen und ihrem Artenreichtum nicht zu kurz kommen. Ich möchte sie nie mehr missen.

Dank der Autorin

Als ich mich dazu entschieden habe, dieses Buch zu schreiben, war mir zunächst nicht klar, wie viel Zeit und Arbeit ich in die Verwirklichung würde stecken müssen und ob ich es tatsächlich jemals veröffentlichen würde. Doch irgendwann war ich aufgrund meiner Recherchen und der Faszination für die Geschichte an einem Punkt angelangt, an dem es kein Zurück mehr gab. Von da an habe ich nicht nur den Großteil meiner freien Zeit dem Schreiben gewidmet, sondern auch alles darangesetzt, das Erscheinen dieses Krimis möglich zu machen. Zum Glück gab es Menschen, die mir mit Rat und Tat zur Seite gestanden haben, wann immer ich nicht weiterwusste. Ihnen allen gilt mein herzliches Dankeschön.

Ganz besonders danken möchte ich Madeleine, die mir die Idee für dieses Buch geliefert und mich mit unzähligen wertvollen und spannenden Informationen über die Arbeit einer Landestierschutzbeauftragten gefüttert hat.

Ebenso bedanken möchte ich mich bei Barbara und Aline, die mir jederzeit bei Fragen zur polizeilichen Ermittlungsarbeit zur Verfügung standen und dadurch mit dazu beigetragen haben, der Figur meines ermittelnden Kriminalhauptkommissars Bernd Lohmann Leben einzuhauchen.

Danke an Elke, dass ich mir ihren Don Terror ausleihen durfte.

Ein ganz herzliches Dankeschön geht an den Wildtierexperten Thomas Pietsch von der Vereinigung »Vier Pfoten«, durch den mir aufgegangen ist, was es für Wildtiere bedeuten kann, mit fahrenden Unternehmen durch die Lande zu ziehen, und vor welche Schwierigkeiten Kommunen, Veterinärämter und Tierschutzorganisationen durch die Tatsache gestellt werden, dass das bundesweite Verbot von Wildtieren im Zirkus seit Jahren verschleppt wird.

Danke auch an meine Testleser Madeleine, Barbara, Renate,

Gert und Victoria Hausmann und für die vielen guten Fragen und Hinweise.

Danke an meine Lektorin Christiane Geldmacher für ihr Engagement und ihre wertvollen und manchmal auch augenzwinkernden Anmerkungen, die mir dazu verholfen haben, dem Roman den letzten Schliff zu geben.

Danke, Jürgen, dass du mich hast gewähren lassen, wann immer es mich an den Schreibtisch trieb, und dafür, dass du mich nie im Stich lässt, wenn es darauf ankommt.

Danke, Alroy, dass du mir jeden Tag zeigst, wie unschätzbar bereichernd das Leben an der Seite eines Tieres sein kann.

Ein weiteres großes Dankeschön geht an die VG WORT, die mir die Realisierung meines Buchprojekts mit ihrem Stipendium aus dem Förderprogramm »Neustart Kultur« sehr erleichtert hat, und natürlich an das gesamte Team des Emons Verlags, das es mir ermöglicht hat, den Krimi mit professioneller Unterstützung auf den Markt zu bringen.

Petra Spielberg, im Juni 2022